# 傷痍軍人と文学の日本近代

市川 遥
Ichikawa Haruka

青弓社

# 傷痍軍人と文学の日本近代　目次

# 第1部　忘れられた傷——「傷痍軍人」前史と文学

# 第2部　集められる傷——戦時下の傷痍軍人表象

第3部　重なる傷——戦後の語りをめぐって

装丁——北田雄一郎

# 凡例

［1］本書では、資料引用の際、書籍名・映像作品名は『　』で示し、新聞名・雑誌名・紀要名や書籍に含まれる作品名・論文名、雑誌・新聞記事名などの個別の文書・記事については「　」で示している。

［2］引用文の旧字は新字に適宜改めている。また、ルビや傍点は適宜削除し、改行は／、省略は（略）で示している。

［3］引用は、各章の論述によって、初出を参照した場合と、単行本・全集などを参照した場合とがある。

［4］強調または特定の用語を提示する際に「　」を用いている。

［5］本書の引用部には、現在の観点からは不適切とされる表現が存在するが、歴史的文脈を考慮し、また作品の表現を尊重するため、書き換えなどはおこなっていない。

# はじめに

どうして足がびつこになつたかとたづねても、殆んど浮かぬ顔で、漠然としたことさへも答へない。これは戦傷兵として謙譲に処する態度にも通じるので、はじめのうち近所の人たちも、悠一の無口は謙譲の美徳の顕はれだと云つてゐた。それが敗戦後には、近所の人たちから、親の因果が子に報ふ譬へばなしにまでされるやうになつた。

（「展望」一九五〇年二月号、筑摩書房、一二九ページ）

井伏鱒二「遥拝隊長」の一節である。心身に傷を抱え帰還した傷痍軍人・岡崎悠一は、村人から戦傷病について詮索され、様々なことを噂される。足の骨折の原因は「組み打ちの喧嘩」（一二九ページ）、精神的な発作の原因は「親ゆづりの梅毒」（一二八ページ）だという臆説がそれぞれ生じている。

もちろんそこには、実際に何が起こったのかを知りたいという、真摯な実態解明のまなざしもあったのだろう。しかし、噂はいつしか村人の臆測や欲望を取り込み、本人不在のまま大きくなっていく。そして口から口へと伝わっていく……。ここに描かれているのは、「傷」とその語りを取り巻くある種の「力」の諸相である。

ある人が負った傷の来歴は、当人が語らずとも他者によって語られていく。当人が語ればなおのこと、である。そしてその物語は、一つの固定した形をもたない。「付け加え」や「そぎ落とし」を繰り返しながら、次々に生まれ、変奏され、ときに複数が重ね合わせられ、想像もしない場所まで運ばれていく。

誰かの「傷」の物語は、物語りたいように、もしくは物語るべき（だとされる）かたちで発信され、また読みたいように、もしくは読むべき（だとされる）意味合いで受け取られていく。そんな物語をめぐる力学のなかで、文学は常に、そして何度でも、人の、時代の、あらゆる場所の傷を〈発見〉し、ときに優しく掬い上げ、ときに無残に暴いてきたといえる。

実際に私自身、様々な物語を手に取ってきた。何らかの壁にぶつかり、心身に痛みや傷を抱えるたびに、「誰かの物語」にふれてきた。同じような痛みに共感し、意に沿わない展開に憤り、人々の苦しみに自分の思いを仮託した。ありとあらゆる「傷」に支えられ、神経を逆撫でされ、救われ、絶望した。つまりは、私も一人の読者として、誰かの「傷」を探し、読みたいように読んでいたのである。そうしたあまたの物語との出合いのうちに私のなかに残ったのが、「傷」や「痛み」がどのように物語になり、またどのように受け取られているのか、というあまりにも大きすぎる問いだった。

いま思えば、「遥拝隊長」はそのような私の問いが「傷痍軍人表象」という対象と結び付くきっかけになった最初の作品だった。戦争のために闘い傷ついた存在は、戦時下の論理では英雄として称揚されるが、戦後社会でその意味は次第に変化していき、その存在はときに疎ましいものとして「社会問題」化していく。傷痍軍人表象に付される意味やイメージは、時代によって大きく変化する。その意味では、傷痍軍人の歴史的な変遷とその文学表象とは呼応関係にある。しかし同時に、文学表象はそこからの絶え間ない逸脱した解釈を生むものでもある。

戦争を描く様々な作品を読むにつれて、傷痍軍人表象に対する私の関心は次第に増していった。戦争の最前線で、もしくは銃後のコミュニティのなかで国策遂行の加害者になり、受傷病や戦災によって戦争の被害者にもなったという、与えられた立場やイメージの多層性から、傷痍軍人表象には実に多くの意味が付与され（ときに自ら意味を重ねながら）、日本近代文学のなかに長くその姿を現しつづけている。本書は、「傷痍軍人表象」に重ねられる意味と、その流通の諸相の一端を明らかにするために執筆した。特に歴史的な事実関係、その実態を背景にしながらも、日本近代文学のなかで「いかに語られ」、そして「いかに読まれたか」という作り手（送り手）と受け手の間の戦略性に着目して掘り下げていく。

作品が終わりを迎え、本を閉じたあとも、読者のなかで悠一はいつまでも傷を抱えた存在である。そしてその一人の傷に重ねられる多様な意味の層は、いまなおその厚みを増している。当然本書の試みそれ自体も、その意味のなかに重ねられる宿命を逃れられてはいないだろう。その事実も含め、この大きなうねりのなかで傷痍軍人表象を考えてみたい。

# 序章 「傷痍軍人」とは誰か

## はじめに

本書は、「傷痍軍人」、つまり戦争によって傷ついた兵士や軍人たちを、文学がどのように表象してきたのか、という問いについて論じるものである。日清・日露戦争からアジア太平洋戦争、そして敗戦後の戦争経験の語りまで続く日本の近代戦争における傷痍軍人表象を取り上げ、その歴史的な見取り図を描くことを試みる。また各章では、文学表象それ自体がどのような効果を期待され、用いられてきたのかを考察するとともに、傷痍軍人について語る同時代の言説空間がどのようなものだったのか、そしてそのなかで文学がどのような役割を果たしていたのかについて明らかにする。その際には、戦争に関する情報の流通で、多くの時代に中心的な役割を担い続けたメディアである新聞・雑誌上の言説を参照し、文学表象との対立、もしくは相互に補完しあう関係性についても考察する。

当然ながら、傷ついた兵士は近代以前から存在している。戦や政変のたびに兵士は傷つき、またその姿は物語化されてきた。そのなかで本書が日清戦争の兵士を始点としているのは、傷ついた兵士たちを取り巻く社会の状況が、そして国民の認識が、近代の対外戦争を機に大きく変化したという事実に鑑みてのことである。原田敬一は、民衆が「国民」化した契機が日清戦争にあると述べている。

> 日清戦争によって、隣の青年が出征したり、向かいの青年が軍夫となり戦場に向かったことを知り、ルポライター横山源之助が富山の町で見かけた、絵草子屋の錦絵を見て日清戦争の実相や清国という外国を知る民衆が現れた。戦争は人々を能動的に変化させ、「客分」から「国民」へと突き動かしたと言えよう。(1)

原田が述べるように、庶民が「天皇の軍隊」や「天皇の政府」(二五ページ)という考え方を受容し、また内面化することで銃後の連携を作り上げる「国民」化と呼ばれるような心理的変化は、傷痍軍人をめぐる言説空間に大きな影響を与えたと考えられる。

本書の分析対象は小説が中心である。一章で一作品を論じることもあるが、二作品を並行して検討する場合や、作品集などに収められた作品群を、多数の作品が一冊に集められたという刊行形式に重点を置いて分析する場合もある。原則的に、描かれている内容が事実であるかどうかという真偽の問題やモデル問題はここでは問わない。これは後述するように、本書がおもに「創作」としての文学表象を取り上げようとしていることに関わっている。

本章ではここまで「傷痍軍人」という語を特に説明なく用いてきたが、傷痍軍人とはいったい誰のことなのか。本章では、本書で扱う「傷痍軍人」と「傷痍軍人表象」という対象についてまず論じてみたい。現在一般的に使用されているのは「傷痍軍人」という呼称だが、歴史の流れのなかで彼らは様々な名前で呼ばれてきた。また、その呼称の意味が厳密に定義されている文脈もあれば、単に傷病を負った者という広い意味で用いられることもあった。以下では、この呼称について順を追って確認しておきたい。

まず、本書の分析の起点になる日清戦争後の時点では、まだ定まった呼称といえるものはなかったようである。現在、当時の状況を論じる際にはしばしば「傷病兵」という語が用いられるものの、実際に当時の新聞記事や雑誌にその例を探してみれば、それ以外にも「負傷兵」や「戦傷病兵（戦傷兵・戦病兵）」など様々な呼称があったことがわかる。

しかし、日露戦争後になると「癈兵」という呼称が現れる。この「癈兵」は今西聡子が詳しく論じているように(2)、軍隊内部では草創期から使われていた語だったが、一般に広まったのは日露戦争以後だった。定義は「戦闘・公務・疾病により生活能力を失い、軍人恩給法で増加恩給、傷病賜金を受けた傷病兵のこと」（四ページ）とされるが、広義には戦争によって傷ついた兵士や軍人を総称する言葉でもあった。戦後間もないころの癈兵は「名誉の負傷者」として歓迎されたが、十年もたつと「癈兵問題」という社会問題として取り上げられ、対処されるべき課題として浮上した。

それらの癈兵問題を払拭するように登場したのが「傷痍軍人」という呼称である。一九三〇年十二月の「兵役義務者及癈兵待遇審議会」の答申によって新しいこの呼称の使用が提起され、翌年に制度上での用語は「傷痍軍人」に統一されたが、「癈兵」などの呼称も日常の使用語彙のレベルでは存在していた。制度上の定義はやや広いものになっていて、それまでの対象に加え、一時金の受給者などが含まれるようになる。[3] また、癈兵と同様、広義には傷病兵全体を指すことがあった。

この「傷痍軍人」という呼称が国家側のいくつかの意図のもとで生み出されたものであることは、多くの先行論が明らかにしてきた。神子島健は、当時の背景として、軍部が「軍にとって好ましくない[4]」情報を漏らす可能性があるとして、帰還兵の言動に対して懸念を抱いていたことを指摘したうえで、傷痍軍人を含む帰還兵には「人間の負の面を表に出さぬ、あるべき軍人像」(二八七ページ)を内面化することが要求されていたと明らかにしている。また、郡司淳は、「傷痍軍人」という呼称には、癈兵に残存能力を発見し、彼らを「再起奉公」の可能性を秘めた存在として見なす意図があったと推測している。[5] 生瀬克己は当時について「民族浄化運動のもと、その存在が徹底的に否定され」ていた障害者全般の歴史をふまえながら、呼称変更の背景として「戦傷病者としての障害者はその存在を肯定するだけでなく、その尊厳については、個人的にも、社会的にも高めていく、そうした論理の構築が要請されていた[6]」という状況があったことを明らかにしている。

以上のように呼称には変遷があり、時期ごとに異なる社会情勢を背景にもつ。またここでは、これらの呼称が時制として事後的なニュアンスをもっている点を指摘しておきたい。例えば「癈兵」

や「傷痍軍人」がその認定に際して、恩給や傷痍記章の有無が判定基準になっていたように、これらは基本的には帰還後の呼称であり、彼らは戦場では傷痍軍人にはなりえない。

本書では、用語使用について、章ごとに、作品内での呼ばれ方や時代区分に即して呼称を使い分けていく。また、本書全体を総括する場合には、現在流通している呼称である「傷痍軍人」を用いることにする。また、定義については、戦争によって傷ついた兵士・軍人という広義の意味合いで捉えていくものの、同時に、「傷痍軍人」の語義を広げていくことについては慎重な立場をとる。それは植野真澄が指摘しているように「極論すれば従軍した兵役経験者はすべて何らかの形で心身に傷病を負って帰還したと考えることも可能」であり、その場合、傷痍軍人は「非常に漠とした抽象的な概念[7]」になってしまうからである。本書はすべての表象について、傷痍軍人であるかの判断を厳密におこなうものではないが、各章で中心的に扱う作品については、以下に挙げる三つの観点から判断し、いずれかに当てはまるものを傷痍軍人を描く作品として取り扱うことにした。

一つ目は、国家もしくは軍部が、描かれている対象を傷痍軍人として認識しているという点である。例えば本書第4章「大衆作家たちの「潤色執筆」――『傷痍軍人成功美談集』の成立と「再起奉公」言説をめぐって」の『傷痍軍人成功美談集』(陸軍大臣官房編、偕行社編纂部、一九三四年)や、第5章「「傷」を描くということ――一九四〇年前後の軍人援護強化キャンペーンと傷痍軍人表象をめぐって」の『銃後童話読本』(童話作家協会編、金の星社、一九四〇年)と『軍人援護文芸作品集』(全三巻、軍事保護院編、軍事保護院、一九四二―四三年)のような、企画自体に国家が関与している場合がこれに当てはまる。

二つ目は、登場する兵士・軍人自身が自己を傷痍軍人として認識している、もしくは周囲の人々が傷痍軍人として接しているという点である。例えば第2章「「癈兵小説群」を立ち上げる――江口渙「中尉と癈兵」を中心に」の癈兵小説群や、第8章「「傷跡」と語りの変容――直井潔の作品とケアの様相をめぐって」の直井潔の場合などは、本人が自身を癈兵、または傷痍軍人だと認識しているため、これに当てはまる。

三つ目は、作品描写から、傷痍に対する何らかの手当を受け取っていることが確認できる、という点である。例えば、第7章「戦争の経験を引きずる――井伏鱒二「遥拝隊長」と傷痍軍人表象からみる戦後」では井伏鱒二「遥拝隊長」に登場する悠一を傷痍軍人として扱うが、実際には「傷痍軍人」という語は作中にはみられない。しかし傷痍に対する手当を受け取っているという描写がある。本書ではこのように三つの観点から作品選定をおこなっているが、第6章「傷つけられる兵士たち――文学のなかの兵役忌避の物語から」に関しては傷病兵を装った兵士の物語を扱っているため、この定義のかぎりではないことを付け加えておく。

ここまで、呼称の変遷と本書での扱いについて確認してきた。この変遷と事後的なニュアンスの問題については本書の重要な点であるため、のちにもう一度ふれることにしたい。次節では、これまでの歴史学を中心にした傷痍軍人をめぐる研究がどのような視角から積み重ねられてきたのか、その時代区分とともに取り上げ、整理する。

## 1　傷痍軍人に関する先行研究概観

先行研究については、植野真澄の「「傷痍軍人」をめぐる研究状況と現在」[8]が詳しく、二〇〇六年までの主要な研究について分野を問わず概観できるものになっている。またおもに歴史学の領域では、松田英里によって情報の更新がなされ、研究状況は比較的整理されているといえる[9]。本節ではそれらを参照しながら、本書と関連する部分を中心に取り上げ、さらにいくつかの論考を加えながら整理する。なお分類については、先行の二者がほぼ同様の時代区分で論じているため、それに準じて、①日露戦争後の癈兵まで、②満洲事変からアジア太平洋戦争の傷痍軍人、③アジア太平洋戦争後の傷痍軍人、の三つに分類する。また同時にこの分類は、後述する本書の三つの部立てとも対応するものになっている。

### 日露戦争後の癈兵まで

ここでは、日露戦争後の癈兵までを中心に扱った論考と軍事援護全般について通時的に論じたものを取り上げる。本書でしばしば言及する「軍事援護」（または「軍人援護」）とは、佐賀朝によれば出征軍人とその遺族や家族、そして傷痍軍人とその家族などの生活を援護するための国家的、あるいは民間的な諸活動のことである[10]。

まず、西南戦争や日露戦争の傷病兵の生活問題について論じたものに山田明の一連の研究がある。[11]例えば「西南の役における傷病除役者の検討」では、西南の役の傷病者の実態を明らかにし、日清・日露戦争の被害状況との数値的な比較をおこなっている点が特徴的である。[12]

そのほかの成果は、日露戦争後の癈兵に関する調査・研究に集中している。例えば先に参照した今西聡子は、帰還後の癈兵と地域社会の関係について論じている。[13]また、癈兵院の成立について述べた石井裕は、癈兵院が実際の援護事業の拡充というより、設立すること自体による「慈恵的象徴機能[14]」を期待されていたということを指摘している。石井の指摘は、実際に癈兵たちが援護を十分に受けられず次第に生活に困窮していった当時の状況と並べて考えると、興味深い。近年の研究では、松田英里が癈兵たちの戦場・戦争体験の固有性を明らかにすることを目的とし、癈兵が待遇改善のために起こした運動について、その詳細と癈兵の自己意識を分析している。[15]さらに、海外についての研究では、ドイツの戦争障害者を扱った北村陽子の研究は、当時日本の軍事援護が海外の動向を注視していたことに鑑みれば重要な成果である。[16]また、近代の軍事援護の制度史やそのはたらきについて広く扱ったものとして、一ノ瀬俊也や郡司淳の研究がある。[17]

## 満洲事変からアジア太平洋戦争の傷痍軍人

この時期の軍事援護に関する概説としては、早期にまとめられたものに甲賀春一編『本庄総裁と軍事保護院[18]』がある。また、吉田久一の『現代社会事業史研究[19]』も詳しい。山本和重が労働者の徴集・召集に伴う生活困窮への方策を論じている[20]ほか、佐賀朝は日中戦争期の軍事援護事業を論じ、石川県の事例を中心に、地域社会の「隣保相扶」が国家的援護の限界を補うものとして利用され機能したという相互関係を整理している。[21]

また、傷痍軍人が置かれた状況について、多様なケースが取り上げられている。例えば、金蘭九が軍事援護の日韓比較を実証的におこなっているほか、[22]逸見勝亮は傷痍軍人の職業教育のなかでも小学校教員養成所の成立について明らかにしている。[23]井上弘と矢野慎一は傷痍軍人療養所に着目し、療養空間としての箱根について論じた。[24]前述のように生瀬克己は、障害者観の歴史との関係から傷痍軍人を取り上げたほか、傷痍軍人の結婚斡旋運動についても論じている。[25]さらに『傷痍軍人・リハビリテーション関係資料集成[26]』など、当時の傷痍軍人に関する資料の編集・再刊行も注目に値する。

## アジア太平洋戦争後の傷痍軍人

いわゆる敗戦後の日本の傷痍軍人については、占領期の援護政策との関係がしばしば論じられる。占領軍による非軍事政策が進められたことによって、軍人恩給などの援護策が廃止され、傷痍軍人たちは一般の困窮者と同様に扱われることになった。この点については田中伸尚らの先駆的な研究があるほか、[27]恩給については木村卓滋、赤澤史朗らも論じている。[28]また、この時代の傷痍軍人に関しては、彼らに残った戦争の傷が、どのような姿で社会に現れたのかが明らかにされてきた。戦後の傷痍軍人の生活問題について広範に論じたのが植野真澄の一連の研究であり、[29]特に白衣募金者としての傷痍軍人について、当時の街頭調査の記録などをもとに詳しく論じているが、これについては後述する。早い時期に旧軍人の戦後を論じたものにしまねきよしの論考があり、しまねは傷痍軍人の戦争体験の認識を分析したうえで、軍人精神を戦後に持ち越した存在であることを指摘した。[30]

さらに戦後補償の問題をめぐって、在日韓国・朝鮮人に関連した調査や研究が川瀬俊治や金成寿などをはじめとして進められてきたほか[31]、台湾に関連したものとしては基佐江里たちの研究などがある。[32]ほかにも、援護法の国籍・戸籍要件をめぐる問題を指摘した文献は多く存在している。また、映像作品として大島渚の『忘れられた皇軍』[33]が元日本軍在日韓国人傷痍軍人会の白衣募金を撮影した貴重なドキュメンタリーとして残っているほか、朝鮮・台湾の軍人・軍属を撮影した写真集に伊藤孝司『棄てられた皇軍』[34]がある。

ここで、近年明らかにされてきた精神障害兵士（戦傷神経症）の研究についてもふれておく。早い時期の取材記に吉永春子や清水光雄[35]のものがあるほか、近年資料集として、『資料集成 精神障害兵士「病床日誌」』[36]が刊行されている。また研究成果としては、清水寛と中村江里の研究を挙げることができる。[37]

以上が先行論の概観である。植野は傷痍軍人研究を整理するにあたって、それらが「なぜ傷痍軍人になったか」（六九ページ）、そして「傷痍軍人はその後どうなったか」（七〇ページ）の二つの問いをめぐって展開されてきたとした。またそのうえで、今後の展望として手記や記録などを含めた当事者の視角から傷痍軍人固有の問題を取り上げることの必要性を述べていて[38]、重要な指摘である。例えばしまねが傷痍軍人の短歌を取り上げてその精神性を明らかにしようとしたのは、そのような当事者の視点を分析する先駆的な試みの一つに数えられるだろう。[39] また、松田は自身の研究が植野のこのような問題意識への応答であることを明確に表明している。[40]

しかし、傷痍軍人に関しては、制度史や生活史などについて「実際にどのような状態であったのか」を問い、それを体制側と当事者側の二つの視点から論じるだけでは十分ではない。本書で試みようとしているのは、「傷痍軍人はいかに語られたか」を論じることである。冒頭で呼称の歴史的な変遷について確認したが、それは単に制度上の、国家の戦略としての変更の結果として受容されただけではなく、それらの呼称は、多様なイメージを付与されて流通した。そうしたイメージの創出主体は傷痍軍人を制度的に管理した国家側のこともあれば、傷痍軍人を受容した地域社会の人々の場合もあり、もちろん傷痍軍人自身のときもあった。そう考えたとき、人が語り、描いた傷痍軍人像、つまり表象の分析は重要だといえる。

当然ながら、これまでの研究のなかにこれらの視角からの指摘が存在しなかったというわけではない。のちに確認するが、呼称の変遷に伴うイメージの変化、その内実をこれまでに明らかにしてきたのは、ほかでもなくこれらの実証的な研究だからである。

また、傷痍軍人表象の分析も少ないながらも重ねられてきた。例えば若桑みどりは、白衣募金者の写真が教科書検定の際に「残酷」[41]と見なされて検定不合格になった「家永教科書検定訴訟」をめぐり、写真表象の問題を取り上げたほか、吉田裕は、子どもに対する援護教育のなかで盛んに紙芝居が活用されたことを指摘した。[42]

このような重要性が認められるにもかかわらず、一方で文学が傷痍軍人を語ることに関しては、その歴史や表象がもつことになった意味、戦略性という論点を主眼にする分析は多くはない。しかし繰り返しになるが、「傷痍軍人」のイメージは、彼らが外部から何らかの意味合いを付与され、何らかの効果を期待され、そしてときに本人たちも意味の生成に関与しながら作り上げられてきた。本書は以上のような先行研究を参照しながら、軍事援護という制度と、傷痍軍人を含めた人々の生活のなかに存在していた、語られ、また読まれた傷痍軍人たちについて考える試みである。

## 2　文学のなかの傷痍軍人表象

本書の問題設定に対する疑問を先取りするならば、それは「なぜ傷痍軍人の文学表象なのか」という問いになるだろう。そして、その問いはさらに二つの問いに分けることができる。一つは、「なぜ傷痍軍人なのか」ということ。そしてもう一つは、「なぜ文学表象なのか」ということである。それらは、私自身がこれまでの研究のなかで常に投げかけられつづけてきた問いでもある。

一つ目の問いに対しては、まず単純な理由として、傷痍軍人を扱った作品は決して少なくないにもかかわらず、それを総括するような研究がいままでほとんど示されていないから、と答えることができる。本書で挙げただけでも、山田美妙「負傷兵」から、一九九〇年代まで活動した直井潔に至るまで、年代ごとにいくつもの作品を数えることができる。冒頭でも述べたように、それらの流れを整理し、一つの見取り図を提示したいというのが本書の大きな目的である。

ここで、傷痍軍人の文学表象についてふれた研究を整理しておきたい。まず、その存在の重要性を指摘した最も早いものに板垣直子の指摘がある。板垣は西洋の「戦傷者が普通の社会生活に還つた時に起る問題に着眼した[43]」作品として「戦傷文学」というジャンルに言及している。ただし日本文学については、二、三の作品にふれるにとどまり、「安直な態度でかかれた作品ばかり」(三四ページ)だとして、その価値を認めていない。

一方で、傷痍軍人表象に関して広く文学史を見通したという意味で先駆的なものが、石川巧・川口隆行編『戦争を〈読む〉』の第一章、鳥羽耕史「傷痍軍人　小川未明「汽車奇談」「村へ帰った傷兵[44]」」である。「戦争を読む」というテーマのもと様々なキーワードを扱う同書のなかで、第一章に傷痍軍人を挙げていること自体も非常に興味深い。戦間期から戦時下にかけての未明のスタンスの変化を追うという点で未明研究としても重要だが、傷痍軍人表象への注目を促すものとしてその意義は非常に大きい。おもに日露戦争後から敗戦後の傷痍軍人の歴史的な変遷やイメージについて簡潔にまとめているが、特筆すべきなのは「傷痍軍人についての小説も数多く書かれているが、ほとんど論じられていない」(二七ページ)という文学研究の少なさを指摘していることである。また、小林多喜二「老いた体操教師」(一九二二年)から、前述した直井潔まで、作品を広い時代にわたって紹介している点も特徴的である。さらに、大島渚のテレビ・ドキュメンタリーである『忘れられた皇軍』にふれ、在日朝鮮人皇軍兵士の問題と関連書籍に言及するなど、広範な視野で傷痍軍人と文学の問題を概観している。

しかし、多くの作品への言及がありながら、傷痍軍人と文学をテーマにした論考は現状ではほとんどみられない。もちろん、ある作品や作家についての各論のなかで、登場人物の一人としての傷痍軍人に着目したものは多く存在している。本書で扱う作品に関しても各章で詳しく整理するが、例えば第3章「「幻」が描く悲劇と抵抗――江戸川乱歩「芋虫」をめぐって」で扱う江戸川乱歩「芋虫」や、第7章で扱う井伏鱒二「遥拝隊長」などについては詳細な分析がみられる。しかしそれらは一作品を論じるという性質上、作品内に限定して傷痍軍人の役割について論じるにとどまることが多い。

本書では先行研究での成果を参照しながら、傷痍軍人表象のはたらきを作品内にとどまらないように分析するとともに、傷痍軍人を描く文学の位置づけやその意義を示していきたい。また、傷痍軍人という存在を取り上げて論じることの有効性はほかにも挙げられるが、それについては第3節で詳しく述べたい。

二つ目に、なぜ文学表象なのか。特に、本書では文学のなかでも、手記や体験記と銘打たれるようなジャンルの作品をおもな分析対象から外している。いうまでもないことだが、文学における傷痍軍人表象の量的な蓄積という意味では、傷痍軍人の手記や「妻の記」などの当事者の記録が非常に多い(45)。そして研究史を概観しても、これらの作品はそのほとんどがいまだ手つかずの状態である。そのような研究状況のなかで、あえて「創作物」としての文学表象を主たる対象に据えたのは、作品に描き出された傷痍軍人表象について考えることが、傷痍軍人たちや彼らを取り巻いた時代の様相、そして社会の力学を捉えることにもつながると考えるからだ。

これまでにも、表象がもつ力については、すでにいくつかの言及がある。例えば、若桑は、傷痍軍人の写真表象について論じる際に、「傷ついた兵士の記録は、愛する者と死に別れた寡婦や孤児や老いた両親の記録と同様に、戦争の惨禍をつたえるもっとも伝統的な、もっとも普遍的な図像であった」(三三三ページ)ことを明らかにしたうえで、次のように述べる。

この正確無比な写真は、その本質において、現実世界の断片にすぎない。この断片は、いかなる文脈に嵌め込まれるかによって、きわめて説得力のある虚偽を作り出すこともできる。したがって、今日、すべての写真は、写真そのものよりも、それがどのような報告のされかたをされているか、ということによって判断されるのである。つまり、正確な写真は、それ自体ではなにも語らないのである。人々を動かすのは出来事それ自体ではなく、出来事の報告のされかただからである　(三三九ページ)

出来事そのものではなく、出来事の報告のされ方によって人々が動かされると述べた若桑の指摘は、作り手側の戦略性を論じたものとして重要である。先に本書では「実際にどのような状態であったのか」に加えて「いかに語られたか」という視点を提示すると述べたが、文学表象で、創作行為を取り巻く作り手側の状況を捉え分析することは、傷痍軍人がどのような意図のもとで描かれ、その表象がどのような意義をもったのを明らかにすることにつながる。

一方で、「いかに語られたか」という問いの先には、若桑の言葉を借りれば、それがどのように「人々を動か」したか、つまり「いかに読まれた／読まれるのか」というもう一つの問いが存在している。表象と読者の関係については、重信幸彦の美談研究が、戦中の社会を対象に興味深い分析をおこなっている。美談は「実話」であることに価値を見いだしながらも、ときにその真偽が問題になってきたように、しばしば捏造や脚色を伴う創作性をもつジャンルでもある。重信は、政府や軍部など特定の主体から発生する「権力」とは異なる「私たちの日常にはたらくもっと可視化しにくい「力」の作用[46]」や、「まわりの人々が一定の方向に向かって前のめりになっている状況を、自らも受け入れて同じ態度をとるようになっていくような関係性のありよう」(二一ページ)を「空気」という言葉で捉えた。そして美談という形式を分析することで、「空気」が庶民の行動を規定していくその過程を明らかにした。

第4章でふれるが、重信は『傷痍軍人成功美談集』にも言及し、分析をおこなっている。ここで提示された「空気」を分析するという方向性は、傷痍軍人を描く文学を考える際に重要な視点である。戦傷病をめぐる呼称自体が様々な意味をまとうなかで、その表象がどのように生まれ、人々をどのように動かしたのかを考えることは、言説空間にはたらく力学を明らかにすることにほかならない。

手記はそれぞれが貴重な証言であり、資料的価値も高いといえるが、その一方で受容の様相についてはつかむのが非常に難しい形式でもある。本書では、傷痍軍人を描いた文学の歴史的な見取り図を示したうえで、ある程度の読者が想定された作品、もしくは作品集を取り上げて分析し、その影響を考えることが必要だと考えている。傷痍軍人が描かれること、読まれることを論じ、言説空間の力学を考えることは、今後、体験の語りや手記などの記録について考える際の手がかりにもなるだろう。

## 3　傷痍軍人の傷と時間

先に「傷痍軍人」をはじめとする呼称が、それ自体で時制として事後的なニュアンスをすでに内包しているという点を指摘した。それは作品内の描かれ方からも読み取ることができる。例えば本書第1章「文学が描いた傷と戦争へのまなざし——日清戦争後の負傷兵言説と山田美妙「負傷兵」」で取り上げる山田美妙「負傷兵」で傷ついた孫への待遇を嘆く祖母も、第3章の江戸川乱歩「芋虫」で世間の眼にとらわれつづける須永夫妻も、物語の現在において、負傷の原因になった戦争とは時間的な隔たりがある。しかし、むしろ隔たりがあるからこそ、いまだに傷病を抱えているというその時間的な乖離から物語が生まれているともいえる。

そのような傷痍軍人の姿を「傷跡」と呼んだのは橋本明子である。橋本は『日本の長い戦後』[47]の冒頭で、敗戦後に駅前で物乞いをする傷痍軍人の姿を「戦争の傷跡」（一ページ）と見なし、「国民のトラウマ」（二ページ）につながっていく光景の一つだと述べている。この「傷跡」という語についてては、坪井秀人がその時制の特徴について論じている。

むしろ「あと」は「痕」あるいは「跡」であると同時に「後」でもあるということが、ここでは重要な意味を帯びてくるように思われる。まさに〈戦後〉とは「後」であり「跡」であるということ。つまり、〈傷跡〉という表現には時間的な継続性が内在しているということなのだ。（略）〈傷跡〉とは空間／場所（土地の場所でもあり身体の場所でもある）に刻印され、そしてその空間／場所とともに更新され変容するという意味で、空間と時間とがそこで交錯するものとしてとらえるべきなのである。(48)

また坪井は時間の継続性を指摘するとともに、「ある個別の主体、個別の身体に刻まれた傷は、その個別的次元において孤立的に完結する場合もあれば、他の主体の傷と共振し、傷が複数の主体によって分有される場合も少なくない」（五ページ）と述べ、傷の分有の可能性を指摘している。本書もその点に着目して論じたい。

傷痍軍人という存在について考えてみれば、それが戦場ではなく帰還後の呼称である以上、彼らの抱えた傷にふれ、戦争と向き合うのは傷痍軍人本人だけとはかぎらないことがわかる。つまり、傷痍軍人をめぐって語られる物語は多岐にわたるものになる。

文学作品の傷痍軍人表象を取り扱うとき、単に傷痍軍人がどのように描かれているかを分析するにとどまらず、彼らを取り巻く周囲の人物たちの戦争経験をどのように反映し、また描き出しているのかを考察することが可能であり、またその作業が必要だといえる。それは例えば、第2章で論じる癈兵と労働者たちの接触や、第8章で取り上げる傷痍軍人をめぐるケアの関係性などにみられるように、様々なかたちで現れている。

傷痍軍人表象は、物語の書き手や読み手を含め、表象と出合う人々の眼前にそれぞれの戦争を立ち上げ、問いかけるものになりえる。また「傷痍軍人」という言葉の「戦後性」を考えることは、傷を接点として生じる、戦争をめぐる様々な物語について考えることにつながる。この点も、傷痍軍人表象を読む一つの意義である。

## おわりに

最後に、次章からの各論で分析をおこなうにあたり、前述した呼称に付随するイメージの問題についてまとめるとともに、その変遷と並行して、当時どのような作品が生まれていたのかについても現在確認できているかぎりで提示する。同時に、本書の構成と論じる対象についても確認していく。実際の世間での呼称の定着や、イメージの発生は、制度上の変化よりはやや遅れて、まさに事後的に進行する。その経過をふまえ、本書では大きく四つの時代に分けて確認する。

①〈傷病兵の発見〉

最初の区分は、日清戦争後から日露戦争後すぐのころまで、つまり「傷病兵」をはじめとした様々な呼称が使われていた時期から、「癈兵」が社会問題化するまでの期間である。一括した呼称がないということは、集団として名指す必要がなかった、ということを意味する。それは絶対的な人数の少なさを示してもいるが、同時に傷病者の存在が特定の「意味」をもたなかった、つまりその呼称に明確なイメージをもつことがなかったという事実も同時に表している。

この時期、文学のなかですでに傷病兵は様々に描かれ、村井弦斎「旭日桜」(一八九五年)、川上眉山「大村少尉」(一八九六年)、徳冨蘆花「不如帰」(一八九八―九九年)、泉鏡花「本朝食人種」(一九〇一年)など複数の作品を挙げることができる。ただしこれらの作品では、傷病兵に特定のイメージがあるというよりは、物語内容上の一要素として用いられるものが多い。しかし一方で、江見水蔭の軍事短篇小説や堀本柵「凱旋兵」(一八九五年)、山田美妙「負傷兵」(一八九六年)などの作品には傷病兵自身の心情が意識的に描かれ始め、文学的には〈傷病兵の発見〉の時代だったといえそうである。

本書の第1章「文学が描いた傷と戦争へのまなざし」では、このような日清戦争後の負傷兵の表象を取り上げて考察する。文学にみられる傷病兵の問題は、おもに日露戦争後の癈兵問題を端緒として論じられてきたが、それ以前にも様々に描かれてきた。ここでは特に山田美妙「負傷兵」を中心に考察し、内容の独自性や当時の社会における意義を論じる。

②〈癈兵小説の時代〉

二つ目の区分は、「癈兵」が問題として取り上げられはじめた一九一〇年前後から「傷痍軍人」という言葉が雑誌メディアに登場する三〇年代初頭までの期間を指す。呼称に「意味」、つまり単に存在を総称する以上の意味合いや存在に対する特定の「イメージ」が付与されはじめたのは、この「癈兵」という呼称が浸透してからである。今西は、「癈」の字について「病気や怪我により体の一部を損ない、それが一生障害として残る」（四ページ）という字義にふれ、「廃（廢）」とは別字であることを説明したうえで、当時から混用があったことを指摘している。現在でもときおり目にするが、この「廃」表記は単純な誤字でありながらも、むしろ当時癈兵が抱えたイメージをより正確に表してしまうものだった。癈兵たちは「廃兵」、つまり役に立たなくなり、捨て置かれた元兵士として語られていくのである。慣れない称揚に慢心し、高圧的になった元兵士は厄介視された。そして現状に見合う援護策がなく困窮した彼らは、糊口を凌ぐために売薬などの行商を始めたが、競争が激しくなるにつれて押し売りめいた言動が目立つようになり、社会から疎まれるようになっていった。また郡司淳が「「戦争ノ悲惨」を肉体に刻まれたその象徴性」（一二五ページ）を指摘したように、彼らの傷ついた身体は、本人の意図にかかわらず、戦争それ自体の悲惨を暴露してしまう存在として、軍部の悩みの種にもなった。

このようなイメージが流通するなかで、文学のなかでも、小林多喜二「老いた体操教師」（一九二一年）、江戸川乱歩「芋虫」（一九二九年）、小川未明「負傷者」（一九一八年）・「汽車奇談」（一九三〇年）などが書かれたほか、「癈兵小説群」とも呼べるような多くの作品が生まれ、まさに〈癈兵小説の時代〉だったといえる。そしてその多くが、「名誉の負傷」言説がすでに意味をもたなくなった元兵士たちの苦悩を描く作品になっている。

第2章「「癈兵小説群」を立ち上げる」では、このように一九一〇年代後半から三〇年代初頭にかけて、「癈兵」を描く小説群が多く登場した現象を取り上げる。また江口渙「中尉と癈兵」を中心に「癈兵小説群」の分析をおこない、癈兵の描かれ方と物語内容の変遷を論じる。

第3章「「幻」が描く悲劇と抵抗」では、江戸川乱歩「芋虫」を扱う。名誉の負傷を抱えた軍人と貞淑な妻という、新聞メディアなどを通して外部から付された称揚の様相と、「芋虫」や「動物」といった表現を自ら引き受ける二人という対照的な姿を捉え、乱歩のグロテスク趣味の変奏という評価だけに回収されない作品の位置づけを論じる。

なお、本書では以上の二つの時期を論じた章を、第1部「忘れられた傷――「傷痍軍人」前史と文学」として扱う。

③〈銃後後援の文学〉

三つ目は「傷痍軍人」の呼称が浸透しはじめてから、アジア太平洋戦争を経て敗戦に至るまでの時期である。政府のいくつかの思惑のもとに生まれた傷痍軍人という呼称は、一九三〇年代中盤になると、政府主導の宣伝効果もあり、一般的な表記のうえでは「癈兵」を塗り替えていった。また、それらの宣伝は傷痍軍人自身に対しても、国家の規範を内面化させる役割を果たしていった。この時期には小川未明「少女と老兵士」（一九三九年）・「村へ帰った傷兵」（一九四〇年）、大田洋子「白雁」（一九四五年）などの個別の作品のほかに、『傷痍軍人成功美談集』（一九三四年）、『青人草』（一九四一年）、『軍人援護文芸作品集』（一九四二―四三年）など、傷痍軍人を題材にした多くの作品を集めた作品集が編まれた。また、この時代の特徴として、子どもを対象にした教化・宣伝が推し進められたことも指摘できる。『銃後童話読本』（一九四〇年）の出版や、傷痍軍人を題材にした作文募集をおこなうなど、物語を利用し、子どもたちに傷痍軍人を身近に感じさせようとする方法がとられた。基本的に、宣伝を目的にした作品の内容は質も低く、宣伝用の作品の域を超えるものではないといわれているが、現在再読すると、それらの文学作品が果たした役割や独自性を指摘することができる。

第4章「大衆作家たちの「潤色執筆」」では、『傷痍軍人成功美談集』を取り上げる。この作品集の書き手は当時人気を博した大衆作家たち十人であり、実際の傷痍軍人に取材しながらも「潤色執筆」というその「創作性」を前面に押し出していた。美談集の成立背景を考察するとともに、そこでの傷痍軍人表象が果たした役割について論じる。

第5章「「傷」を描くということ」では、『銃後童話読本』と『軍人援護文芸作品集』を中心に扱う。これらは、一九三八年から継続しておこなわれた軍人援護思想強化のためのキャンペーンに際して作られた作品集である。ここでは、それらの作品集がどのように軍人援護思想を浸透させようとしたのか、その方法を分析するとともに、援護思想から逸脱するような表現についても言及する。

この時代を、本書では第2部「集められる傷――戦時下の傷痍軍人表象」として論じる。軍部がどのように作家の力を活用しようとしていたかを明らかにしながら、実際に表象がもちえた効果について分析する。

④〈傷が語る記憶〉

四つ目の区分は、敗戦以降である。ここに至って、傷痍軍人はさらに複雑なイメージによって語られていく。植野真澄は白衣募金者としての傷痍軍人に着目しているが、「自らの戦争で受けた傷をさらしながら街頭で募金行為をしていた」(49)という状況に端的に示されているように、「傷痍軍人」は敗戦の象徴としての意味を付与されるようになった。この点では、戦争の悲惨さを暴露することになった「癈兵」という語と類似する部分もある。

一方で、「傷痍軍人」は社会運動の主体としても現れた。療養所を中心にした患者運動や、再軍備反対運動、そして戦後補償を求める在日韓国・朝鮮人たちの運動など、いくつもの場面で、「傷痍軍人」は戦争に傷ついた心身を示すことで、社会問題を前景化させる存在として機能していく。(50)

傷痍軍人を扱った敗戦後の近代文学には、太宰治「雀」(一九四六年)、林芙美子「おにおん倶楽部」(一九四七年)、井伏鱒二「復員者の噂」(一九四八年)、「遥拝隊長」(一九五〇年)など様々な作品があるほか、直井潔の一連の作品も生まれた。

第6章「傷つけられる兵士たち」では、戦後の傷痍軍人を描く様々な作品と同時期に登場した傷病兵を装う兵役忌避者の表象を取り上げ、柴田錬三郎「仮病記」と浜田矯太郎「にせきちがい」を中心に扱うほか、兵営を描くいくつかの小説についてもふれる。

第7章「戦争の経験を引きずる」では、井伏鱒二「遥拝隊長」を取り上げる。この作品についての先行論がおもに指摘してきたのは「気違ひ」で「びつこ」の将校が直面する、敗戦を境にした周囲の人々の「手のひら返し」の暴力性だった。本書ではこれまであまり着目されてこなかった「びつこ」と傷つく足の表象を分析し、その読みの方向性を転換することを試みる。

第8章「「傷跡」と語りの変容」では直井潔の作品を論じる。一九四〇年代から九〇年代までという長い活動のなかで、彼が抱えた傷の意味合いが拡大・変容し、障害者の視点やケアの問題とも緩やかに接続していく点について考察する。

以上を第3部「重なる傷――戦後の語りをめぐって」とし、戦後日本の傷ついた兵士たちの表象を、兵士たちが体験した戦争だけでなく、人々がそれぞれに抱える戦争の記憶と向き合う契機として捉えていく。

本書では、以上の各論の分析から、文学のなかで傷痍軍人表象が描いてきた戦争と戦後の記憶、そしてテクストを取り巻く多様な人々の間ではたらく力学を明らかにしていく。そして本書を通して、表象の変遷やその生成・流通に伴う大きな流れを描き出し、文学、そして戦争を読む新たな視角を示すことを試みたい。

注

(1)原田敬一『日清戦争論――日本近代を考える足場』(〝本の泉社〟転換期から学ぶ歴史書シリーズ)、本の泉社、二〇二〇年、二六ページ

(2)今西聡子「日露戦争の傷病兵と地域社会――「名誉の負傷」をめぐって」、鷹陵史学会編「鷹陵史学」第四十二号、鷹陵史学会、二〇一六年

(3)傷痍軍人の定義に関しては、郡司淳「傷痍軍人の視座から戦争の時代を読み解くために」(サトウタツヤ/郡司淳編『傷痍軍人・リハビリテーション関係資料集成 第一巻 制度・施策/医療・教育編

Ⅰ』所収、六花出版、二〇一四年）を参照した。
（4）神子島健『戦場へ征く、戦場から還る――火野葦平、石川達三、榊山潤の描いた兵士たち』新曜社、二〇一二年、二八六ページ
（5）郡司淳『軍事援護の世界――軍隊と地域社会』（同成社近現代史叢書）、同成社、二〇〇四年
（6）生瀬克己「日中戦争期の障害者観と傷痍軍人の処遇をめぐって」、桃山学院大学人間科学会編「桃山学院大学人間科学」第二十四号、桃山学院大学総合研究所、二〇〇三年、一九八ページ
（7）植野真澄「戦後日本の傷痍軍人問題――占領期の傷痍軍人援護をめぐって」、民衆史研究会編「民衆史研究」第七十一号、民衆史研究会、二〇〇六年、三ページ
（8）植野真澄「「傷痍軍人」をめぐる研究状況と現在」「季刊　戦争責任研究」第五十五号、日本の戦争責任資料センター、二〇〇七年
（9）松田英里『近代日本の戦傷病者と戦争体験』日本経済評論社、二〇一九年
（10）軍事援護の定義については、佐賀朝「日中戦争期における軍事援護事業の展開」（日本史研究会編「日本史研究」第三百八十五号、日本史研究会、一九九四年）を参照した。また、郡司淳は『近代日本の国民動員――「隣保相扶」と地域統合』（刀水書房、二〇〇九年）のなかで、「現役兵や出征軍人の留守家族をはじめ、傷痍軍人とその家族・遺族、戦死者の遺族、帰還軍人などに対する精神的・物質的さらには肉体的な支援をとおし、前線で戦う兵士の「後顧の憂」を絶ち、その士気を高め、軍務を全うさせることで、戦争目的の完遂を目指す事業」（三ページ）であると定義している。
（11）山田明「日露戦争時の廃兵の生活困窮と援護計画」（日本福祉教育専門学校編「日本福祉教育専門学校研究紀要」第四巻第二号、日本福祉教育専門学校、一九九五年）、山田明「日露戦争時帰郷廃兵の生活と地域擁護」（日本福祉教育専門学校編「日本福祉教育専門学校研究紀要」第五巻第一号、日

本福祉教育専門学校、一九九六年）
(12) 山田明「西南の役における傷病除役者の検討」、青葉学園短期大学編「青葉学園短期大学紀要」第二十五号、青葉学園短期大学、二〇〇〇年
(13) 前掲「日露戦争の傷病兵と地域社会」
(14) 石井裕「東京癈兵院の創設とその特質――日露戦期の傷痍軍人対策」、日本歴史学会編「日本歴史」第六百九十三号、吉川弘文館、二〇〇六年、七八ページ
(15) 前掲『近代日本の戦傷病者と戦争体験』
(16) 北村陽子『戦争障害者の社会史――20世紀ドイツの経験と福祉国家』名古屋大学出版会、二〇二一年
(17) 一ノ瀬俊也『近代日本の徴兵制と社会』（吉川弘文館、二〇〇四年）、前掲『軍事援護の世界』、前掲『近代日本の国民動員』など。
(18) 甲賀春一編『本庄総裁と軍事保護院』青州会、一九六一年
(19) 吉田久一『現代社会事業史研究』勁草書房、一九七九年
(20) 山本和重「満州事変期の労働者統合――軍事救護問題について」、法政大学大原社会問題研究所編「大原社会問題研究所雑誌」第三百七十二号、法政大学大原社会問題研究所、一九八九年
(21) 前掲「日中戦争期における軍事援護事業の展開」
(22) 金蘭九「戦前・戦中期における傷痍軍人援護政策に関する研究――職業保護対策の日韓比較」「九州看護福祉大学紀要」第七巻第一号、九州看護福祉大学、二〇〇五年
(23) 逸見勝亮「傷痍軍人小学校教員養成所の設立」、北海道大学教育学部編「北海道大学教育学部紀要」第四十号、北海道大学教育学部、一九八二年

(24) 井上弘「国立療養所箱根病院西病棟の元傷痍軍人」「季刊 戦争責任研究」第三十九号、日本の戦争責任資料センター、二〇〇三年、井上弘／矢野慎一『戦時下の箱根』(小田原ライブラリー)、夢工房、二〇〇五年
(25) 生瀬克己「15年戦争期における《傷痍軍人の結婚斡旋》運動覚書」、桃山学院大学人間科学会編「桃山学院大学人間科学」第十二号、桃山学院大学総合研究所、一九九七年
(26) サトウタツヤ／郡司淳編『傷痍軍人・リハビリテーション関係資料集成』全七巻、六花出版、二〇一四—一五年
(27) 田中伸尚／田中宏／波田永実『遺族と戦後』(岩波新書)、岩波書店、一九九五年
(28) 木村卓滋「戦傷病者戦没者遺族等援護法の制定と軍人恩給の復活——旧軍人関連団体への影響を中心に」、東京歴史科学研究会編「人民の歴史学」第百三十四号、東京歴史科学研究会、一九九七年、赤澤史朗「1950年代の軍人恩給問題(1)」、立命館大学法学会編「立命館法学」第三百三十三・三百三十四合併号上巻、立命館大学法学会、二〇一〇年、赤澤史朗「1950年代の軍人恩給問題(2・完)」、立命館大学法学会編「立命館法学」第三百四十一号、立命館大学法学会、二〇一二年
(29) 植野真澄の論考には前掲論文のほかに、「傷痍軍人・戦争未亡人・戦災孤児」(倉沢愛子／杉原達／成田龍一／テッサ・モーリス゠スズキ／油井大三郎／吉田裕編『日常生活の中の総力戦』〔「岩波講座アジア・太平洋戦争」第六巻〕所収、岩波書店、二〇〇六年) などがある。
(30) しまねきよし「傷痍軍人と15年戦争——戦中思想を戦後にもちこしたひとつの姿」「思想の科学」第五次第二十一号、思想の科学社、一九六三年
(31) 在日韓国・朝鮮人と戦後補償の問題についても、植野真澄による詳細な整理がなされている。川瀬俊治「在日朝鮮人と援護行政」(吉岡増雄編著『在日朝鮮人と社会保障』所収、社会評論社、一九七

八年)、金敬得「在日韓国・朝鮮人戦傷者の訴え」(戦後補償問題研究会編『在日韓国・朝鮮人の戦後補償』所収、明石書店、一九九一年)、戦後補償問題研究会編『戦後補償問題資料集 第11集 傷痍軍属補償裁判関係資料集』(戦後補償問題研究会、一九九四年)、金成寿著、藤田博雄編『傷痍軍人金成寿の「戦争」──戦後補償を求める韓国人元日本兵』(社会批評社、一九九五年)、林えいだい『朝鮮人皇軍兵士──ニューギニア戦の特別志願兵 証言集』(柘植書房、一九九五年)など、一九九〇年代を中心に多くの成果が提出されている。

(32) 台湾人元日本兵に関する文献も、植野真澄による詳細な整理がなされている。基佐江里編著『聞け! 血涙の叫び──旧台湾出身日本兵秘録』(おりじん書房、一九八六年)、台湾人元日本兵士の補償問題を考える会編『台湾・補償・痛恨──台湾人元日本兵戦死傷補償問題資料集合冊』(台湾人元日本兵士の補償問題を考える会、一九九三年)などがある。

(33) 大島渚『忘れられた皇軍』は、一九六三年八月十六日、日本テレビ「ノンフィクション劇場」で放送された。監督・脚本・演出を大島渚が、プロデュースを牛山純一が務めた。以上の情報は、溝口元「『傷痍軍人』考──大島渚監督「忘れられた皇軍」を通して」(「立正大学社会福祉研究所年報」第十八号、立正大学社会福祉研究所、二〇一六年)を参照した。

(34) 伊藤孝司『棄てられた皇軍──朝鮮・台湾の軍人・軍属たち』影書房、一九九五年

(35) 吉永春子『さすらいの〈未復員〉』筑摩書房、一九八七年、清水光雄『最後の皇軍兵士──空白の時、戦傷病棟から』現代評論社、一九八五年

(36) 細渕富夫/清水寛/中村江里編『資料集成 精神障害兵士「病床日誌」』全三巻、六花出版、二〇一六──一七年

(37) 清水寛編著『日本帝国陸軍と精神障害兵士』不二出版、二〇〇六年、中村江里『戦争とトラウマ

――不可視化された日本兵の戦争神経症』吉川弘文館、二〇一八年
(38) 前掲「「傷痍軍人」をめぐる研究状況と現在」
(39) 前掲「傷痍軍人と15年戦争」。ここでしまねは、日本傷痍軍人会の機関紙「日傷月刊」上の「日傷歌壇」に投稿された短歌を取り上げ、「傷痍軍人の感想がいたいたしいまでに表現されている」(八三ページ)と述べている。
(40) 前掲『近代日本の戦傷病者と戦争体験』
(41) 若桑みどり「傷痍軍人の写真は残酷か」、安在邦夫/加藤友康/三宅明正/安田浩編『法廷に立つ歴史学――家永教科書論争と歴史学の現在』所収、大月書店、一九九三年
(42) 吉田裕編『戦争と軍隊の政治社会史』大月書店、二〇二一年
(43) 板垣直子『事変下の文学』第一書房、一九四一年、三四ページ
(44) 鳥羽耕史「傷痍軍人　小川未明「汽車奇談」「村へ帰った傷兵」」、石川巧/川口隆行編『戦争を〈読む〉』所収、ひつじ書房、二〇一三年
(45) 当事者の記録についても、植野真澄によって言及、整理されている。戦中のものに山口さとの『わが愛の記』(金星堂、一九四〇年)、小寺正三『愛の記録――傷痍軍人に寄する純愛記』(大阪新聞社、一九四四年)、原田末一『戦盲記』(水産社、一九四三年)、千葉一正『光に起つ――失明傷痍軍人寮物語』(愛之事業社、一九四三年)、二宮有薫編『九人の聾兵士』(金星堂、一九四三年)などがある。また戦後のものとしては、日本傷痍軍人会が二〇〇〇年に取りまとめた『戦傷病者等労苦調査事業報告書』や『戦傷病克服体験記録』がある。ここには会員から募った手記(妻の記を含む)が約四百編集められている。
(46) 重信幸彦『みんなで戦争――銃後美談と動員のフォークロア』青弓社、二〇一九年、二〇ページ

(47) 橋本明子『日本の長い戦後――敗戦の記憶・トラウマはどう語り継がれているか』山岡由美訳、みすず書房、二〇一七年

(48) 坪井秀人「序論 身体としての戦後日本そしてその傷跡」、坪井秀人編『戦後日本の傷跡』所収、臨川書店、二〇二二年、五ページ

(49) 植野真澄「白衣募金者一掃運動に見る傷痍軍人の戦後」、大阪大学大学院人文学研究科現代日本学研究室『日本学報』編集委員会編「大阪大学日本学報」第二十二号、大阪大学大学院人文学研究科現代日本学研究室、二〇〇三年、九五ページ

(50) 患者運動については長宏の一連の研究が、再軍備反対運動については植野真澄「占領下日本の再軍備反対論と傷痍軍人問題――左派政党機関紙に見る白衣の傷痍軍人」(法政大学大原社会問題研究所編「大原社会問題研究所雑誌」第五百五十・五百五十一合併号、法政大学大原社会問題研究所、二〇〇四年)が詳しい。

# 第1部　忘れられた傷——「傷痍軍人」前史と文学

# 第1章　文学が描いた傷と戦争へのまなざし
## ——日清戦争後の負傷兵言説と山田美妙「負傷兵」

### はじめに

文学と傷病兵・軍人について考えるとき、先行論の多くが日露戦争をその端緒もしくは中心に据えているということは、序章ですでに述べたとおりである。では、それ以前に書かれたものがないのか、といえば、決してそうではない。いくつもの作品が彼らの姿を描いている。本章ではまず、日清戦争後の傷ついた兵士たちがどのように描かれていたのかについて考えてみたい。特に中心に論じていくのは、山田美妙「負傷兵」である。

「負傷兵」は一八九六年に「世界之日本」（開拓社）に発表された短篇小説である。日清戦争中に軍夫だった男と負傷した元兵士、そしてその祖母の交流を描いている。この作品で描かれる十分な手当金もないままに傷の痛みに苦しむ負傷兵の現状は、当時「悲惨なる物語」であり、「人をして暗涙を催さしむ[1]」哀話の一つとして受け取られたようである。この作品に対する先行論は多くはなく、作家自身の「停滞期」の作品の一つとして名前が挙がる程度[2]だが、本作を明治文学史のなかに積極的に位置づけようとしたのが本間久雄である。

日清戦争の後に書いたものに「負傷兵」というのがあります。これは、日清戦争で負傷をして帰った負傷帰還兵であります。最初の中は、戦争の犠牲者だ、気の毒だというので世の中でも大事にしますが、段々にその負傷兵のことなどは頭に置かなくなる、問題にしなくなる。それに対する憤り、世の中がこれほど大事にしなければならぬものをこんなに粗末にしていいのかというのが美妙の考えであります。そういう世の中の軽佻浮薄なと申しますか、無情冷酷と申しますか、そういうことに対する憤りをこめて書いたのが「負傷兵」という作であります。[3]

ここで本間は、美妙を「人生派」の文学者と捉え、世の中に対して批判のまなざしを向けていることから「社会意識」の強さを指摘している。さらに本間は、『明治文学史』下巻（東京堂、一九三七年）のなかでも、「負傷兵」を小杉天外「喇叭卒」（一八九五年）、泉鏡花「海城発電」（一八九六年）・「凱旋祭」（一八九七年）、広津柳浪「七騎落」（一八九七年）などの作品と並べて「日清の戦役に取材した作品」（四二七ページ）の一つに数えている。本間の分類によれば、日清戦争を扱った文学には「日清役をたゞ事件の筋に取り入れたといふだけのもの」（四二八ページ）、「日清役における皇軍の勇ましく、雄々しきさまを景仰し、讃美しようとしたもの」、そして「戦争そのものゝ齎した他の一面を描いたもの」（四二九ページ）の三つの傾向があるとする。「負傷兵」は最後の一群に属し、「作者の負傷兵に対する深い同情と浮薄な世間に対する憤りとが全篇に漲つてゐる。日清役に取材したものとしては兎も角も複雑な味ひのものたるを失はない」（四三〇ページ）作品だと評価する。本間の日清戦争を描く作品の分類と「負傷兵」の位置づけの試みは非常に重要であり、現在の文学研究にとっても示唆に富むものになっている。しかし本間の以上のような指摘がありながら、先行研究では「負傷兵」の内容や表現などを実際に取り上げるものはほぼないといってもいい。

本章では、本間の指摘をふまえながら、「負傷兵」を同時代の負傷兵言説とともに読むことを試みる。日清戦争という出来事を日本の近代戦争史の端緒として重要視する視点や「五十年戦争」(4)というキーワードが提出され、多くの分野で日清戦争を再考する動きが起こって久しい。そのような歴史学的な問題意識にも背中を押されて本章では山田美妙「負傷兵」の分析をおこなうとともに、同時代の負傷兵をめぐる表象についても、可能なかぎりふれていく。日露癈兵を描く小説が数多く生まれる時代よりもずっと前に、文学が傷病兵をどのように描いてきたのかを明らかにすることには、文学史上の一定の意義が認められるだろう。なお、本章では、軍属の人夫である、いわゆる「軍夫」の負傷に関しても、戦争によって傷ついた存在として、兵士たちと並列して論じる。

## 1　日清戦争の負傷兵

文学作品について論じる前に、当時の負傷兵の様子を伝える言説にはどのようなものがあったのか、大まかにではあるが確認しておきたい。日清戦争中に陸軍で負傷・疾病によって兵役を免除された者は、記録に残っているだけでも三千七百九十四人いる。大谷正は、「陸軍の戦争被害者は、一八九四年七月二五日から九五年一一月一八日までの間に、死亡した者が一万三四八八名、服役免除者（負傷・疾病による障害などによって退役または兵役を免除された者）が三七九四名である。その死亡原因は、戦死・戦傷死が約一〇％、病死が八八％で、日清戦争が病気との闘いであったことが明らかである」[5]と述べる。ここで大谷が指摘するように、日清戦争は病気に苦しめられた戦争だった。つまり、負傷者はこの場合少数派になるだろうが、ここでは山田美妙「負傷兵」を分析するにあたり、あえて負傷の側面に注目して当時の言説をみていきたい。

まず戦中から戦後にかけて、負傷兵の数や帰還・入院の日程などの情報を伝える記事が散見される。例えば「朝日新聞」の「広島予備病院の患者」をみてみると「去る十八日の調査に拠れば目下広島予備病院及び第一第二分院に入院し居る負傷及び病兵は総計一千百十名」[6]と傷病兵の数を伝えたあと、その階級別の内訳まで示している。一方「読売新聞」には、出征兵士の親族向けに援護事業の内容を伝える記事があり、そのなかでは「世の親たり妻たり兄弟たるもの幸に夫婦子弟が国家に偉功を建て光輝耀々たる勲章を得て帰来するを待ち団欒歓呼して多日の相思を一掃せよ[7]」と、故郷で待つ人々を励まし安心させようとする記事もみられる。

また、負傷兵を称揚し、慰問の様子や美談を取り上げる記事もみられる。例えば「朝日新聞」には「日本橋区の負傷兵優待[8]」「負傷兵駒井大作氏[9]」など、見舞の報告が連日掲載されている。また、「読売新聞」の「軍人に対する石川県庁の冷遇」は、負傷兵の帰還に対する自治体の冷遇を批判しているが、負傷兵への態度として「沿道の人民は皆全幅の精神を以て之を慰労歓迎し（略）先を争ふて迎接し家々国旗を掲げ戸々球灯を吊るし優遇歓待[10]」することを理想としている。

さらに「日清戦争実記」にも、しばしば負傷者の様子は描かれる。例えば「軍人逸話」と銘打たれた「負傷兵の囈語」という話は野戦病院の様子について書いていて、麻酔剤を使用した際の負傷兵の「囈言」がどのようなものだったのかが話題になっている。その「囈言」は「常に「さあ斥候は自己の番だ」「貴様はまだ出る時じやあない」「はれ敵の騎兵が遣つて来る」「よしく彼畜生敲つ切つてやらう」の類[11]」であるとされ、「囈語」でも戦争のことを口走る兵士たちを称賛すべきものとしている。

加えて「日清戦争実記」については酒井敏の興味深い指摘がある。酒井は、「日清戦争実記」が、読者との結び付きを強めようとするメディア戦略の一環として、戦死兵士・軍人の肖像や逸話などの募集をおこなっていたこと、そしてそれらの企画が、本来は雑誌が目指していた「一人の戦死者を彼の物語とともに他の兵士から選別し、時に模範として提示する場」としての役割から、雑誌を「戦死者一人一人の体験を同じ重さで個別に記録する場[12]」へと変えていったこと、つまり雑誌の戦略を読者の欲望が変容させていった様子を捉えている。この指摘だけでも酒井の分析は非常に鋭いものだが、本書では、その募集の文言に、途中から負傷兵・軍人が含まれるようになったという酒井の指摘に注目したい。なぜならそれは、この時代にすでに、雑誌メディア・読者の双方が負傷帰還兵を「勇士」「英雄」として取り上げ、称揚していたことを示すからである。

当時の負傷兵言説については、日露廃兵や傷痍軍人をめぐって生じた言説に比べれば大きな動きはみられず、また負傷兵自身の語りや記録も少ない。同時代の負傷兵への援護事業は、国家単位でおこなわれるよりも各地域の対応に任されている部分が多かった[13]ために、彼らの姿が見えづらい状況にあったことは否めないだろう。ただ、これらの言説からわかるのは、のちの戦争での傷病兵言説の特徴としてしばしばみられるような援護事業の周知宣伝や数値的な報告、称揚や美談という典型的な語りは、この時点ですでにおおむね成立していたということである。

## 2　文学のなかの負傷兵

続いて、文学作品についてみていきたい。繰り返しにはなるが、当時の文学には、負傷兵や戦争によって傷ついた軍夫を登場させる作品がいくつか存在する。以下に例を挙げてみたい。

まず一つの傾向として指摘できるのは、負傷兵を「道具」として用いる作品の存在である。村井弦斎「旭日桜」(一八九五年)、川上眉山「大村少尉」(一八九六年)、また徳冨蘆花「不如帰」(一八九八―九九年）では、いずれも主要人物が負傷する展開が描かれる。ここでは一例として「不如帰」を引用する。

九月末に到り、黄海の捷報は聞へ、更に数日を経て負傷者の中に浪子は武男の姓名を見出しぬ。浪子は一夜眠らざりき。幸に東京なる伯母の其心を酌めるありて、何処より聞き得て報ぜしか、浪子は武男の負傷の太甚しく重からずして現に佐世保の病院にある由を知りつ。（略）彼は西に傷つき、吾は東に病みて、行きて問ふ可くもあらぬのみか、明らさまには葉書一枚の見舞すら心に任せぬ身ならずや。(14)

引用した「不如帰」の武男をはじめ、前述の作品では、負傷は出征した人間を「本人たちが予期しない形」で、なおかつ「生きている状態」で移動させることができる、ある種便利な「道具」として用いている。「不如帰」は明治文学のなかでいまなお高い人気を誇る著名な作品の一つだといえるだろうが、武男が一時期負傷者になっているということを記憶している人は少ないかもしれない。これは負傷が物語の内容に深く関わるものではなく、あくまで「道具」として用意されたものだということの表れといえるだろう。

負傷の道具的使用については、すでに同様のことが『明治文学史』下巻で指摘されている。本間は「戦地で負傷した或る海軍士官が内地に帰り、同じ戦ひで戦死した同僚の妹に看護されて、その間に恋愛が生ずる」物語などを例として挙げているが、ここで本間は戦争を「取り入れたといふだけ」(四二八ページ)だと論じていて、これは鋭い指摘である。戦争の強制力がある種の「運命」として語られ、移動が離別や巡り合いを発生させる手段として描かれている一方で、これらの作品が、戦争の一側面としての負傷を深く描きえていると評価するのは難しい。

ただし堀本柵「凱旋兵」にみられる心情の重要性にはふれておく必要があるだろう。作品では、戦友の戦死を経験したあとに帰還した負傷兵が「これが徳永折田の両尉官と、三人揃ふて旋りしなら、どれ程うれしき事か知れぬに、その人々は此世になく、それを思へばうれしひが五分なら、悲しひも亦五分なりと[15]」と語る場面があり、現在「サバイバーズ・ギルト」と呼ばれているような生還した兵士の複雑な心境をうかがわせるものとして興味深い。

また、文学で描かれたのは移動のための負傷だけではない。負傷そのものを数多く描いた人物に江見水蔭がいる。例えば『水雷艇』(博文館、一八九五年)、『速射砲』(博文館、一八九五年)の二つの作品集には多くの負傷者が登場する。例えば、以下のような話がある。

昨日帰つた友達の悪作。指を断られ。耳をおとし。命ばかりを大事に。やつとの事で帰国。孫子の代までさせまじき物軍夫なり。寒や蓋平城の雪の中。軍夫凍へ死んで其儘の氷詰。数多き中に。不憫や結城善助も。骨まで凍つて死んだわとの物語。聴いてお松身も世にあられず。転げ込んで只泣くばかりを。(略)朦朧としてあらはれたる男の姿。髯は。髪は。扨ても此世の人と誰が思ふべき。南無幽霊頓生菩提。善助殿迷うて御座つたか。幽霊なりともなつかしや。(略)今日青山に着いて。今此所まで。途中草臥た。汽車の疲労なほしてと言ふ。幽霊でも汽車に乗りまするかと恐る〳〵問はれて。善助手を打ち。扨は悪作奴にかつがれたな。幽霊とは道理。雪傷にころり遣られて。足が無いわいと撞木杖出して見せける。

（「軍夫の幽霊」『速射砲』一二〇―一二三ページ）

これは、足を失った軍夫が帰宅した際に妻に幽霊と間違われる、という笑い話である。『明治文学史』下巻では水蔭の戦争に関する作品を戦争賛美の作品の一つとして捉えているが、同時代評のなかには、「『水雷艇』及び『速射砲』の軍事短編小説中に、一も取るべき者なき」[16]というような、厳しい評価をするものもあった。また、基本的には水蔭の軍事短篇小説は当時から現在に至るまで「際物」と見なされ、その価値を見いだしにくいものとされている。一方で酒井敏は、水蔭に対するこのような評価を再考しようと試みた一人である。酒井は先に引用した「軍夫の幽霊」について、以下のように述べる。

「軍夫の幽霊」は、善助が帰国した場面で終わっているが、車夫だった彼が足を失えば、この一家が彼の従軍前よりさらに窮乏するだろうことは容易に想像が付く。さらに言えば、兵士達に対してさえ充分ではなかった戦後補償は、軍夫達に対しては一層薄く、無いに等しかったのである。軍夫の被害が統計数値の表面から消されてゆくのと並行して、こうした個々の事例も忘れられ、補償問題も不問に付されていった。[17]

酒井は、作品から「軍夫達への同情を読むことは深読みに過ぎよう」とするものの、水蔭の短篇が軍夫の抱えていた問題を「庶民の心性のレベルでフォークロアのように記録」(三三ページ)しているとし、軍夫の実相に迫る点について評価している。ここでは軍夫について言及しているが、負傷兵の表象という視点からも同様のことが指摘できるだろう。以下に二つの短篇の一部を引用する。

君、黄海で敵艦を見た時には如何なに心配して見たと思ふ……済遠の弾丸は我の眼を潰したのみならず、戦友を斃したぜ、(略)別して其場を目の見えた最後の場として見て居る我だ一層残念なのは当然ではないか。其今軍艦が分捕となつて、日本へ着いたといふ、見えなくつても見たいわ、其奴の弾丸が我の眼を潰したと思ふと尚更見たいわ、見たくつてならねえ

(「盲目水兵」『速射砲』八―一〇ページ)

父母は如何に悲しまるゝであらうか。又日頃心細い渠は如何に嘆くであらうか。渠は決別の折に、妾は一生寡婦で暮す覚悟でございますから貴郎の生還はあてにはして居りませんとは言ひしものゝ、必ずや渠——此の不具者の妻と言はるゝを恨むであらう。

あゝ、されど嘆くな嘆くな、悲しむに足らぬ。我の斯くなるも、国の為だ、大日本帝国の為だ!!

(「左手の書簡」『速射砲』一六七ページ)

「盲目水兵」では目、「左手の書簡」では右腕の負傷を描いている。自らが抱えた負傷を嘆くよう

な描写からは、酒井の指摘と同様、暗い影が落ちるその後の生活を想像することができる。水蔭の作品は、負傷による不便さを面白おかしく伝える傾向が強いものもあるが、制度的な下支えが乏しいなかでの生活苦が垣間見える点では、滑稽さや戦争賛美の姿勢にだけ回収することができない描写が含まれている。

以上、複数の作品に言及し、当時の文学にもしばしば負傷兵が登場することが明らかになった。これらの作品の表現をふまえたうえで、次節からは美妙の「負傷兵」の内容を検討する。

## 3 「負傷兵」が描いたもの

美妙は「負傷兵」の冒頭に「辞」を置いている。

文壇の酣戦場、新臨の羸馬羼幹、被ふに堅甲の恃むべき無く、撃つに利兵の執るべき無きに、漫然空想の鉄面を装ひ、陣頭に現はるゝ以上豈敢て生還を期せんや。唯斃れて已まんのみ。争奪優勝の世界、微力劣材刀折れ丸殫くるに至る事有りとするも是天のみ是数のみ、幸に屍を文墨の沙場に曝し、文陣多少の戦友と名籍を倶にするを得ば、飛影生涯の志望足れり。[18]

ここでは文壇を戦場と捉え、自らを鼓舞するレトリックが用いられている。山田篤朗によれば、美妙が戦争のレトリックによって自らの意気込みと態度を表現する手法は、『新体詞選』（香雲書屋、一八八六年）の「戦景大和魂」からも読み取れるという。[19]

また「辞」で美妙は「小説家須らく悲歎を観よ、寧ろ快楽に眼を掩へ。具さに悲歎を見んか。真情の涙始めて味はふを得べく、至誠の情始めて知るを得べし」と述べ、続けて「戦後の可憐なる兵士を見よ。豈涙無きを得んや。彼は柔順にして遺伝的日本魂を備へ、猛烈なる指嗾に応じて生命を賭せしもの、而して其帰休する状態如何、嗚呼予殆ど言ふに忍びず」（三五七ページ）と語る。ここでは「悲歎」への関心が「負傷兵」の執筆の動機につながっていることを示している。

美妙はまた、「嗚呼広丙号」（一八九七年）という作品のなかで、広丙号の沈没に際し、懸命に尽くした乗組員の被害に対する「帝国の人民」[20]の無関心を嘆くほか、「漁隊の遠征」（一九〇三年）では作品内の人物に「よろしうございますか、兵力で人の国を奪ふ、すなはち戦争をして人の国を奪ふと云ふこと、実にこれほど浅ましく、なさけ無く、又おろかな事は有りますまい」[21]と語らせている。これらは「悲歎」に対する美妙の意識を反映しているといえ、その意味でまさに本間が述べているような「人生派」の作家としての片鱗がみえる。

ただ、美妙はのちに「負傷兵」と同じ「飛影」の名で「国民新聞」に「陛下は神」（一九〇〇年）、「適薬」（一九〇〇年）などの軍事小説を連載していることもあり、戦争に対する美妙の思想は一貫していたとはいいがたい。また、当時はこのように、小説の前に文章を置くことは珍しくなく、美妙の作品のなかで定型の一つにもなっていた。そのため、この部分の言い回しや言葉遊びのような軽快な語り口を取り上げて、これだけをもって美妙の創作態度を論じるのは適切ではないだろう。[22]

しかし、少なくとも美妙には戦争が生み出す被害に対する目配りがあったことは指摘してもいいだろう。このような「悲歎」を描くことへの意識は、「負傷兵」本文の軍夫の語りにも表れているからだ。

そツと貧乏人を助けたり、蔭で人を救つて迷惑したり、それを一一吹聴しねえから人は識らず、さういふ人をば散散わるく言飛ばして、自分は外表の好い慈善とか何とか旨く評判取ツてる奴等が幅利かせるから口惜しいンだ。（略）不意と邂逅してさへこんな噺を見たり聞いたりするんだものを、此日本国中尋ねたら類似の事は幾許有るか、それ其係が知らねえのか。嗚呼己に手が書けたなら書いて夫こそ新聞にでも思ふ様出してやるがなア。（三六五―三六六ページ）

困窮する負傷兵が不可視化されていることを嘆く軍夫。「負傷兵」という作品を世に出すことによって、美妙は自らが描いた軍夫の「手が書けたなら」という嘆きに応答している。「負傷兵」は冒頭でも紹介したように、日清戦争後の軍夫と負傷兵家族との交流を描いた小説である。列車のなかで老婆に席を譲られた軍夫は、老婆の孫である負傷兵の様子を聞き、同情を覚えて家に立ち寄って見舞う。軍夫は窮状を目の当たりにすると、深く同情して金を渡し、「東京へ行つたツてまた何うか御交際は為るつもりさ」（三六七ページ）と今後の交流を約束する。作品を通して軍夫は、老婆に自らの母の姿を重ね続け、親不孝をしてきた自分を恥じている。また結末部では、人の親は老婆も自分の母も、すべての親が同じ深さの情を抱いていると痛感する様子が描かれる。

以降、作品分析をおこなうが、まずは軍夫と負傷兵とのそれぞれの描かれ方と同時代状況を照らし合わせながら読んでみたい。

日清戦争は、雇われた軍夫の多さをその特徴の一つとしていた。軍夫とは、大谷正によれば「過渡期の日本軍の補給業務を担当した臨時傭いの軍属」のことであり、「軍夫には軍服も軍靴も与えられず、軍夫の雇用と管理は軍が直接におこなえず、軍出入りの請負業者が担当した。小頭など末端の実務者の多くは博徒であった[23]」とされている。

「負傷兵」の軍夫は、日清戦争時の自身の経験を「此奴は面白いわい、一番押渡つて試てやらうてへので、夫から人夫に為つて彼地へ渡り、其内腕の職が役に立ツて軍隊属の大工となり、飛んだ持馴けねえ金まで儲けたのさ」（三六〇ページ）と語っている。当時の軍夫の賃金については、檜山幸夫が「人夫としては破格の高額な賃金で軍夫が雇用された[24]」ケースがあったことを指摘している。さらに、その「持馴けねえ金」を稼いだことが散財を引き起こし、生活が困窮する軍夫も現れ、戦後には窃盗や詐欺行為が問題になることもあった[25]。

「負傷兵」では、軍夫の人物像は当時の状況をある程度反映して作られ、困窮する負傷兵とは対照的に、彼らに施しを与える余裕がある姿が描かれている。ただし、ここでは軍夫は問題行動を起こす人物ではなく、長く家出をして親不孝をしてきた自身を反省し、「君、御免なせえよ、こりゃ本の心ばかりの御土産さ。私もちツたア持つて来たが、一旦阿母にも金面そろへて見せてえから、こりゃ全く記票ばかり、寸志だから辞退しねえで、ね君、何か口に合ふものでもね」と見舞金を渡して涙ぐむ。また、負傷兵の境遇に「何たる盲目ぞろひの世の中か」（三六六ページ）と憤る、人情に厚い人物像が描かれている。

続いて、負傷兵についてみていきたい。負傷兵が置かれた状況について祖母は以下のように語る。

「還ツて家に寝てますの。稼人は孫一人、その足腰は全で利かず、たツた三十円だけの御手当をいただいた夫ツきり。支那へ往ツてた間は村の衆が金集めて私等までも食はせてくれた、何たる有りがたいことかと神さまと一所に拝んでたくらゐでしたが、今ぢや最う最う全で駄目です。（略）好い加減治ツたところで病院から送り還され、稼業は出来ず、創の疼痛は再発する、銭金は無し、褒美は来ず、誰に縋るところも無く、孫は毎日唸ツて居る」（三六三ページ）

祖母は「私等の方には鐚一文も来ませんや」（三六三ページ）と周囲の対応に苦言を呈し、その言葉の端々から二人の置かれた苦しい生活が浮き彫りになる。日清戦争が人々の意識を変容させた戦争であるという点は序章でも確認したが、「負傷兵」のなかにも「天子様への御奉公、ありがたいぢやありませんか。然思や泣きたくても泣れず」「ただ〳〵天子様への御奉公、嗚呼有りがたいと言ふのが力で、何が何やら無茶苦茶さ」（三六二ページ）などの「国民」然とした語りを含む箇所がある。ただし、ここからは規範の内面化が強いられる一方で、制度に振り回されることに困惑するという矛盾した感情が強く読み取れる。

さらに「負傷兵」のなかの特徴的な語りとして、日清戦争の援護政策の偏りに対する不信感の吐露がある。

阿婆、何でも隊長の気に入らなけりや駄目だよな。掟だけの事よりか随分気を利かして働いたつもりだけれど、己一体蔭日向したり阿諛つかツたりするのは嫌だから別段隊長にそんな様にしても見せなかツたのが今思ふと損だツた。

（三六四ページ）

軍談は珍らしくも有りますまいから言ひますまいが、とうとう遣付けられちやツて揚句は此様です。いツそ隻脚全で落ちてくれりや夫こそ義足でもいただけるが、中途半端は駄目ですな、阿諛にしてもやツぱりな

（三六六ページ）

ここで隊長に対する「阿諛《おべつか》」への言及があるのが興味深い。軍隊内で要領よく振る舞えない兵士の「中途半端」さへの嘆きが足の傷の「中途半端」さと重ねられている。第2節で確認したように、当時負傷兵に対する支援や補償がないわけではなかった。生活の保障に関しては増加恩給など、当時から機能していた部分もある。しかし、前述のようにそれらの多くは地域ごとの対応に任せられていた。また、負傷兵が慰問を受けた際に軍談を披露し、それに対する見舞品や見舞金を受け取る場合もあるが、慰問は懇意にする軍人からの場合もあったのではないだろうか。そう考えれば、それらのつながりをもたない傷病兵たちが孤立し、困窮の末に追い詰められていった可能性が考えられるだろう。「負傷兵」では作品を通して、軍夫や負傷兵の現実にありえた姿を、ときに両者の格差をあらわにしながら表現していて、当時の状況が作品世界の前提として参照されたうえで、不可

視化されていた部分を描く小説になっていることがわかる。それは、例えば広津柳浪の「七騎落」で描かれた英雄の転落と同様に、理想と現実の間に存在する大きな隔たりを描き出している。その意味で、「負傷兵」はまさに「戦争そのものゝ齎した」ことを描き出す、一つの戦後文学として読むことができるだろう。

## 4　「負傷兵」の位置づけ

前節までみてきたように「負傷兵」は不可視化されている戦後の負傷兵の苦しい生活を「悲歎」を見つめるまなざしで捉えた作品であり、本間が着目したように、戦争文学、特に日清戦争の影響を描いた戦後文学として重要な作品だとまずはいえるだろう。一方で、同時代の文学状況に即して考えたとき、「負傷兵」はほかのジャンルとの近接性も見いだせる。物語の内容と描写の特徴をふまえたうえで、「負傷兵」という作品をどのように位置づけられるかについて考えたい。ここで、冒頭に挙げた同時代評をもう一度引いてみる。

さて又雑誌に出でたる小説には佳作二篇あり、一は『新小説』の柳浪が作、『河内屋』にして、他は、『世界之日本』に出でたる飛影の『負傷兵』なり。ともに悲惨なる物語、わけて『負傷兵』は人をして暗涙を催さしむ。（三四二ページ）

このなかで、「負傷兵」が柳浪の「河内屋」と並列されていることに注目したい。柳浪は当時から現在に至るまで、深刻小説あるいは悲惨小説の担い手として知られているが、その柳浪の作品と並べて「負傷兵」が「ともに悲惨なる物語」といわれているのは興味深い。もちろん、ここで柳浪と並べられているのは作品の時期的な近さのためでもあり、その意味では偶然である。しかし、この評はほかにもいくつもの作品を挙げているが、そのなかでもこれらの二作を並べて、同様に「悲惨なる物語」の佳作として取り上げていることは見逃してはならないだろう。ここに「負傷兵」が一つの深刻・悲惨小説もしくはそれらと非常に近しい作品として受容された可能性がみえてくる。

冒頭で確認したように、本間は美妙を「社会意識」をもつ作家として捉え、「初期の作から中期の作晩年の作に至るまで、社会意識あるいは文明批評意識というものが、美妙には非常に濃厚にはたらいておった」(一三ページ)としている。その「社会意識」はゾラの影響、もしくは美妙の個人的な意識からくるものだと語っているが、実際には同時代の文学の潮流も、少なからず美妙の作品に影響を与えているのではないか。

当時の日清戦後文学とルポルタージュの関係については、立花雄一の『明治下層記録文学』(〔ちくま学芸文庫〕、筑摩書房、二〇〇二年)が詳しい。立花は、深刻小説・悲惨小説・観念小説・社会小説などの社会の現実を描こうとする文学の出現に先駆けて、松原岩五郎をはじめとした明治の底辺社会ルポルタージュが登場していて、「悲惨・深刻小説の出現に、桜田文吾や松原岩五郎のスラム探訪報告が力をかしていたことは否めない」(一三三ページ)と指摘している。またルポルタージュに比べてそうした文学の表現には「戦後文学として登場しながら、時代のかげりをわずかに観念的なしかたや不具者をあつかうにエクセントリックなしかたでしか反映できなかった」（一四四ページ）という意味で未熟さがあったが、それらは前期硯友社文学を脱却するという意味では一つの成果を上げたと述べている。

美妙自身も初期の硯友社文学の旗手だったことは周知の事実だが、本間は、尾崎紅葉をはじめとする一派を「芸術派」とする一方で、美妙を「人情派」といい、文学に対する考え方に差異があったと指摘している。この指摘をふまえて、美妙の社会へのまなざしの可能性を開いてみたい。

立花によれば、横山源之助が下層社会のルポルタージュに従事しはじめたのは一八九四年のことであり、悲惨小説が盛んに論じられていくのは、田岡嶺雲が深刻・悲惨小説を論じた九五年以降である。九五年は、泉鏡花「外科室」、眉山の「書記官」などの観念小説、柳浪の「変目伝」「黒蜥蜴」が出た年だった。美妙の「負傷兵」と柳浪の「河内屋」が出たのが九六年であり、「河内屋」もまた深刻小説の代表的な作品だった。

そもそも深刻・悲惨小説がいったいどのような小説を指すのかという定義は難しいが、佐藤信夫は、当時の批評をもとに窺知可能な性格として、①悲惨的着色を帯びる、②読者の肺腑を貫き、同情の涙に咽ばす、③悲惨に、深刻にかつ鋭利なるもの、という三点を挙げている。[26]この条件を満たしているかを客観的に判断することは難しいが、美妙の「悲歎」への意識や同時代評がこの作品を「悲惨」なものとして読んでいたことから考えれば、一種の深刻・悲惨小説、もしくはそれに非常に近い物語として捉えることができる。同時代の文学状況をふまえれば、「負傷兵」はこれらの

「社会の暗黒面」を描く言説空間のなかで生まれ、そしてその潮流の傍らに位置づけることができる作品なのである。

さらに、もう一つの位置づけとして、「負傷兵」が日露戦争後の「癈兵」を描いた文学と共通点をもっていることも指摘しておきたい。前節で論じたとおり「負傷兵」は困窮する元兵士の「悲歎」を描き、軍夫と負傷兵の交流を描いているが、それが戦争によって傷ついた人間の苦しい生活を描いている点や、「国民」として戦争に関わった兵士と労働者との接点が描かれるという意味で、後年の癈兵小説を予感させるのである。

詳しくは第2章でふれるが、癈兵小説では、プロレタリア作家が多く執筆していることも影響し、癈兵と労働者との接触の場面が散見される。それらの小説の存在を早く指摘した大和田茂は、金子洋文の「癈兵をのせた赤電車」を取り上げ「癈兵の何か知れないが深い悲しみ、それを理解した貧しい労働者の涙、底辺に生きるものの一瞬のふれあい」(27)が描かれる点に言及している。「負傷兵」に描かれた軍夫と負傷兵の接点は、その交流自体に葛藤はなく、互いに友好的であるという意味で後年の癈兵小説群よりも単純な構造をもち、また癈兵小説ほどの厭戦・反戦の姿勢も読み取ることができない。しかし、それぞれが属する身分を意識した人物造形がなされ、異なる身分の人物の接触が具体的に描かれた作品という意味で、ほかの負傷兵を描いた文学と比べて、その先駆性を指摘できるだろう。

以上の点から、「負傷兵」は当然日清戦争後の文学の一つとして数えられるものだが、それとともに当時の底辺ルポルタージュや、深刻・悲惨小説の潮流のなかでも捉え直されるべき作品である、という作品のもう一つの顔を指摘することができる。また、日露戦争後の癈兵小説との類似性がみられ、作品の先駆性についても明らかになった。

## おわりに

本章では当時の言説空間やほかの作品にふれながら、山田美妙「負傷兵」を分析した。日清戦争後の負傷兵を語る言説は、のちに戦時下で用いられるような性格をすでに備えていた。また負傷兵を描く文学については、負傷が単なる設定として利用されることもあれば、水蔭の短篇のようにある種の記録として読めるようなものもあり、様々な作品が存在していた。

最後に、今回取り上げた作品の多くに共通するもう一つの特徴に言及しておきたい。それは、負傷兵を取り巻く物語のなかで繰り返される、戦い続けることへの宣言と、次に起こるはずの戦争への意識の表明である。例えば「旭日桜」では、負傷兵である猛雄が「生涯不具となつても此戦争を余所に見て居る事は出来ません」「片足でも出来ます、死んでも出来ます」(下、六〇ページ)と述べる場面がある。また、「大村少尉」では、「将来五年を待たずして、我々海軍の当局者が、将に血を以ツて買はんとする、いやどうしても買はねばならぬ余程の手剛い獲物」(一四六—一四七ページ)との戦争が起こると述べている。作品のなかで、日本で今後も戦争が継続していくと示されていることが多いのである。戦争それ自体をどう捉えるかの立場は作品によって異なるが、負傷した傷が治るかどうかにかかわらず、次の戦いは常に意識されている。この点に関しては「負傷兵」のなかでも、軍夫が「私なんぞ如斯吹けば飛ぶやうな人間で、いくら何てつたつて乾鯉の切歯だけれど。是でも戦争を見て来ただけに何うか是から何処の邦と遣出しても負けたくねえと倩倩思ふ」(三六七ページ)と述べている。

今回取り上げた作品のほとんどが日清戦争直後の作品であり、そのためにその戦争の相手は必ずしも「露国」ではなかったが、作中で負傷兵たちをはじめ多くの「国民」が、戦争直後にもかかわらず、相手がどこであれ再び戦争が起こることを当然のように意識してしまう姿は、「国民」となった民衆たちとメディアの関係性を考えるうえで重要な視点を提示しているといえるだろう。また文学にとって、傷ついた兵士たちを描くことは、戦争をまなざす一つの視点の確立につながった。戦場を片脚で駆け回ろうとする負傷兵が示す熱意から寝たきりで唸る負傷兵が示した悲歎までを含めて、日本が直面した近代戦争を描くための視点の一つを、負傷兵たちの表象は担っていたといえるだろう。「負傷兵」にみられる、癈兵を描く小説との類似点からも読み取れるように、当時の負傷兵言説は次の時代との連続性のなかで捉えられるべきものでもある。

本章ではこれらの言説を並べてみることで、美妙の「負傷兵」の同時代的な独自性を明らかにした。「負傷兵」は同時代の状況を反映しながらも、不可視化されてきた負傷兵の困窮する姿と人情に厚い軍夫の姿を丁寧に描いた。作品は戦後文学として位置づけられているが、底辺ルポルタージュや深刻・悲惨小説の流行という同時代の潮流のなかに位置づけられる可能性についても指摘した。当時の負傷兵を描く作品には、戦争から帰還したあとの生活を描くものがほとんどみられず、その点は読み手の想像力に委ねられていた。また、負傷がそもそも治癒するものとして描いているものも多い。そのなかで美妙の「負傷兵」が、日清戦争後の負傷兵の生活について切り込み、ありえた元兵士の現実の一端を描き出していることは、同時代の戦後文学のなかでも特筆に値するだろう。

注

(1) 初出は青年文記者「九月の小説界」(「青年文」一八九六年十月号、少年園)。本章での引用は中島国彦編『文藝時評大系 明治篇』第二巻(ゆまに書房、二〇〇五年、三四二ページ)による。

(2) 「負傷兵」発表時期前後の美妙については、一八九四年の「浅草公園私娼事件」、九五年の「稲舟事件」などが取り沙汰されたことによって文壇での地位が低くなったとされ、作家としての全盛期を過ぎ、勢いが失われた時期だとされることが多い。「負傷兵」などに用いられた「飛影」名については、山田篤朗『山田美妙――人と文学』(「日本の作家100人」、勉誠出版、二〇〇五年)などで、自らの名前を隠す意図があったと推測されている。その点については、美妙本人の経歴について論じることが本章の中心的な課題ではないため取り扱わないが、同時期、美妙名義でも作品を発表している点は指摘しておきたい。

(3) 本間久雄「山田美妙の史的位相」「実践文学」第九号、実践文学会、一九六〇年、一一ページ

(4) 日本の対外戦争の歴史を「五十年戦争」と捉え、その端緒を日清戦争とする視点を提出したのは藤村道生『日清戦争――東アジア近代史の転換点』(「岩波新書」、岩波書店、一九七三年)とされている。本章で参照したこの視点を共有する研究には、檜山幸夫編著『近代日本の形成と日清戦争――戦

争の社会史』（雄山閣出版、二〇〇一年）、大谷正『兵士と軍夫の日清戦争——戦場からの手紙をよむ』（有志舎、二〇〇六年）などがある。

（5）大谷正『日清戦争——近代日本初の対外戦争の実像』（中公新書）、中央公論新社、二〇一四年、二四〇ページ

（6）「広島予備病院の患者」「東京朝日新聞」一八九四年十月二十四日付、一面

（7）石黒忠悳「従軍者の親族に告ぐ」「読売新聞」一八九五年一月四日付、三面

（8）「日本橋区の負傷兵優待」「東京朝日新聞」一八九五年六月二十八日付、三面

（9）「負傷兵駒井大作氏」「東京朝日新聞」一八九五年六月二十九日付、三面

（10）「軍人に対する石川県庁の冷遇」「読売新聞」一八九五年五月三十一日付、三面

（11）「軍人逸話 負傷兵の囈語」「日清戦争実記」第十三編、博文館、一八九四年、八〇ページ

（12）酒井敏「〈勇士〉の肖像——『日清戦争実記』と読者」、日本近代文学会編集委員会編「日本近代文学」第六十七号、日本近代文学会、二〇〇二年、一〇ページ

（13）日清戦争時の軍事援護については、前掲『軍事援護の世界』の第一章が詳しい。

（14）初出は徳冨蘆花「不如帰」「国民新聞」一八九八年十一月二十九日付—九九年五月二十四日付。その後、一九〇〇年に民友社から刊行。本章での引用は『日本近代文学大系9 北村透谷・徳冨蘆花集』（角川書店、一九七二年、三七六ページ）からおこなった。

（15）堀本柵『凱旋兵』学友館、一八九五年、一九二—一九三ページ。署名は楓仙子。

（16）初出は青年文記者「水蔭と短編」「青年文」一八九六年六月号、少年園。本章での引用は、前掲『文藝時評大系 明治篇』第二巻（二七四ページ）による。

（17）酒井敏「軍夫・「文明戦争」の暗部——文学テクストからの照明」、日本文学協会編「日本文学」第

四十五巻第十一号、日本文学協会、一九九六年、三二ページ

(18)本章での引用は山田美妙「負傷兵」(『山田美妙集』第三巻、臨川書店、二〇一二年)からおこなった。当該箇所は三五七ページから引用。

(19)前掲『山田美妙』六六ページ

(20)初出は山田美妙「嗚呼広丙号」(「新小説」一八九七年六月号、春陽堂書店)。本章での引用は山田美妙「嗚呼広丙号」(『山田美妙集』第四巻、臨川書店、二〇一三年)による。当該箇所は三五二ページから引用。

(21)初出は山田美妙『漁隊の遠征』(青木嵩山堂、一九〇三年)。本章での引用は山田美妙「漁隊の遠征」(『山田美妙集』第七巻、臨川書店、二〇一八年)による。当該箇所は四三八ページから引用。

(22)「辞」の性質をはじめ、山田美妙文学については、学会発表を通して成蹊大学の大橋崇行教授から多大なご指導をいただいた。この場を借りてお礼を申し上げる。

(23)前掲『兵士と軍夫の日清戦争』七ページ

(24)前掲『近代日本の形成と日清戦争』一一四ページ

(25)軍夫の犯罪については、「軍夫上りの賊」(「東京朝日新聞」一八九五年十二月七日付、三面)などしばしば報道されている。

(26)佐藤信夫「「悲惨小説」論」「北九州大学文学部紀要」第二号、北九州大学文学部、一九六八年、五ページ

(27)大和田茂『社会文学・一九二〇年前後——平林初之輔と同時代文学』不二出版、一九九二年、二五三ページ

# 第２章　「癈兵小説群」を立ち上げる
## ──江口渙「中尉と癈兵」を中心に

### はじめに

日露戦争に際しての傷病兵は約三万六千人(1)とされ、当時の日本が直面することになった被害の大きさとしては未曾有のものだった。大量の傷病兵はおもに「癈兵」と呼ばれ、戦後には彼らへの対応と補償をめぐる議論が新聞・雑誌などで繰り返された。(2)そして文学でも、癈兵を描く作品が多く生み出された。それは短期間に集中して描かれるのではなく、一九〇〇年代後半から三〇年代初頭にかけて断続的に発表されていて、緩やかにではあるが、継続的に関心をもたれたテーマだといえる。このような癈兵と文学との関係については、先行論でもすでに明らかにされている。大和田茂は、作品が日露戦争後十年前後の期間を経て発表されていることを指摘し、「癈兵の問題が深刻な

| 巻号 | 出版社 | 年 | 備考 | 分類 |
|---|---|---|---|---|
| | 日高有倫堂 | 1906年 | 詩 | 1 |
| 13（6） | 春陽堂書店 | 1908年6月 | | 2 |
| 第1次1（2） | 東雲堂書店 | 1911年12月 | 人形芝居 | 1 |
| 2（10） | 近代思想社 | 1914年7月 | | 1 |
| 第2次（113） | 早稲田文学会 | 1915年4月 | 戯曲 | 2 |
| 21（6） | 春陽堂書店 | 1916年6月 | | 2 |
| 23（9） | 博文館 | 1917年8月 | のちに「二人の癈兵」と改題 | 2 |
| 13（12） | 実業之日本社 | 1918年10月 | | 2 |
| 24（2） | 春陽堂書店 | 1919年2月 | | 2 |
| 15（10） | 博文館 | 1920年10月 | | 2 |
| 2（9） | 種蒔き社 | 1922年6月 | | 3 |
| 2（3） | 新興文学社 | 1923年4月 | | 3 |
| 2（1） | 文芸市場社 | 1926年1月 | | 3 |
| 2（3） | マルクス書房 | 1928年3月 | 詩 | 3 |
| 1（5） | 戦旗社 | 1929年9月 | 詩 | 3 |
| | 紅玉堂書店 | 1930年 | 詩 | 3 |

社会問題となるのは、それだけの年数が必要であったのだろう」と考察したうえで、「身体的に不具になることはむろん不幸だが、それに重ねてそれ以上に癈兵たちは心が孤独と迫害によって侵されていくことを、これらの作品から我々は教えられるのである(3)」と作品の意義を論じた。また中山弘明は、癈兵を描く小説を、厭戦小説や脱営ものと並べて「〈反軍小説の系譜〉(4)」に位置づけたほか、郡司淳はこれらの小説でのプロレタリア作家の多さを指摘している(5)。

以上の研究は癈兵を描く作品の存在を明らかにした非常に重要なものだが、いずれも文学史のなかでの一現象として、作品名の紹介や、一部の作品のあらすじにふれるだけであり、それらの

表1　本章で取り上げる癈兵小説

| 作者 | 作品名 | 初出 | |
|---|---|---|---|
| 細越夏村 | 廃兵 | 『霊笛 新体詩集』 | |
| 岩野泡鳴 | 戦話 | 「新小説」 | |
| 長田秀雄 | 癈兵院夜曲 | 「朱欒」 | |
| 荒川義英 | 癈兵救慰会 | 「近代思想」 | |
| 長田秀雄 | 飢渇 | 「早稲田文学」 | |
| 中村星湖 | 廃兵院長 | 「新小説」 | |
| 須藤鐘一 | 癈兵院 | 「太陽」 | |
| 有本芳水 | 癈兵の話 | 「日本少年」 | |
| 江口渙 | 中尉と癈兵 | 「新小説」 | |
| 吉田絃二郎 | 癈兵の墓地 | 「文章世界」 | |
| 金子洋文 | 癈兵をのせた赤電車 | 「種蒔く人」 | |
| 吉田金重 | 敗残者の群 | 「新興文学」 | |
| 青山倭文二 | 「《アンチ・ミリタリスト》廃兵の話」 | 「文芸市場」 | |
| 森山啓 | 松葉杖の廃兵 | 「プロレタリア芸術」 | |
| 松山文雄 | 廃兵 | 「少年戦旗」 | |
| 槙本楠郎 | 廃兵 | 『娑婆の歌——プロレタリア歌集』 | |

作品群だけを中心に扱ったものではない。本章ではこれらの作品を「癈兵小説群」として捉え、文学のなかの癈兵の表象が、同時代言説の影響を受けながらどのような変遷をたどり、終焉を迎えたのかについて考察し、その特色を明らかにすることを試みる。

癈兵を題材にした作品として分類する際の定義については、先行論では特に明確にされてはいない。とはいえ、日露戦後の傷病兵を「癈兵」という呼称を伴って登場させ、中心的な題材として描いた文学作品を指すという点は共通し、扱う作品は小説だけでなく、戯曲や詩も含まれる。また、傷病による苦しみや、行商や労働に関する問題を取り上げて描いているものを中心に分類する傾向がみられる。本章でも同

図1　戦傷兵による待遇改善の陳情（1922年）（提供：毎日新聞社）

様に、日露戦争後の傷病兵を「癈兵」として描いたものを広く〈癈兵小説群〉として論じていく。また、同時代の詩や戯曲についても、この一群に含み込むことにし、一覧に示す。

同時代には「癈兵」という呼称を用いない作品も存在しているが[6]、今回はそれらを含んでいない。なぜならば、癈兵小説群をまとまった小説群として論じるにあたっては、この「癈」という文字のもつ意味が重要だと考えるからである[7]。序章でも確認したとおり、「癈」は病気やけがなどによって体の一部を損ない、障害として残ることを意味する文字であり、「廃（廢）」とは別字だが、当時からしばしば混用がみられる。この点については、今西聡子が詳細に明らかにしている[8]。それは癈兵たちが「廃兵」つまり「廃人となった兵士」として扱われた事実と無関係ではないだろう。「癈兵」（「廃兵」）は単なる呼称ではなく、日露戦後の傷病兵が置かれた状況までをも非常に端的に表す言葉だった。

本章が「癈兵小説群」として扱う作品を挙げると表1のようになる。[9]癈兵を描いた作品は、前述のとおり約二十五年の間に決して少なくない数が書かれ、一過性の興味・関心を引いたというよりも長期間にわたって題材として一定の支持を得ていたものと思われる。本章ではこれらの作品群としての特徴を明らかにするとともに、江口渙「中尉と癈兵」を分析する。

## 1 癈兵小説の特徴とその展開

作品群の最大の特徴として共通するのは、当時社会問題として扱われていた癈兵の姿をありのままに描き出すことに注力しているという点である。それは、これらの小説の存在が、癈兵の実態を示す資料として、歴史学の研究のなかで早くから指摘されていたことからも明らかである。郡司は荒川義英「癈兵救慰会」と江口渙「中尉と癈兵」に言及し、これらの作品の登場は、癈兵問題が当時の社会の耳目を集めていたことの証拠だとしている。[10]同作はまた、『日本近代文学大事典』の解説でも、「廃兵慈善事業の内幕を鋭く発いた短編」[11]とされ、その暴露性が評価のポイントになっている。また中山弘明は、癈兵を描く作品を評価する際に、「内実を探る格好の作品」(五二ページ)である点を挙げている。

当時の癈兵の多くは深刻な生活苦を抱え、国は大量の傷病兵への対策として癈兵院を設けたものの、傷ついた兵士たちは各地にあふれることになった。それに伴って癈兵の待遇改善を求める運動が活発化したことについては、郡司淳や松田英里が詳細に論じている。(12) 実際に当時の「読売新聞」では癈兵の生活改善を求める運動を取り上げ、「其日の生活にさへ困難してゐる陸海軍の癈兵(13)」が、「築地本願寺の直参堂で十五日遺族扶助料増額運動を起した」(五面)ことを述べているほか、「東京朝日新聞」にも「日本の如く癈兵を虐遇する国は東西を通じて一も見る事は出来ない(14)」とし、「大蔵大臣を訪うて陳情し容れられずば更に首相に陳情し飽迄初志を貫徹すと意気込んでゐる」(二面)癈兵の様子を報じている。

また、癈兵の行商行為についても盛んに議論されている。薬や雑貨を中心にした行商は、その多くが私的な団体によって組織され、生活に窮していることを過剰に主張する販売手口のため、「押し売り」として疎まれていく。癈兵院などの表向きの見解では、それらは癈兵による行為ではなく、癈兵の名誉を利用した「偽癈兵」によるものとされていた(15)が、郡司は行商問題について「癈兵の救済を掲げながら、その実彼らを喰いものにする団体」はたしかに存在し「「不正行為」をなす者が偽癈兵に限らなかった」(一二〇ページ)ことを指摘していて、「本物」の癈兵が行商に加わっていたことは事実のようである。そのような癈兵の現状を詳細に語っているのが、和田三郎「癈兵は今ま何の状ぞ」である。

　アゝ、夫は囚徒！妻は女工！これが肉弾となつて国家を守つた勇士の報酬である。
　然らば癈兵院に収容されて居ない人々は、如何なる生活を為しつゝある乎。(略)

聞けばこの三人は、S君とY君と及び其補助者のT君であつて、浅草の場末に住んで居て、売薬の行商で其国家に献げた残骸を保つ資として居る。（略）

両君で出れば売揚高は平均一日二円位にはなる。それを癈兵授産所の売薬卸値段として売揚高の五分の三を引て手取八十銭位、それも三八二十四円と行けば宜いですが、種々の故障があつて、本当に出る日は十四日位で、恩給と合して月二十円にも足らず、しかも其内から弁当代、補助者の雇賃等を支払はねばならず、実にヒドイですとS君の妻君は話して居た。(16)

この記事では、実際に癈兵が薬売りになったものの、生活が改善していかない苦しみが語られる。これらの問題が、文学作品でどう描かれていたのか確認してみたい。荒川義英「癈兵救慰会」に、以下のような場面がある。

『よう御苦労々々、時にどうぢやつたな、ははあ一円八十五銭、それに御園や仁丹がそう多くては……』と中佐は云つて元気に笑つた。事務員がパチ〳〵と算盤をはぢく。

『二十七銭。』

その声をきいて、男は泣きたくなつた。（略）男は外へ出て茫然とした。今朝国から出たとき着てゐた着物の包みをかゝへて、教へられた路を行つた。今朝十五円持つて出たのが、十円の保証金と汽車賃雑費をさし引いて、残りが三円四十何銭、それに二十七銭を加へて計算してみた。又涙がにぢんで来た。(17)

「癈兵救慰会」では、癈兵の売薬の利益の多くが「救慰会」を運営する人間の懐に入る様子や、今後の生活に不安を抱く癈兵の悲哀が捉えられ、やはり行商の際の厳しい現実が描かれている。引用部の具体性を帯びた描写からもうかがえるとおり、癈兵小説は一貫して、現実社会が直面した問題を浮き彫りにするという特徴をもっていた。

またこれらの作品群の多くは、癈兵の心身の失調を露骨に描くことでその問題をより強調していく傾向にある。中村星湖「廃兵院長」では、癈兵たちの「利かない片脚を曳摺(18)る様子や「潰れた両眼」(七六ページ)、「両脚が膝関節あたりで切断され」(七七ページ)た姿を描き、それらの姿が視点人物である「臆病者」に戦争を憂える気持ちを起こし、涙を流させる。また、吉田絃二郎「癈兵の墓地」では、負傷して帰還した陸軍大尉とその部下・木村が、戦友を見殺しにしてしまったという戦場の記憶から、精神的な異常を訴えるようになる姿が描かれる。これらの作品のなかで癈兵たちが抱えた傷は、彼らが生活に苦しみ、自身の置かれた状況を打破することができない様子を強調するものとして描き込まれている。

以上のような共通する特徴を確認したうえで、ここからは癈兵小説の変遷とその分類についての素描を試みる。作品群は個々の作品の特徴によって、三つの種類に分けることができる。まず一つ目は第三者的な視点から癈兵の姿が観察・記録されたものであり、主として初期の作品に多い。二つ目は、ある特定の癈兵たちが中心人物として描かれ、物語が展開するものである。三つ目は、プロレタリア文学の隆盛と並行し、癈兵を国家の犠牲者として描くものや、労働者との接触を描くものである。以下、それぞれの特徴について詳述するが、どの作品がどの分類に属するかについては、表１の「分類」欄に数字で示した。

一つ目の分類（表１の１）では、癈兵を外側から観察するにとどまり、癈兵自身の心情や生活の変化には深入りすることはないが、時代背景を捉え第三者の視点から描写することで、読者に癈兵が置かれた現状を伝える役割を果たしているといえる。前述の「癈兵救慰会」を取り上げれば、作品内に登場する「癈兵救慰会」とは陸軍中佐・勝田勇三が立ち上げた私的な組織で、売薬によって生計を立てる癈兵たちの集団を有している。描写のなかに、「片腕ないもの、片足ない者、唇に銃丸をうけて、一寸見ると口が耳まで裂けたやうになつた者、何れも皆、青年の忠臣であり勇卒であつた。そう云ふ人々が、次第に世の人々から忘れられるのは、中佐の云ふ通り全く憂ふべき現象であつた」（一九ページ）とあり、癈兵の外見の描写や癈兵が忘れられていく現状を伝えている。

しかし、この作品は、苦しむ癈兵の物語が結局のところ中佐の事業の成功という物語の内側に吸収されていく。それは、物語が中佐の家に「『癈兵救慰会本部』と云ふ大きな札が掛かつた」（一八ページ）ところから始まり、結末が、救慰会について「今までよりは些し大きい広告を新聞に出した」（二一ページ）という文章で終わることでも明らかである。ここで中佐は事業の継続・拡大を目指しているのであり、救慰会の規模拡大は中佐に搾取される癈兵たちが増えることを意味する。癈兵と中佐、二者の力関係から、問題が解決に向かわない悲惨な現状がより明白になる。

中村星湖「廃兵院長」にも再度ふれておくと、ここでは中心人物であり、貸し家を仕事とする「臆病者」からみた癈兵の諸相を描いているが、そこでは「臆病者」が憐れみながらも癈兵から距離をとる様子が顕著に現れている。「彼等は国家の為めの戦争で不具者になつたゞけで沢山なのに、死損ね、生残つた罰としてあんな便りない、自分でも恥かしからう、押売商売をしなければならない」（七九ページ）と同情を寄せ涙を流す一方で、実際に癈兵の存在が自分に近づくと「浅ましい」（七七ページ）、「家を荒される」（八一ページ）と考え、距離を置いて遠巻きに観察するのである。[19]つまりこれらの作品では、現状を悲哀に満ちた筆致で描いてはいるものの、癈兵の状況をどこか距離を保ちながら観察し、描いているようにみえる。

次に、二つ目の分類（表1の2）について確認していく。これらの作品では癈兵の登場人物に名前が与えられ、その心情や、家族をはじめ周囲の人間と結ぶ関係性とその変化までが描かれるようになり、癈兵の思考や言動が物語の展開に深く関わっていく。

例えば長田秀雄「飢渇」では、両足を切断し癈兵になった秋山貞俊が、そのために縁談がうまくいかないと思い込み、「他の奴等は皆愉快に世を暮らしてゐるのに、私一人かうやつて、寂しい日を送らなければならないかと思ふと、他の者がみんな憎くなつてきますよ[20]」と不平をあらわにしはじめ、家族との不和を引き起こす悲劇を描く。ほかにも、須藤鐘一「癈兵院」では癈兵院の日常を描いているが、仲がよかったはずの瀬沼曹長と山脇上等兵が「軍人独身論」をめぐって対立する。「軍人の卑怯未練の振舞」を排斥し、妻子が悲惨な運命をたどることを防ぐため、「軍人は須く独身たるべし」と主張する瀬沼と、駄菓子屋の娘に思いを寄せる山脇の関係は次第にすれ違っていき、それぞれの傷病を悪化させていく様子が描かれる。ここに分類した作品の主人公が抱える問題は様々だが、一貫して状況が好転せず、苦しいままに物語は終わりを迎える。

最後に、三つ目の分類（表１の３）をみていく。これらの作品には、労働の末に傷ついた者として癈兵の姿が描かれる。金子洋文「癈兵をのせた赤電車」には、以下のような場面がある。

電車が青山一丁目にとまつた、と同時に、立上つてゐた労働者の身体が左右に動揺したやうに思はれたが、次の瞬間彼は尻餅をついたやうに、べつたり廃兵の前に座つてしまつた。そして何やら叫ぶと、両手で廃兵の膝にとりすがつて、大きな声で泣き出した。
『ワツ、ワツ、ワツ………』と彼は泣きつゞけた、しまひには彼は子供のやうに肩をゆすぶつて泣きぢやくるのであつた
廃兵は動かなかつた、彼は永遠の悲しき巨像のやうに黙してゐた。(21)

労働者と癈兵は、発声と動作の有無によって動と静という対照的な姿で描かれ、そこに交流はない。しかし彼らは同じ線路を走る列車に乗っている。この場面には、生活苦を媒介にして、国家への批判を共有する者同士の共闘の可能性が読み込まれてきた。(22) ほかにも、吉田金重「敗残者の群」は、金銭の問題で親方のもとを飛び出した男が視点人物として描かれ、癈兵とともに行商を始める物語である。そのなかで自身が受けた「機械に指を喰ひ取られ」「負傷でもすればまるで癈物を掃溜へでもおっ放らかすやうな、資本家達のひどい処置」(23) が語られるとき、それは癈兵たちと重なる苦しみであり、むしろその苦しみを元労働者のほうが敏感に感じ取ることによって、癈兵の姿も語り直されていく。

また「敗残者の群」では、癈兵が過去に「名誉の負傷者」として称揚されていた、という時代の潮流自体が忘れられつつある様子が描かれる。癈兵たちはすでに行商に慣れきった状態で描かれ、労働に従事し、搾取されているという意味では労働者との境界線が見えにくいものとして並列されている。社会に見捨てられた人間（＝「敗残者」）であるという両者の実感のなかには、ある種の共通点を見いだすことができるだろう。

しかし、これらの接触や共闘の可能性は道半ばで途切れ、「癈兵小説」もまた終焉を迎える。一九三一年に「癈兵」は「傷痍軍人」へと呼称を変える。当然人々の使用語彙のレベルでは「癈兵」も残存していくため、言葉自体が即座に消滅するわけではなく、その待遇が劇的に改善されるわけではない。しかし、傷ついても国のために再び働く、「再起奉公」が可能な存在であることを含意したこの呼称[24]が「癈兵」の立ち位置を徐々に塗り替えていくなかで、癈兵を物語の中心に据える作品が描かれることはなくなっていく。

これらの分類と変遷を追っていくなかで、注目すべき作品として江口渙の「中尉と癈兵」が浮かび上がってくる。この作品は、客観的に観察される集団としての癈兵と、個としての癈兵をあわせて描いているうえに、家族や上司・部下、さらには労働者たちとの関係を深く描いている。つまり、二つ目の分類の特徴を色濃くもちながらも、三つの特徴をすべてもちあわせている作品だといえる。次節からは、「中尉と癈兵」の分析を通して、作品内の癈兵表象を考えることで、癈兵小説群全体の評価を試みる。

## 2 「中尉と癈兵」のなかの癈兵表象

江口渙「中尉と癈兵」は、個別の作品に言及されることが少ない癈兵小説群のなかでも比較的広く読まれてきた作品であり、いくつかの同時代評や先行論を参照することができる。そこからは江口渙という作家への注目も読み取れるが、癈兵という題材自体にも一定の評価が集まっていることがわかる。特に同時代評では、その生活に注ぐまなざしのありようや詳細な描写の内容についての意見がみられる。吉田絃二郎は「氏の戦争や、癈兵や、人間のどん底まで落ちて行つた苦しい醜い、しかしながら真剣な獣的な心に対する冷静な、思ひ遣のある観察」に着目し、「何うかしなければならぬといふ私達の生活改造に対する作者の熱意[25]」を評価している。一方で、菊池寛は江口の執拗な傷口の描写を取り上げ「何の必要があつて、あんなに力瘤を入れてかくのか、自分にはとても解らない[26]」と受け入れがたさを表明しているが、作家の描写の力に着目しているという点では共通している。

先行論では、鈴木貞美が「日露戦争で「名誉の負傷」を受け一時は栄光につつまれながら、時代の変化の中で世の中から忘れられ、捨てられたも同然の人物を主人公に、国家と社会の非情さを描き出す[27]」作品として評価し、ほかの癈兵小説と同様、内情の暴露に価値を見いだしている。

また、この作品については江口渙『わが文学半生記』のなかで、「「中尉と廃兵」になるとはっきり反戦文学としての内容を備えるようになった。私もその頃は、もうロシア革命の影響をだんだん身につけるようになっていたのである[28]」という言及があり、先行論はこの自身の発言をふまえて「反戦小説」として戦争への批判を読み取るものもある。例えば、佐藤静夫は「資本の冷酷さと戦争の非人間性とが、深い根に結ばれているものという氏の現実認識の洞察の確かさが、明らかに読者に向けて示されているのである[29]」として、労働者との接触の場面が反戦のメッセージを描く際に効果的に機能しているとする。

以上のように、「中尉と癈兵」についてはこれまで様々にふれられてはいるものの、江口渙の作品のなかの一つとして言及するにとどまっているものも多い。ここからは「中尉と癈兵」の作品分析を通して、「中尉と癈兵」、ひいては癈兵小説群がなぜ強い関心をもって書き続けられ、癈兵小説を書くことがなぜときに強い社会批判になりえたのかをさらに掘り下げてみたい。

「中尉と癈兵」の中心人物は負傷した中尉・信次であり、彼は失職中だが家族を抱えている。生活苦のなか、信次の周りには、行商を始める元部下や癈兵の集団、そして労働者が次々に現れる。大きな事件や転換が描かれるわけではないが、日々の生活のなかで無数の「傷」を抱える人々が交錯する作品である。「中尉と癈兵」がほかの癈兵小説と比べて特徴的なのは、作品が信次の身体描写にとどまらず、身体感覚やその同調を描く点である。信次は中尉でありながら先の作品に登場する、搾取する将校たちのようなたくましさを持ち合わせてはいない。信次は、「日露戦争に歩兵少尉として福知山連隊に属して出征[30]」し、砲弾によって左脚の大部分を奪われ、腰と背中にも傷を負っている。戦功によって中尉になり、一時「彼の名は当時の新聞雑誌の上で何度も繰返し謳歌された」

（八四ページ）という存在で、「文筆の才」によって旧藩主の書記頭として働いていたが、次代の若藩主による剰員淘汰の結果、恩給と年金での生活を余儀なくされる。

作品の序盤で信次は、「名誉の負傷者」だったころの自分を探し求めるが、それは実体をもたない影でしかなく、人々のまなざしは「あはれみと蔑と軽い嫌悪との心持が絡み合つてゐる瞳ばかり」（九〇ページ）で、名誉など時間がたてば消えてしまうことに気づく。しかも信次は社会から忘れられるだけでなく、戦功を立てた際に所属していたはずの連隊の中将にも忘れられている。作中の信次にとって実体としてあるのは「秋の光の中に身を蹲らせ」（八七ページ）ている自分の傷ついた身体だけである。作品内で信次はしばしばうずくまり自分の身体を抱え込むが、この表現は最後の場面まで、「台所の板の間に腰を卸したまま、暫時顔を上げる事が出来なかつた」（一一五ページ）というかたちで続き、一貫性をもっている。

ただし身体は信次にとって障壁としてだけ存在するのではなく、信次は周囲の人間の境遇を自分の身体を通して理解していく。信次の元部下の岡井は「同じやうな名誉の戦傷者」だが、「日本癈兵救護会」に入会して行商を始める。信次はその境遇を「自分の身に引較べて」（九三ページ）考える。行商に手を出すことこそないが、岡井の姿は自分のありえた姿でもある。また、行商する癈兵たちの姿を見たときも、「原稿を持つて雑誌社を歩き回つたり、知人の処へ行つて現在の生活の不安と苦しさと不平とを訴へる自分の姿が心に浮んだ。（略）如何にも浅ましい自分自身の姿をまざまざと見せられたやうな気持がして、もうそこにじつとしてはゐられなかつた」（一〇四ページ）と、対面している相手に自分の姿を重ねている。信次もまた癈兵であるからこそ、これらの苦しみは敏感に感受されうる。さらにこのような身体の同調は、対癡兵にとどまらないところまで拡大し、信次の心理に大きな変化をもたらす。それは労働によって負傷した者との出会いである。

## 3 身体感覚と描かれる「揺らぎ」

作品の後半で登場する「労働者風」の男は、以下のような相貌をしている。

その男の顔は思ひ切つて大きい頭の前半から下唇の辺まで一面に無残な火傷ですつかり潰れてゐる。頭の前半は白くなるほど禿げ落ちてゐる上に、無論、眉毛などは跡さへない、瞼も小鼻も上下の唇も縮れ曲つて、頬にも顔にも焼小手を当てられたやうな光つた処と、皮肌が條になつて縮れ上つた処とが傷しく入り交つてゐる。好く見ると左の眼は瞼と瞼とが流れたやうにくつついて、すつかり潰れてゐる。残つた右の眼さへ瞼の右の半分だけが僅に開け閉て出来るらしい。

（一〇八ページ）

この描写は、信次の傷の描写とあわせて読まれるべき箇所だろう。

膝頭の傷は無論前と格別の変りもない。火薬のために肉がひどく腐爛したので手術の時には始めの傷口よりもずつと上の膝の皿の上の辺から切り取られて終つたのである。然も周囲の肉よりも骨の方を一寸も深く削り去つてその上を肉で包ませてあるために、傷跡は絞り込んだ襞のやうに中へ向つてめり込んでゐる。（略）傷口全体が下すぼまりになつてゐる形は無残に押し潰された人間の顔のやうにも見える。
（一〇六ページ）

潰れた肉が顔のように見える信次の傷口と、男の潰れた顔の描写は対応している。信次は男の様子から「今にも心が慄へて裂けはしないかと思はれるほどの烈しい激動」（一〇七ページ）を感じるが、すぐにその「激動」は自分についての想像へと変わり、男のやけどに自分の傷口を見る。

どの場合でも信次が直面するのは、常に自分の身体を通して理解した痛みである。その痛みが労働者の苦しみそのものではない点や、「あれがほんとの癈人だ」（一〇九ページ）というように癈兵と男を比べ、優劣をつけるような言葉遣いに、作品の限界を指摘することもできるだろう。ただ、男の顔から「激動」を感じ、生活に困る男に五十銭を渡し、「これでも少ない位だ」（一〇八ページ）と語った信次があらわにした社会への憤りは、まさに佐藤が論じたような「資本の冷酷さと戦争の非人間性とが、深い根に結ばれている」という意識の表現であり、それは何よりも信次の身体による同一化によって表現することが可能になったものである。

しかし、男との出会いのあと、信次には決定的な変化が現れる。男の傷を「とても真正面に見てはゐられな」（一〇八ページ）くなり、目を逸らした場面のあと、信次は自分の身体を周囲の人々と重ねることをやめるのである。癈兵への理解は身体を通してはおこなわれず、「解つてゐる」という頭での理解を示す言葉として表れる。そして癈兵に迷惑する周囲の人々の心情のほうを慮り「助けずにゐるみんなも矢張り苦しいからだ」（一一三ページ）と胸のうちで繰り返す。ここで現れるのは信次の揺らぎである。

やがて演説が終つたと思ふとこんどはみんなで一斉に「癈兵の歌」を唄ひ出した。その如何にも哀切な心を籠めて唄つてゐると云つた風な、故意とらしく誇張した声の波が堪らなく忌しい響となつて、見る見る初冬の落日に照らされた露路の中へ広がつて行つた。露路の中からは矢張何の反響もない。その無理にも声を振り絞つてあはれな「癈兵の歌」を唄はずにはゐられない人々の心持も、亦、その忌しい同時に夥しく騒がしい声の波をぢつと耳を殺して我慢してゐる近所の人々の心持も、解り切るほど解り切つてゐた。「然しどうする事も出来ない」かう思ふと信次はもうそこに居堪れないやうな気持が仕出した。（一一四ページ）

信次は「無理にも声を振り絞つてあはれな「癈兵の歌」を唄はずにはゐられない人々」、つまり癈兵の一人なのか、「その忌しい同時に夥しく騒がしい声の波をぢつと耳を殺して我慢してゐる近所の人々」（一一四ページ）の一人なのかという揺らぎは、作品内では扉一枚によって隔てられた、まさに紙一重の世界なのである。

ここで、「中尉と癈兵」というタイトルに立ち返るならば、この「と」を並列の「と」として捉えるか、区別の「と」として捉えるかの二通りの解釈が存在するだろう。しかしどちらが正しいかを議論することにおそらく意味はない。むしろ二つの解釈が存在しうることに作品の意義があるだろう。いまは頭での理解に終始している信次も、作品内で語っているように、冬になれば傷口の痛みは強くなり、そのときには再度自身の身体感覚による理解を余儀なくされるだろう。信次が廃兵の一人であることは変わらず、揺らぎは何度でも繰り返すのである。そしてその揺らぎは、信次一人の苦しみを描くためのものではない。集団として描かれた廃兵たちの抱える傷も、労働者が抱える傷もそれによって何度でも前景化するのである。

「中尉と廃兵」は、廃兵小説のすべての要素を内包する作品である。中心人物である中尉・信次の体験する身体感覚の変化と共感の語りから、境界に揺れる存在としての廃兵の姿が立ち上がり、様々な傷が反復されることによって、ほかの作品と比較してもひときわ強い戦争批判を展開しているといえるだろう。

## おわりに

廃兵小説は、戦争に傷ついた廃兵たちが、社会への批判を主張することができる約二十年という限られた時間のなかで生まれ、盛り上がりをみせた作品群である。これらの小説は、実際の廃兵問題を反映した点が特徴的である。本章では、廃兵を取り巻く社会の現状を観察するもの、廃兵自身の心情や痛みが語られるもの、労働者問題との関係を深く描くものという三種に分類してその終焉までを概観した。特に「中尉と癈兵」を中心に分析したが、そこでは境界を揺れながら生きる癈兵が描き出されていて、様々な傷を反復することによって、反戦小説として成立していることが明らかになった。

この傷の反復は、作品の内部だけにとどまるものではなく、癈兵小説群という一連の作品群そのものがもつ力でもあるだろう。「中尉と癈兵」は作品群のほぼ中盤に位置し、第2節で確認したように、のちに自身も作品を手掛ける吉田絃二郎が同時代評を寄せている。また江口も執筆の前後、須藤鐘一「癈兵院」と吉田絃二郎「癈兵の墓地」に同時代評を寄せ、(31) いくつかの作品を実際に読み、関心を寄せていたことがわかる。ここには緩やかながら作品同士の関係性がみえてくるほか、「癈兵」という一つの題材が継続して描かれること自体が、様々な傷を反復しているともいえ、これらの連続性も含めて癈兵小説群はいま一度評価されるべきだろう。

これらの作品群がもつ時代を批判する力は、彼らが文字どおり「廃兵」だったことが関係している。繰り返しになるが、「癈」と「廃」の混用が容易に起こり、「英雄」でありながらも社会から疎まれ、排斥されるという意味をまとわなければならなかった兵士だったからこそ、その姿をあらわにして声を上げる姿が、批判になりえたのである。

また、この一時代の潮流を限定された期間のものとして、ほかの時代との断絶を捉えるだけではなく、「戦後」という時間軸のなかでの連続性もまた言及されるべきだろう。例えばこの癈兵たちの姿は、日本が敗戦を迎えたあとの傷痍軍人の姿と響き合う。加害と被害の間で揺れ、傷ついた姿を街中にさらすことで社会に問いを投げかけた傷痍軍人たちは、「中尉と癈兵」の信次に重ねることができるように思う。戦争が終わるたび、自らの傷をもって戦争を問い返す兵士たちの数々の表象を重ねて読むとき、癈兵小説は現代的な問いに接続されるべきものとして立ち現れるだろう。

注

(1) 傷病兵の数については、サトウタツヤ「傷痍軍人職業顧問としての心理学者——あるいは（福祉）法制と当事者の声の間」（前掲『傷痍軍人・リハビリテーション関係資料集成 第一巻 制度・施策／医療・教育編Ⅰ』）を参照した。

(2) 癈兵問題について論じる際、しばしば言及されるのは「癈兵を如何にせん」（「経済時報」一九〇六年五月号、経済時報社）である。ここでは「癈兵救護は国家当然の責務なり」（四ページ）として、癈兵院の問題を指摘し、職業紹介の必要性を述べるなどしていて、非常に早い段階から癈兵の救護の必要が強く叫ばれていたことがうかがえる。

(3) 前掲『社会文学・一九二〇年前後』二五三ページ

(4) 中山弘明「第一次世界大戦の時代——最初の世界戦争と植民地支配」、戦争と文学編集室編『〈戦争と文学〉案内』（「コレクション戦争と文学」別巻）所収、集英社、二〇一三年、五三ページ

(5) 前掲『軍事援護の世界』一二〇ページ

(6) 「癈兵」の呼称をおもなものとして使わない作品の例としては、小川未明「負傷者」（「太陽」一九一八年三月号、博文館）、江戸川乱歩「芋虫」（「新青年」一九二九年一月号、博文館）などがある。これらも日露戦後の傷病兵・軍人を描いたものとして重要な作品だが、「癈兵」に焦点化するため本

章では取り扱わない。
（7）本章では原則「癈」を用いるが、個別の作品内で「廃（癈）」が使われている場合にはその表記に従って「廃」で引用する。
（8）「癈」の字と「廃（癈）」との意味の差異については、前掲「日露戦争の傷病兵と地域社会」のほかに、前掲「傷痍軍人の視座から戦争の時代を読み解くために」にも言及がある。
（9）癈兵については、前掲『社会文学・一九二〇年前後』、前掲「第一次世界大戦の時代」、前掲「傷痍軍人の視座から戦争の時代を読み解くために」が作品を列挙して紹介している。
（10）前掲『軍事援護の世界』一二〇ページ
（11）日本近代文学館編『日本近代文学大事典』第一巻、講談社、一九七七年、五一ページ。項目執筆者は中山和子。
（12）前掲『軍事援護の世界』、前掲『近代日本の戦傷病者と戦争体験』
（13）「癈兵結束して叫ぶ」「読売新聞」一九一九年十二月十六日付、五面
（14）「弁当携帯で癈兵の陳情」「東京朝日新聞」一九二二年二月十五日付夕刊、二面
（15）「果して廃兵の売子乎」（「読売新聞」一九一四年一月二十八日付）は、癈兵院では「在院者をして売薬は勿論のこと其他何等の行商抔をさせた事は無」いとし、傷痍記章をもっていない者は「偽物と見て敢て差支ない」（三面）としている。
（16）和田三郎「癈兵は今ま何の状ぞ」「社会政策」一九一二年二月号、社会政策社、八ページ
（17）荒川義英「癈兵救慰会」「近代思想」一九一四年七月号、近代思想社、二一ページ（表1を参照）
（18）中村星湖「廃兵院長」「新小説」一九一六年六月号、春陽堂書店、七六ページ（表1を参照）
（19）一方で彼は、「私立東京廃兵院製薬部」を運営する癈兵・斎藤重吉院長とは近しく接することで、

「世間普通の男の生活に比べて、斎藤重吉氏の自由な我儘な生活が、いかに爽快であるかを考へた。その考へは或時は怖ろしさに変りまた羨ましさに変つた」（九〇ページ）とその生活を理解しようとし、また受容する。つまり、名もなき癈兵たちと癈兵院長の物語は異なるものとして描かれているのである。

(20) 初出は長田秀雄「飢渇」「早稲田文学」第二次、一九一五年四月号、早稲田文学会（表1を参照）。本章での引用は『現代戯曲全集 第十巻 長田秀雄』（国民図書、一九二五年）による。当該箇所は一五三ページから引用。

(21) 金子洋文「癈兵をのせた赤電車」「種蒔く人」一九二二年六月号、種蒔き社、四七二―四七三ページ（表1を参照）

(22)「癈兵をのせた赤電車」については、山武比古「「目的意識」と「新感覚」――金子洋文「地獄」」（日本民主主義文学会編「民主文学」一九六八年八月号、日本民主主義文学会）、須田久美「金子洋文の〈眼〉――『種蒔く人』のころ」（『金子洋文と『種蒔く人』――文学・思想・秋田』冬至書房、二〇〇九年）の言及があり、双方ともに癈兵と労働者が同じ空間にいることを共闘の可能性として読んでいる。

(23) 吉田金重「敗残者の群」「新興文学」一九二三年四月号、新興文学社、二一〇ページ（表1を参照）

(24)「傷痍軍人」という呼称とその意味については、前掲『軍事援護の世界』一三七ページを参照した。

(25) 初出は吉田絃二郎「雪空の下にて（六）」（「時事新報」一九一九年二月九日付）。本章での引用は宗像和重編『文藝時評大系 大正篇』第七巻（ゆまに書房、二〇〇六年）による。当該箇所は九四ページから引用。

(26) 菊池寛「議論と感想」「文章世界」一九一九年十月号、博文館、二四六ページ

（27）鈴木貞美「解題」、鈴木貞美編『モダン都市文学Ⅷ プロレタリア群像』所収、平凡社、一九九〇年、四七五ページ
（28）江口渙『わが文学半生記』（近代作家研究叢書）、日本図書センター、一九八九年、一七八ページ
（29）佐藤静夫「江口渙の生涯と文学——その文学的出発と時代のかかわり」、日本民主主義文学会編「民主文学」一九七五年四月号、日本民主主義文学会、一六ページ
（30）江口渙「中尉と癈兵」「新小説」一九一九年二月号、春陽堂書店、八三ページ（表1を参照）
（31）須藤鐘一「癈兵院」に関しては、江口渙「夕立を待つ心（六）」（「時事新報」一九一八年八月九日付）に、吉田紘二郎「癈兵の墓地」に関しては江口渙「十月文壇月評（六）」（「読売新聞」一九二〇年十月八日付）に言及がある。

# 第3章 「幻」が描く悲劇と抵抗
## ――江戸川乱歩「芋虫」をめぐって

### はじめに

江戸川乱歩「芋虫」は一九二九年一月号「新青年」に発表された（掲載時は「悪夢」）[1]。言わずと知れた乱歩の代表作であり、現代でも多くの読者が印象的な作品としてその名前を挙げるが、一方で、ある種の「問題作」のイメージをまとう作品でもある。それには物語内容と、掲載・出版をめぐって起こったいくつかの出来事が関係しているだろう。

本作品に登場する「芋虫」須永の哀れな姿と妻・時子の残虐な性的欲望、そして悲劇的な結末は強烈なインパクトを放っている。当初掲載される雑誌は「新青年」（博文館）ではなく「改造」（改造社）の予定だったが、「当時左翼的な評論などで政府から特別に睨まれて」いたこともあり、「い

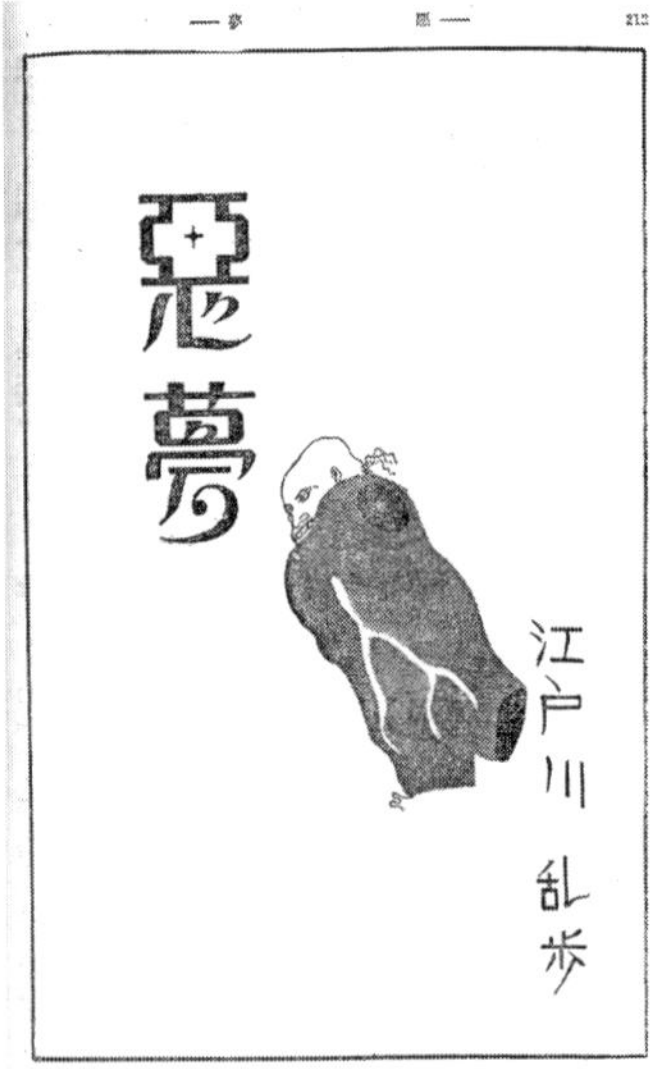

図2　江戸川乱歩「悪夢」
（出典：「新青年」1929年1月号、博文館）

くら伏せ字にしても、これではどうにも危くてのせられない(2)」と掲載を拒まれた。また、水沢不二夫が明らかにしているように、一九三九年には、癈兵とその妻の悲惨や、「変態的性欲生活」を描いたとして本作は削除処分を受け、それが実質的な要因の一つになり乱歩は休筆を余儀なくされた(3)。一方で左翼陣営からは評価され、反戦小説として歓迎を受けることになった(4)。

　また作品のグロテスクさや残虐趣味、怪奇趣味は乱歩自身の嗜好として解釈されることも多く、当時、平林初之輔は「江戸川氏の想像力の怪異さは、ある意味で世界の文学にも類例のない程のもの」であり、「もつと常態な、健康なものゝ中に神秘を見出すといふ方面へ氏の努力が転向されたたなら、氏の想像力はもつと効果のある作品を生みだすに相異ない(5)」と不満交じりに評している。しかし同時に大下宇陀児が「余りに残忍なのを非難する人があるかも知れぬ。それは人の好みで仕方がない。が、この身に迫るやうな鬼気を他に誰が書けるだらう(6)」と述べるように、その筆致は肯定的に評価されてもいた。

　同時代の文学場について、小林洋介はこの時代を「心理学・精神分析をはじめとした人間の精神領域に関する〈科学〉言説が大量に紹介された時代[7]」であったとして、戦間期モダニズム文学の「〈狂気〉の表象、及び、〈無意識〉を中心とした深層心理の表象」（七ページ）を分析した。そのなかで乱歩の探偵小説「D坂の殺人事件」を取り上げ、推理の過程に変態心理学、特に変態性欲に関する知識が導入されたことを指摘している。このような乱歩の作品と変態心理学との関連の指摘は多く、「芋虫」も変態性欲への関心の一変奏として捉えられることがしばしばある。

乱歩自身は「芋虫」について、反戦小説として読まれる可能性を理解しながらも、左翼イデオロギーについてはきっぱりと否定している。

> 私はあの小説を左翼イディオロギーで書いたわけではない。私はむろん戦争は嫌いだが、そんなことよりも、もっと強いレジスタンスが私の心中にはウヨウヨしている。例えば「なぜ神は人間を作ったか」というレジスタンスの方が、戦争や平和や左翼よりも、百倍も根本的で、百倍も強烈だ。それは抛っておいて、政治が人間最大の問題であるかの如く動いている文学者の気が知れない。（略）「芋虫」は探偵小説ではない。極端な苦痛と快楽と惨劇とを描こうとした小説で、それだけのものである。強いていえば、あれには「物のあわれ」というようなものも含まれていた。反戦よりはその方がむしろ意識的であった。反戦的なものを取入れたのは、偶然、それが最もこの悲惨に好都合な材料だったからにすぎない[8]。

乱歩は、「芋虫」が描いた癈兵という対象は「極端な苦痛と快楽と惨劇」を描くための手段にすぎなかったとしたうえで「なぜ神は人間を作ったか」という「レジスタンス」や、「物のあわれ」に対する意識を創作動機として強調している。この発言の意味は現在まで続く「芋虫」研究の中心的な関心になりつづけている。

髙野和彰が「『芋虫』に関する先行研究は意外に少ない」と述べ、「独自色が強く、探偵小説の考察とは違った視点からの分析と考察が必要になってくる」[9]ことをその理由として推測しているように、「芋虫」研究は、作品の知名度に反してそれほど多くはない。

そのなかで最も大きな影響力をもつのは、松山巖の『乱歩と東京』での「芋虫」分析だろう。前述の「なぜ神は人間を作ったか」という乱歩の問題意識を取り出し、「物のあわれ」というキーワードに注目したのも松山である。松山は、須永の元兵士という肩書を外して労働者としてみることで、反戦小説としての理解を遠ざけ、乱歩が描こうとした「物のあわれ」とは「人間として生きたいという希求とそれができないジレンマ」[10]だと結論づけている。

それ以降の研究では、その主要なもののすべてが何らかのかたちで松山の論にふれている。そこで常に問題になっているのは、乱歩の意図にかかわらず、当時、この作品で表現された悲劇がどのような意味をもちえたか、そして、なぜ彼らの姿が「物のあわれ」「神はなぜ人間を作ったか」の二点を表現する物語になりえたかという点である。

例えば百瀬久は初出時のタイトルである「悪夢」に着想を得て、「物のあわれ」を時子の側の生をめぐるものとして読み替えた[11]。人間性が失われてなお周期が巡る時子の月経と性欲の描写から、繁殖機能だけが健常に作用するメカニズムについて「なぜ神は人間をつくったか」という問いかけと重ねて論じた。また原田洋将は乱歩の作品における探偵小説と科学技術の接点を論じるにあたり、「芋虫」に関しては「「科学」の発達によって上書きされてしまう人間性に対する危機感を、乱歩なりの手法で取り入れた作品[12]」とした。

一方で「芋虫」で描かれた悲劇が、戦争が引き起こした物語である点に着目したニライ・チャルシムシェクの論も示唆に富む。たとえ乱歩の意図とは無関係だったとしても、須永が負ったのは紛れもなく「非常なる戦傷」(一二五ページ)である。「芋虫」を兵士のディスアビリティを描いたという点に着目して読むことによって、国家によってモノ化した男性が消費されていく悲劇の様相を明らかにした。ここでニライは松山論との差異として、この作品を理解するうえで元兵士の肩書を外してはならないとし、作品がもつ「当時の男性をめぐる諸規範に対する強い批判性[13]」を明らかにしている。

ニライは戦争による傷に着目しているが、当時戦傷病者が「癈兵」と呼ばれていたという背景をふまえるとさらなる考察の余地がある。鳥羽耕史が「芋虫」研究を総括し「マゾヒズムや子宮回帰願望などが読まれているが、傷痍軍人の設定については乱歩のグロテスク趣味に帰されている[14]」と指摘しているのは興味深い。

石川巧は、作品内の語りが、「時子の「情慾」を露骨に描写する」語りと「作品世界を冷ややかに突き放す[15]」語りの二つの位相をもっているとし、その分析を通して、「物のあわれ」とはどのようなものかということを考察したが、そのなかで「癈兵」という用語に言及している。そこでは「芋虫」にみられる「癈兵」という呼称について、作品の「初出時においてすでに前時代的な響きをもっていた」と推測したうえで、「「癈兵」を怪奇小説に組み込むことに意識的だった」（五九ページ）乱歩が、意図的に作品に呼び込んだ言葉だとした。また、語り手の言葉遣いを詳細に取り上げるなかで、「癈人」「片輪者」「肉塊」という表現が次第に「負傷者」「不具者」「彼」へと変容することに着目し、最初は須永について彼の人間性を剝奪して語っていた語り手が、終盤で彼を「敢えて人間として認知しようとする」（六三―六四ページ）点を指摘した。

石川が指摘しているように、作品に「癈兵」という言葉を呼び込む着想は、乱歩の癈兵の身体への関心によるものだといえ、語り手の言葉遣いの変化についても、その分析のとおり、おそらく意図的に仕掛けられたものだっただろう。しかし、「癈兵」という呼称については、当時「前時代的な響き」をもっていたものであるとはいいにくい。前章で確認したとおり、同時代に多くの小説で「癈兵」の語が使われていたことも理由の一つだが、続く第4章・第5章で確認するように、「傷痍軍人」という呼称が制度上定められたあとも、「癈兵」の呼称は大衆の使用語彙のレベルで長く残存していたと考えられるからである。

本章もまた、当時の日本社会での癈兵たちの状況をあらためて参照しながら作品を論じるが、その際には、当時ほかにも多くの癈兵を描いた文学作品があったことを意識しながら考えていきたい。第2章では、それらの〈癈兵小説群〉を取り上げながらも、一九二九年の「芋虫」については含めなかった。また、ほかの先行論でもこの作品については含まれていないことが多い。[16] 癈兵とその悲劇を描いたという意味では、「芋虫」も同様であるにもかかわらず、その一連の流れに組み込んで理解されていないのはなぜだろうか。

結論を先取りするならば、それはほかの作品と比較して、明らかに独自性が強い物語といえるからだろう。須永と時子の生活をめぐるグロテスクさを交えた描写は、多くの小説で描かれる癈兵たちの実情に基づく生活描写とは一線を画すものである。また、癈兵の妻という存在は、当時文学のなかではほとんど描き込まれていなかったが、「芋虫」は基本的に時子の視点から語られていく。

本章では、先行論の成果をふまえたうえで、さらに当時の癈兵が置かれた状況や、癈兵を描いた文学と「芋虫」の内容とを比較しながら、作品のなかで描かれた称揚の様相や、須永の奪われた「声」の表現を読むとともに、結末の場面で時子が見た「幻」について分析する。そして癈兵を物語の題材として取り上げているにもかかわらず、それを「芋虫」という言葉で語ることの効果を考察し、同時代における作品の独自性と意義について明らかにする。

## 1　過剰な「称揚」

「芋虫」は戦争によって両手両足と聴覚を失い、また発話が不可能になった元陸軍中尉の須永と、その妻・時子の物語である。彼らは英雄とその貞淑な妻として周囲から称揚されるものの、時間とともに孤立していく。ただ一人、須永の上官だった鷲尾老少将はいまだに夫婦を褒め称え続けるが、その評価も二人にとっては空虚なものになっていく。

忘れられる癈兵というイメージは、当時の癈兵の実情を反映するものだったと同時に、文学のなかで繰り返し描かれた姿でもある。小川未明「負傷者」のなかで「幸作が、斯の如き歓迎を受け、賞讃を受け、彼が語る戦争の実話などが人々の間に伝へられ、何かにつけて問題となつたのも、実に彼が帰つて来てから後暫らくの間に過ぎなかつた[17]」とまとめているように、その名誉は時間の経過とともに忘れられていくものだった。

「芋虫」では、その様子を時子の視線で語っている。帰郷後しばらくは、「時子が不具者の介抱に涙を流してゐる時、世の中は凱旋祝で大騒ぎをやつてゐた。彼女の所へも、親戚や知人や町内の人々から、名誉、名誉といふ言葉が、雨の様に降込んで来た」と、まるで当人の気持ちを無視した称揚が続けられるが、次第にその熱が冷めると、「夫の親戚達も、不具者を気味悪がつてか、物質的な援助を恐れてか、殆ど彼女の家に足踏みしなくなつた。彼女の側でも、両親はなく、兄妹達は皆薄情者であつた[18]」と語られる。須永も初めこそ「シンブン」と「クンシヨウ」を眺めることを好んでいたが、いつしか飽きてしまう。

一方で、時子自身については「あの癈人を三年の年月少しだつて厭な顔を見せるではなく、自分の欲をすつかり捨ててしまつて、親切に世話をしてゐる」点が評価され、当初は「彼女の犠牲的精神、彼女の稀なる貞節にふさはしく、云ふに云はれぬ誇らしい快感を以て、時子の心臓をくすぐつた」（二一三ページ）と、本人もその評価を受け入れていたことが示される。しかし現在の時子にとっては、夫との生活はすでに、「全く起居の自由を失つた哀れな片輪者を、勝手気儘にいぢめつけ」（二一八ページ）るという残虐な欲望なしには成立しないものであるために、この評価を後ろめたく、疎ましいものに感じている。ここでは夫婦がともに、押し付けられた称揚と手の平を返したような忘却との波に振り回されていく様子が見受けられる。

二人は次第に忘れられていくが、そのことによって、それまで周囲によって押し付けられてきた規範的な自己像から自由になることができるわけではない。華々しい戦功や武勲をたたえられ、功五級の金鵄勲章を与えられたうえに、激しい戦傷から一命を取り留めた医学界の「奇蹟」をも抱え込んだ須永は、「軍隊式な倫理観」と情欲との間で闘い「不思議な苦悶の影」(二一九ページ)を宿している。また自己犠牲と貞淑をたたえられた妻・時子は、自分の情欲を罪悪だと感じている。

特に、ニライが「褒め言葉や、眼つきがまるで世間そのものとなって」(二一六ページ)いると論じた鷲尾は、夫婦にとって最も近い存在で、ほぼ唯一の「世間」であり、鷲尾の称揚は、二人を規範の内側に拘束する役割を果たしている。例えば鷲尾は時子の「デブ〱と脂切つた身体つき」(二一四ページ)を訝しげに見ていて、「犠牲的精神」や「貞節」を点検するような視線があることが確認できる。

さらに、夫婦が暮らしている空間が事態をより複雑にしている。二人は少ない年金では生きていくことが難しくなり、「戦地での上長官であつた鷲尾少将の好意にあまへて、その邸内の離座敷を無賃で貸して貰つて住むことになつた」(二二三ページ)のである。このような設定は当時の癈兵小説にはみられない。癈兵を描く小説は、基本的に経済的な苦労や自身が称揚を受けなくなったこと、そして周囲との不調和を描くことが多いからである。

一見、須永のような身体の状態であれば、現実には何らかの救済措置がありそうにも思えるが、例えば当時傷病兵の収容を担った癈兵院は、入院すると恩給が停止されることになっていて、そのために家族の生計が逼迫する点が問題になっていた。[19] この背景をふまえると、夫婦としては鷲尾の好意は渡りに船だった可能性も高く、援助を受ける以外の選択肢はなかったとも考えられる。しかしここでは皮肉なことに、この居住空間が二人を囲い込むものとして機能してしまう。

「片田舎のことで、母屋と離座敷の間は、殆ど半丁も隔つてゐた。その間は道もないひどい草原で、ともすればガサ〳〵と音を立てゝ青大将が這出して来たり、少し足を踏み違へると、草に覆はれた古井戸が危なかつたりした」(二二四ページ)という描写をみれば、一見社会からの隔たりが強調されているように思える。しかし実際には二人の生活は鷲尾の家の敷地内で営まれ、そこで一生を過ごさなければならないという状況は、決して二人を世間の目から解放しないのである。「動物園の檻の中で一生を暮らす、二匹のけだもの」(二二四ページ)という表現からも、世間から隔絶されているように描かれながらも、実際には外部からの視線を意識せざるをえなかった二人の生活がうかがえる。

## 2 奪われた「声」

前節の鷲尾の視線の部分でもふれたが、「芋虫」が「眼」について執拗に描く作品であることはすでに先行論でも指摘されている。戦争から帰還した須永に残されていたが、作中で奪われた感覚が視覚であることからも非常に重要な表現だといえる。大鷹涼子は、眼というものが欲望を生じさせながらも対象との距離を生み出してしまう側面に着目し、「軍隊式な倫理観」を浮かべた須永の眼が、時子を恐怖させ悲劇に至るという展開を丁寧に読み解いている。[20]

付け加えるならば、時子自身の眼もまた自分自身を点検してしまうものとして機能している。自分を見る鷲尾のまなざしや須永の眼を感じるとき、時子もまた自身の醜い身体やむき出しの欲望と向き合う。また、三年前の須永の受傷時の出来事を思い出すとき、それは時子の「まぶたの内側に活動写真の様に現はれたり消えたりする」（二二六ページ）のである。「芋虫」には徹底的に視覚の動きが描き込まれ、意味をもたされている。

加えて本章では、須永の奪われた「声」について考えたい。作品内では時子の「思ひつき」（二二四ページ）によって筆談は可能になっているが、長文でのコミュニケーションは不可能なうえに、時子以外の人間との交流は描かれず、その「声」を奪われた状態で終始登場する。

村上克尚が『動物の声、他者の声』のなかで、「自由な人間性の理念から排斥されたり、逸脱してしまったりする存在[21]」に付与される動物表象をまさに「声」という概念で掬い上げようとしたことに顕著に現れているが、「声」はあるものの存在を主張し、その存在を承認していく過程のなかで大きな位置を占める要素である。ここで村上が提示した《人間》と《動物》の境界を問う着想は「芋虫」でも大きな意味をもつが、それについてはのちにふれる。

折しも「芋虫」出版前後は、様々な社会運動が盛んであり、各地の労働運動や全国水平社の活動などにもみられるように、人々がまさに「声」を発した時代でもあった。癈兵に関しても、一九二〇年代から三〇年代にかけて、恩給文給などの待遇改善を求める運動が盛んにおこなわれていた。

松田英里は当時の運動について、「これまで政策対象あるいは「慈善」の対象でしかなかった癈兵が、団体を結成し、政府や軍に自らの意見を発した[22]」と指摘している。その後、一九三一年には急進派による断食祈願がおこなわれるなど過激な運動も続き、彼らの声は無視できないものだった。

第2章で扱った江口渙「中尉と廃兵」でも、癈兵たちが集って演説し、「癈兵の唄」を歌い、その不遇を声高に叫ぶ場面が描かれている[23]。そのほかにも文学で描かれる癈兵の多くは、かつての戦友や上官・部下との交流を保ち、集団で行動する姿がしばしばみられるが、声を出す能力そのものを奪われている須永の姿はそれらの小説群に描かれる癈兵たちとは異なるものである。

須永の声が唯一再現されるのが、古井戸に落ちることを選んだ須永が残した「ユルス」という書き置きの意図を時子が推測する場面である。「私は死ぬ。けれど、お前の行為に立腹してではないのだよ。安心おし」（二三二ページ）という言葉遣いは、実際に須永が書いた片仮名の必要最低限の文字数で書かれた言葉に比べて、いくぶんか柔らかな印象を読者に与える。もちろんこの言葉は、「ユルス」という三文字を見た時子が勝手に生み出した声であり、時子を慰める発話内容は、彼女にとって都合がいい解釈を作り出しているだけだともいえる。

しかし、ここでは時子が補完した内容が須永の意図を正確に表していたかどうかは問題ではない。癈兵になるまではたしかに時子と交わされていたはずの須永の「声」が再現されていることが重要なのである。「頭でトントントンと畳を叩いて」（二一四ページ）せっかちに時子を呼ぶ様子や、口で文字を書くことに疲れ「まだ云ひ足りぬ」（二一八ページ）言葉を宙吊りにして時子を見つめることしかできない様子などと対置されるとき、ここに唯一挿入された幻の須永の肉声は、夫婦にとってありえたはずの、そしてもうかなうことがない生活を読者に想像させることによって、須永が失ったものの大きさを物語っている。

## 3　芋虫の「幻」

須永が古井戸に身を投げる最後の場面の解釈は、研究者だけでなく多くの読者が様々にふれているが、例えば松山が須永の行為を「生きるために死」（二〇七ページ）んだと表現したように、悲劇を前提としながらも、極限的な現実を打破する選択肢の一つだという読みは可能だろう。しかし本章で述べた二人の居住空間の設定から考えれば、古井戸に落ちた須永は鷲尾の敷地内から出られてはいないため、その意味では現実の打破には向かっていないといえる。むしろ乱歩が現実を穿つものとして用意しているのは、物語の結末に置かれた、時子が抱く芋虫の「幻」なのである。

本章でも取り上げるとおり、時子の「幻」に言及する論はいくつかある。安蒜貴子は、「ふと気がつくと、部屋の中が、丁度彼女の幻と同じに、もやに包まれた様に暗くなつて行く感じがした。幻の外にもう一重幻があつて、その外の方の幻が今消えて行かうとしてゐる様な気持であつた」（二二六ページ）という、須永の眼を傷つける直前の描写を扱う。そこで時子がつかみ損ねた「もう一重」の「幻」を須永の眼が開く第三の世界として捉え、それを時子が知ることができない、という感覚が破綻につながるとした。[24]

たしかにこの場面は、作品の展開のなかで非常に重要な部分だが、本章では結末部で現れるほうの「幻」について取り上げ、これまで夫婦を囲い込んできた称揚のまなざしと、その根底にある規範の双方を乗り越えようとする試みとして読んでみたい。以下に結末部分を引用する。

誠に変なことだけれど、その慌しい刹那に、時子は、闇夜に一匹の芋虫が、何かの木の枯枝を這つてゐて、枝の先端の所へ来ると、不自由な我身の重味で、ポトリと、下の真黒な空間へ、底知れず落ちて行く光景を、ふと幻に描いてゐた。（一二三ページ）

須永が古井戸に身を投げた直後、この文章をもって物語は終わる。当然「真黒な空間へ、底知れず落ちて行く」という描写の内容としては悲劇を示すもの以外の何物でもないが、ここでの転落は古井戸のなかに落ちるものではなく、木の上からの転落であって、この光景に限っては鷲尾が所有する土地にとらわれてはいない。また、この直前の場面では鷲尾を少将と呼称する回数が明らかに減っていて、軍人ではなく老人としての印象を強めていることも指摘できる。それまで軍人として二人を称揚しつづけてきた鷲尾の影響力が薄められることによって、二人を囲い込んでいた規範の拘束力が弱まっているといえるだろう。

石川は前掲論のなかでこの「幻」についても取り上げ、そこで描かれる一連の動作について、その静謐さと重さの表象に着目し、「人間ではないものに変容してしまった須永にとって、それは人間なるものの尊厳を取り戻そうとする行為に他ならない」（六六ページ）としている。たしかにこの一連の描写では、須永の人間性を強烈に印象づけようとする語りが展開されている。しかしここで注目したいのは、人間性を強く求める動作として語られていながらも、なおそれが「芋虫」のイメージによって包み込まれているということである。「芋虫」という言葉は、作品のタイトルとして機能するほど重要なイメージとして取り扱われ、須永の姿を描くグロテスクな表現の代表のように感じられるが、実は須永に対しては、実に様々な形容が作中に存在している。例えば、「手足のもげた人形」（二一八ページ）や「畸形な肉独楽」（二一九ページ）などがあり、これらの表現と並べたとき、「芋虫」という言葉だけが突出してグロテスクさの表現を担っているとはいいがたい。むしろその「腹部が艶々とはち切れ相にふくれ上つて、胴体ばかりの全身の内でも、殊にその部分が目立つてゐた」（二一九ページ）という「芋虫」的な須永の身体描写は、時子を形容した「デブ〳〵と脂切つた身体つき」とも類似する表現として存在しているのである。そう考えたとき、「芋虫」という表現をどのように考えることができるだろうか。

ここで前節に示した村上の論を想起したい。村上は日本の近代で「労働搾取、植民地化、戦争、ジェノサイドなど、さまざまな場面で人間の《動物》化が行われてきた」こと、「日本の軍隊における、兵士の《動物》化」（二三ページ）を指摘し、特に戦後の文学にみられる動物表象を検討した。そのなかで村上は「虫」をそうした動物表象の一つとして扱い、そこに「自律した人間性の幻想を解体」するはたらきを読み込んでいる。また人間に対して「依存と寄生という根源的な事実を想起させるからこそ、動物や虫は、ときにグロテスクな存在として忌み嫌われるのである」（二七三ページ）とも論じている。本章では動物論を手がかりに、時子が見た幻を作品の重要な場面として位置づけてみる。具体的には、須永の芋虫への変身を、動物としての生を引き受ける表象として捉えることによって、近代国家の理想とする規範、称揚される人間としての生に揺さぶりをかけるものとして読む可能性について考察したい。

これまでの分析をふまえれば、「芋虫」で描かれた悲劇的な顚末は、戦争によって傷つけられ、「人間だか何だか分らない様な癈兵」になった須永と、彼を支えながらも「情欲の鬼」（二一三ページ）と化した妻・時子が、二人を「けだもの」へと押しやったはずの社会の側によって、称揚するべき「人間」だと規定されつづけたことによって生じた悲劇だといえるだろう。その物語の結末で、時子が須永を人ではなく「芋虫」と見なすことにはどのような意味があるのだろうか。

まず、芋虫の身体性に着目して考えてみると、例えば、作品の序盤に一度、須永を「大きな黄色の芋虫」と形容する描写がある。ここでは、人間の身体としては「手足の名残り」でしかない「四つの肉のかたまり」が「芋虫の足」（二一九ページ）という表現に書き換えられている。人間として捉えるならば須永の身体は「畸形」で手足がない、「人間だか何だか分らない様な癈兵」というように、何かが欠損している状態として表現されるしかないが、「芋虫」として描写するかぎり、その身体は十全なものになる。また、結末に至って須永の芋虫としての身体が「不具」ではなく動作の「不自由」な体であるという表現に置き換わっていることも、この点から注目に値する。

さらに欠損を抱えた癈兵としての身体を離れ、芋虫へと変身するということは、須永の軍人としての名誉や、一命を取り留めた治療の「奇蹟」をその身体から切り離すことを意味する。「須永癈中尉」としてその身体の内に抱えていた評価を無効化していく芋虫のイメージは、称揚されるべき人間として囲い込もうとする軍隊式の、ひいては国家側の論理を攪乱するものとして読むことができるのである。

木から落ちる芋虫という「幻」は、単なる怪奇趣味的な結末ではない。この作品の独自性は、文学でほとんど描かれることがなかった癈兵の妻・時子を描き、その時子の「幻」が二人を囲い込む空間を塗り替える装置になったこと、そして形骸化した称揚が押し付ける規範的人間像への抵抗として、欠損を抱えた人間ではなく「芋虫」である須永が対置されたところにある。

ただし、それはあくまで幻のなかでの抵抗にすぎず、時子は鷲尾に助けを求め、須永は古井戸に落ちていくのであり、その抵抗が現実のものにならず、規範や論理を完全に乗り越えることができないところに、乱歩が意図したような、最も大きな悲劇がある。

## おわりに

本章では、須永と時子が置かれた状況と当時の癈兵言説とをあわせて検討することで、二人が称揚によって付与される規範的な自己像と現状との板挟みになる特殊な空間設定がなされていること、また須永が徹底的に「声」を奪われた存在として描かれていることを確認した。そのうえで村上の動物論を手がかりとしながら、結末部の時子の「幻」の考察を試みた。

乱歩は自身の残虐趣味について、以下のように述べている。

神は残虐である。人間の生存そのものが残虐である。そして又、本来の人類が如何に残虐を愛したか。神や王侯の祝祭には、いつも虐殺と犠牲とがつきものであった。社会生活の便宜主義が宗教の力添えによって、残虐への嫌悪と羞恥を生み出してから何千年、残虐はもうゆるぎのないタブーとなっているけれど、戦争と芸術だけが、それぞれ全く違ったやり方で、あからさまに残虐への郷愁を満たすのである。芸術は常にあらゆるタブーの水底をこそ航海する。(25)

戦争によって引き起こされた残虐な生存を文学という芸術で表現した「芋虫」は、まさに乱歩が描こうとした悲劇そのものだった。「障害者への歪んだイメージを増幅させ（著者自身にそのような意図はなかったにせよ）広くマイナス影響を与えたであろう(26)」という意味で、現代においてその残虐趣味な表現を評価することはできない。一方で、これらの表現によって当時描きえた抵抗の可能性について考えることには一定の意義を認めることができるだろう。現実に存在し、また表象されてもいた癈兵たちよりもさらに極限状態にある存在を、あえてグロテスクなかたちで創作する手つきを、当時の特権的な規範を揺さぶろうとするものとして読むことは可能である。

当時、生活に苦しみ、忘却を嘆く癈兵たちの「声」を様々に描いた作品たちが並ぶ一方で、「二階建ての離れ家」（二一四ページ）に住み「大島銘仙の着物」（二一六ページ）を着て、「栄養がよく」「健康」（二一八ページ）な生活を営むことができていながら、それでも破綻していくという夫婦の物語もまたこのように生まれていたのである。兵士の身体として十全ではなくなったことを意味する「癈兵」から「芋虫」へと変身する「幻」は、「癈兵」という言葉を投げかけられることからは遠ざかっていながらも、忘却と称揚、本人の意向とは関係なく注がれる周囲の視線のなか、閉塞的な現実を這い、打破できない現実をうごめく姿を描くことによって、むしろ癈兵の生を強烈に印象づけている。

前章からの繰り返しにはなるが、「癈兵」という、戦争が生み出した傷をその身体にまとった存在は、一九三一年に「傷痍軍人」へと名前を変える。「癈」の字は失われ、「軍人」の名誉が強調されることによって、傷の痛みと悲惨さは隠され、さらなる称揚と、残存能力に期待した再起奉公システムが強固に構築されていく。(27)「芋虫」たちの「声」だけでなく、井戸の底に落ちていく姿さえも不可視化される時代が目前に迫っているなかで、乱歩が「芋虫」を描いた意味は重く捉えられるべきだろう。

注

(1)乱歩は改題の経緯について「探偵小説四十年」上(『江戸川乱歩全集』第十三巻、講談社、一九七〇年)の「「芋虫」のこと」のなかで語っていて、編集長から「「芋虫」という題は何だか虫の話みたいで魅力がないから、「悪夢」と改めてもらえないか」(二〇一ページ)と打診されたことを明らかにしている。

(2)同書二〇二ページ

（3）水沢不二夫『検閲と発禁――近代日本の言論統制』森話社、二〇一六年、一六九ページ
（4）この点については乱歩自身が『江戸川乱歩全集』第十三巻（桃源社、一九六二年）の「あとがき」で、「この小説が発表されると、左翼方面から称讃の手紙が幾通もきた」（二七七ページ）と語っている。
（5）初出は平林初之輔「乱歩氏の諸作」（「東京朝日新聞」一九二九年一月五日付）。本章での引用は『江戸川乱歩全集』第八巻（平凡社、一九三一年）による。当該箇所は四九五ページから引用。
（6）初出は大下宇陀児「「芋虫」感想」（前掲「新青年」一九二九年一月号）。本章での引用は前掲『江戸川乱歩全集』第八巻（平凡社、一九三一年）による。当該箇所は四九六ページから引用。
（7）小林洋介『〈狂気〉と〈無意識〉のモダニズム――戦間期文学の一断面』笠間書院、二〇一三年、二二ページ
（8）前掲「「芋虫」のこと」二〇三ページ
（9）髙野和彰「江戸川乱歩『芋虫』考」「藝文攷」第二十三号、日本大学大学院芸術学研究科文芸学専攻、二〇一七年、八五ページ
（10）松山巖『乱歩と東京――1920都市の貌』（PARCO PICTURE BACKS）、ＰＡＲＣＯ出版局、一九八四年、二〇七ページ
（11）百瀬久「江戸川乱歩「芋虫」論――「悪夢」の原因」、東洋大学文学部日本文学文化学科編「文学論藻」第七十九号、東洋大学文学部日本文学文化学科、二〇〇五年
（12）原田洋将「江戸川乱歩「芋虫」に見る「探偵小説」と「科学」の接点」「阪神近代文学研究」第十五号、阪神近代文学会、二〇一四年、二四ページ
（13）ニライ・チャルシムシェク「江戸川乱歩『芋虫』論」、名古屋大学国語国文学会編「名古屋大学国

語国文学」第百三号、名古屋大学国語国文学会、二〇一〇年、一一三ページ
(14) 前掲「傷痍軍人　小川未明「汽車奇談」「村へ帰った傷兵」」一七ページ
(15) 石川巧「江戸川乱歩「芋虫」における〝物のあわれ〟」、立教大学日本文学会編「立教大学日本文学」百二十四号、立教大学日本文学会、二〇二〇年、五五ページ
(16) 唯一、前掲『傷痍軍人・リハビリテーション関係資料集成 第一巻 制度・施策／医療・教育編Ⅰ』が「芋虫」を一覧に含めている。
(17) 前掲「負傷者」一七一ページ
(18)「芋虫」の引用は初出の「新青年」一九二九年一月号(博文館)によった。ただしタイトルについては発表時の「悪夢」ではなく、乱歩が当初から構想していた「芋虫」を用いる。当該箇所は二二三ページからの引用。
(19) 当時の癈兵院の状況については、前掲『軍事援護の世界』を参照した。
(20) 大鷹涼子「江戸川乱歩「芋虫」論――〈快楽〉と〈恐怖〉の交代劇」、新青年研究会編「『新青年』趣味――『新青年』研究会機関誌」第十九号、『新青年』趣味編集委員会、二〇一九年、二一九ページ
(21) 村上克尚『動物の声、他者の声――日本戦後文学の倫理』新曜社、二〇一七年、一五ページ
(22) 前掲『近代日本の戦傷病者と戦争体験』四九ページ
(23) 前掲「中尉と癈兵」
(24) 安蒜貴子「江戸川乱歩「芋虫」「孤島の鬼」論――形作られる肉体をめぐって」、白百合女子大学言語・文学研究センター編「白百合女子大学言語・文学研究センター言語・文学研究論集」第二十号、白百合女子大学言語・文学研究センター、二〇二〇年
(25) 初出は江戸川乱歩「残虐への郷愁」(「新青年」一九三六年九月号、博文館)。本章での引用は『江

戸川乱歩全集』第八巻（講談社、一九六九年）による。当該箇所は三八二ページから引用。

（26）関義男「文学にみる障害者像　江戸川乱歩著『一寸法師』『芋虫』『盲獣』——残酷趣味で描かれた障害者」「ノーマライゼーション——障害者の福祉」第三百二号、日本障害者リハビリテーション協会、二〇〇六年

（27）「癈兵」から「傷痍軍人」への名称変更の経緯は、前掲『軍事援護の世界』が詳しい。

# 第2部　集められる傷——戦時下の傷痍軍人表象

# 第4章　大衆作家たちの「潤色執筆」——『傷痍軍人成功美談集』の成立と「再起奉公」言説をめぐって

## はじめに

戦争は無数の美談と英雄とを生み出してきた。美談の社会的なはたらきについて述べた大河内一男が美談を「乱世か末季に特有な現象」であり、「その時代の秩序の基礎が危殆にひんしている証拠」(1)だと述べたように、美談は災害や戦争、経済的な危機など、一定の困難が伴う状況のなかで大きく流行する形式である。困難な状況下での並外れた努力や自己犠牲をある種の模範像として顕彰し、社会に流通させる美談の形式は、時代を問わず用いられ、それは現代まで続いているが、特に戦争に関するものについては、人物の属性や物語の舞台も実に多様である。日清戦争期の木口小平の逸話や「勇敢なる水兵」のような一兵士のものもあれば、日露戦争期の広瀬武夫や橘周太のような軍神もの、「爆弾三勇士」など特定の作戦を描くものもあり、数多くの物語が国民の熱狂的な支持を得た。

一方で戦場ごと、もしくは銃後の地域ごとなど、複数の美談を一冊にまとめた「美談集」という形式も同時に流行した。日中戦争期の銃後美談を分析した重信幸彦は、一九三〇年代初頭、満洲事変から日中戦争までの期間に陸軍によって多くの美談集が編まれたことを指摘している。[2] 本章が取り上げる『傷痍軍人成功美談集』（以下、『美談集』と略記）も、その大きな流行のなかで生まれた一冊である。

すでに戦争美談に関しては多くの調査・研究があるが、それらは「何を明らかにするか」という目的意識のもと、大まかに三つの傾向に分けることができる。まず一つは、美談の裏側で「実際には何が起こっていたのか」を調査し、美談の虚構性を明らかにするものである。[3] もう一つは、美談を流布させた側、つまり政府や軍部、メディア側の積極性とその戦略の分析をおこなうものである。例えば、増子保志は満洲事変時の美談を扱うなかで、美談の真偽についてもふれてはいるが、「自己の意思で自己の利益のために戦争美談を利用し、戦争を推進する国家の代行機関として機能し、主導的な役割を果たした」[4] というメディアの積極性を明らかにすることが目的になっている。

そしてもう一つは、美談が事実であるか否かを問わず、それを「実話」として受け取った読者側の反応や、そうした受容の戦時下の社会空間でのはたらきを考察するものである。例えば重信は、政府や軍部など特定の主体による「権力」とは異なる「私たちの日常にはたらくもっと可視化しにくい「力」の作用」[5] や、「まわりの人々が一定の方向に向かって前のめりになっている状況を、自らも受け入れて同じ態度をとるようになっていくような関係性のありよう」（二一ページ）を「空気」という言葉で捉えた。そして、その「空気」が庶民の行動を規定していく過程を明らかにした。重信は『美談集』にも直接言及しているが、この点については後述する。本章では『美談集』に関して、これら三つの方向性を総合して分析し、美談がどのようにして生まれ、どのような「力」をもち、そしてその裏にどのような現実があったのか、について考察する。そしてそのうえで、作家の「創作」する行為が『美談集』でどのように活用されていったのかという点について明らかにする。

『美談集』は一九三四年、満洲事変後に傷痍軍人に配布するため、陸軍大臣官房が編集し偕行社から出版された。この『美談集』は、限定された読者層に宛てたとは思えないほど充実した作家陣によって執筆されているところに特色がある。美談ごとの担当者の署名はないが、「はしがき」によれば、「師団よりの調査報告に基き長谷川伸、加藤武雄、吉川英治、村松梢風、野村愛正、櫻井忠温、三上於菟吉、白井喬二、子母澤寛の諸氏並に故直木三十五氏に依嘱し適宜潤色執筆せられたものである」とあり、当時人気を博した大衆作家を中心にした顔ぶれがそろっている。

より細かくみていけば、長谷川伸が「股旅もの」で流行作家になり、白井喬二が「富士に立つ影」（一九二四―二七年）を、直木三十五が「南国太平記」（一九三一年）を書くなど、ここに名前が並んだほとんどの作家が時代小説の担い手だったこともわかる。「美談集」という形式での出版物にここまで多くの流行作家が名を連ねることは珍しく、同書の際立った特徴だといえる。例えば同じく陸軍大臣官房が携わった美談集に『満洲事変恤兵美談集』（陸軍大臣官房編、愛国恤兵会、一九三六年）があるが、作家の関与については明記されていない。当時の少年少女雑誌や新聞記事などで作家が美談を執筆する例は題材を問わず多く存在したが、集団で創作に関わる例は非常にまれだった。その意味で『美談集』は戦時下の文学のはたらきを捉えるうえでも注目に値するだろう。『美談集』に関する資料は少なく、その背景が詳らかにされているわけではないが、本章ではこの『美談集』を取り巻く背景や、文学作品としての重要性を可能なかぎり明らかにすることを試みる。

その際、これまであまり取り上げられてこなかった、美談の作り手として呼び出された作家たちの存在に着目する。ただし、『美談集』では、先にもふれたように、それぞれがどの美談を担当したかについては明記されておらず、判断が非常に難しいため、今回は執筆作品の判別はできなかった。本章では、『美談集』の傷痍軍人の描かれ方について、負傷後の職業復帰や後進育成を示す「再起奉公」の表象を中心に取り上げて美談の型を分析する。それによって、陸軍が「再起奉公」の道を示すために、なぜ事実の記録・伝達ではなく作家の「潤色執筆」という手段をとったのか、また、作家が傷痍軍人たちの逸話を「潤色執筆」することで、美談がどのようなはたらきをもつに至ったかについての考察を試みる。

## 1　成功美談とは何か

「美談」という物語の形式を端的に定義することは難しいが、成田龍一は、関東大震災の言説について論じるなかで美談を取り上げ、その形式について論じている。そこで成田は「美談」を、「共感」を介在させることによってある固有の体験を「われわれ」の体験として回収し、描き出すものだと述べる。さらに成田は、それらのステレオタイプ化した言説が「主語と状況の設定を変換するだけで、洪水のように人びとの前にたちあらわれる」(6)と指摘した。これは、美談における一種の「型」の存在と、その複製可能性について明らかにしたという点で非常に示唆に富む指摘である。

これをふまえて、まず本節では『美談集』のうち「成功美談」の型について確認する。ここで再度概説すると、本章で取り扱う『美談集』は一九三四年、国民の恤兵寄付金を用いて制作され、偕行社から出版されたものである。偕行社は、陸軍将校や同相当官を会員とし、団結・親睦や学術的研鑽、相互義助を目的とする団体で、集会の開催や機関雑誌・図書の発行、軍装用品や生活必需品の供給、住宅の建設や貸し付けなど、軍人の便益を図るための事業をおこなっていた(7)。また、主要機関誌「偕行社記事」には、軍事研究の論文などのほか、『美談集』も含め多くの書籍の広告も掲載された。

『美談集』は当初、傷痍軍人に配布することを目的としていたが、出版後間もなく発行された「偕行社記事」上の宣伝文に「各方面より、多数の希望者あるを以て、当部は、当局の承認を受け、更に之を複製し、実費を以て、其需要に応ずる次第である(8)」とあることから、結局は傷痍軍人に限らず流通したようである。前述のように偕行社は将校などエリート軍人を多く含む組織であり、これらの『美談集』が会員に周知・配布されることは、配布部数が示す以上の波及効果があったのではないだろうか。また、『美談集』の執筆陣に関しても、偕行社という組織と、属していた軍人たちの地位の高さが、多くの著名な作家の動員を可能にしていたといえるかもしれない。

収録された美談は傷痍軍人の負傷部位ごとに分類・構成され、上肢負傷者の部に二十七編、下肢負傷者の部に三十二編、頭部負傷者の部に十七編、軀幹負傷者の部に八編が収録され、総ページ数は四百二十三ページに及んでいる。

この本の題名にある「成功美談」とは、美談の当時の分類項目の一つだった。美談の分類には、「震災美談」「戦争美談」など出来事によるものや、「銃後美談」「学校美談」などの行為者が置かれた立場や場所によるものだけではなく、「何を成したか」という、行為に対する評価によるものも存在する。例えば一九三九年に出版された『美談日本史』（全十二巻、雄山閣）の各巻をみてみると、第一巻から順に「愛国美談」「政治美談」「教育美談」「産業美談」「成功美談」「忠勇美談」「宗教美談」「復讐美談」「貞烈孝行美談」「芸術美談」「武芸美談」「博愛美談」と題されている。そこに収録された多くの美談は、どのような行為を美談とするか（「貞烈孝行」「成功」「復讐」）や、行為に付随する思想（「愛国」「忠勇」「博愛」）を基準に分類されている。そう考えたとき、『美談集』は単なる傷痍軍人の美談ではなく「成功美談」というジャンルの枠組みに従って編まれた本ということになる。「成功美談」について『美談日本史』では以下のように説明している。


吾人は、志を固く守らうと考へる前に、まづ志の高からんことを図るべきである。即ち志を高く持して、然る後、その志を固く守つて行くべきである。（略）凡そ成功者の出でざる時代といふものはあり得ないのであつて、たゞその仕事が過去の時代のと同一でないだけである。

各時代に成功者がゐればこそ国家が興りつゝあるのである。[9]

大まかにいえば、「成功美談」の要件は「成功」に至るまでの「立志」と「努力」、そしてその「成功」の結果としての国家への寄与であることがわかる。では傷痍軍人を主役にするにあたり、「成功美談」として認められた生き方とはいったいどのようなものだったのだろうか。これを考える手がかりとして、序章で述べた「傷痍軍人」という用語の成立について再度簡潔にふれておく。「傷痍軍人」という呼称は一九三一年、『美談集』出版の約三年前に定められた。呼称の成立理由は、それ以前の呼称である「癈兵」が、その名誉にふさわしくないというものだったが、軍事援護について論じた郡司淳は、職業再教育によって「彼らを「再起奉公」の可能性を秘めた「傷痍軍人」たらしめる」[10]こと、つまり「傷病者を労働力として戦争に動員」（七九ページ）することを可能にするための変更だったと推測している。詳しくは後述するが、『美談集』の作品の一つひとつはまさにここでふれている「再起奉公」の道程を描いたものである。

重信も『美談集』について、取り上げられた人物の多くが日露戦後、つまり過去の傷病兵であることから、刊行時点で「「成功」といえるような物語を語りうる者はおそらくまだいなかったのではないだろうか」（七一ページ）と、『美談集』が今後の「再起奉公」のモデルケースの提示だった可能性にふれている。[11]傷痍軍人をめぐる同時代の状況を考えれば、『美談集』にとっての「成功美談」とはつまり、傷痍軍人が「再起奉公」、つまりは再就職を含めた生活の立て直しに向けて、どのような志を立て、「軍人精神」を損なわないままに努力し、国の誇りに、そして後世の模範になったのかという点が大きな評価軸になっているといえる。

ここまでは『美談集』の概要やその位置づけについて確認した。本節以降では、美談の具体的な内容と、物語の多くが共有している「型」について検討する。なかには非常に特異な顚末をたどるケースも存在するが、一方で大まかに共通する「型」がみられる。全八十四編のなかで、その多くは、①出自と出征の詳細と受傷の経緯を紹介したうえで、②「再起奉公」の内容や心情について詳しく描いたあと、③その人物が表彰されるか地域の模範像になる、もしくは新たな志を立て邁進する、という姿で締められる。例えば「倒れて後止む——病苦を克服成功した渡邊鶴三郎氏」という一編を取り上げてみると、「山梨県南都留郡瑞穂村の農家に生れた」（二九ページ）と、出自の紹介から始まり、出征後の武勇と「右上膊骨折貫通銃創」（三〇ページ）を負う経緯が書かれたのち、生活が苦しい家族を助けるために再び働き始める姿を描いている。途中「なれぬ商売」（三二ページ）に苦戦し、負傷の疼痛に困難を感じるも、次第に状況は好転し、現在は「家運は益々隆盛」し、「村人の羨望の的となつてゐる」（三三ページ）ことが紹介され物語は終わる。一人の人間の半生を長く描くスタイルは、例えば少年雑誌の偉人を描く「立志美談」などに近い形式だといえる。「成功」や「立志」をたたえるこのスタイルは、戦争に際して編まれた美談のなかでそう多くはない。例えば、「サンデー毎日」の臨時特別号として出された「日支事変忠勇美談集」をみると、その「題詞」のなかで「国民の熱誠なる後援」と「出征将士の忠烈なる行為」（一五ページ）をたたえている。目次を参照すると、そうした言葉に呼応するように、戦場の美談を多数掲載し、巻末には「銃後の花」と題して銃後美談を付している。[12] そこでは戦闘と銃後でのある特定の言動について評価し、『美談集』のように、人物の半生を通してたたえつづけるという物語はほとんどない。当然軍国美談の場合、最も勇敢であるとされたのは戦場死であり、その後の人生を描くことができなかったという点も関係しているだろう。一方、『美談集』の場合には、戦場での武勲と銃後での成功を両方描いていて、その意味では、位相が違う二つの美談を併せ持つ形式だといえる。

## 2 「再起奉公」とその裏側

『美談集』の内容のなかでも特徴的なのが、おもな読者として想定された傷痍軍人に提示される「再起奉公」を目指すための模範的な生き方である。一度は傷痍疾病に倒れながらも、再び国家への貢献を志すというライフストーリーは、傷痍軍人だからこそ経験する出来事である。『美談集』の最も直接的な効用として、このようなモデルケースを提示し、参考にしてもらうというものがあっただろう。

「再起奉公」の型として最も多いのは、郷里に戻って身を立てるというものである。一部には開拓のために外地に渡ったり上京したりするケースもみられるが、傷ついた身体にとっては「郷里は矢張り最上の安息所」(「後進の指導者――西南役の勇士岩尾磯太郎氏の半生」、四ページ)なのである。また家業を継いだり、「ちやうど空があるが村役場の書記になつてみないか」(「隻脚の名村長――忠節の二字に輝く伊藤貞七氏」、一三六ページ)というような声掛けがあったりと、そこでの人脈をもつ故郷が多くの傷痍軍人にとって最も再就職しやすい環境でもあったため、読者が参照可能な例として多く取り上げられたのだろう。

そこでは「この体で百姓がつとまるかしらん……さう考へて来ると、不安に心が曇ることもあった」（「神への土産――義足の身を以て働いた竹内乙助氏」、一八九ページ）などと弱気な心情の吐露や事業の失敗も描かれるが、結末部では苦労が報われ、不自由な身体を奮い立たせての努力の物語が美談とされている。生活を立て直したところで終わる美談もあるが、多くの物語はその先の時空間にも言及する。ここでは特徴的な二つのケースについて取り上げる。一つ目は、地域の軍事援護のために尽力するという道である。

> 彼は鶴羽村在郷軍人分会の名誉会員として、分会の事業を積極的に援助した。彼は自分の過去をふりかへつた時、自分がかうして今日安楽に暮せるのは、皇恩の賜物であることを深く感じた。又、幾度かの苦難に遭遇して、よく難関を突破し得たのは、軍人精神のお陰であることを痛感した。この広大なる皇恩に酬いるためには、後進の教育に力を添へることが、最もよい方法であると考へ、彼は在郷軍人会のために微力を尽さうと決心した。
>
> （「第二の暁――果樹園に成功せし後井太市氏」、二五三ページ）

主人公は戦争で左脚を負傷したが、果樹園の経営で再起した人物であり、後進の教育や地域の軍事援護拡充を推進する姿が模範像として示されている。

そしてもう一つは、自身の家庭で後進を育成する道である。

なほ、安次郎は自分が御国のために命を捧げようと思つて、遂に果せなかつたところから、子供の中から自分の素志をつぐ者を出したい念願で、五男の健蔵を海軍に志願せしめ目下服務中である。又次男の安之丞は上海事変に際しては補充兵として召集を受け、皇軍の威武発揚のために努力して目出度く凱旋した。

（「働くことの楽み――不具の身を顧ず働いた大西安次郎氏」、二二三ページ）

ここでは道半ばで倒れた自分のかわりに自らの子どもを後進として育てることが美談になっている。のちに愛国婦人会による傷痍軍人の結婚を斡旋する動きが盛んになるが[13]、次世代の育成は彼らの大きな役割の一つとしてすでに認識されていたのだろう。引用からもうかがえるように、実際に個々のケースを詳しく読むと、家族構成や生活状況、具体的な農業や商業の仕事内容についても書かれ、帰郷から再就職、そしてその後の人生のハウツー本の様相を帯びている。

加えて『美談集』には、「軍人精神」やそれに準じる言葉が頻出する。「偕行社記事」の広告でも「殊に、不具癈疾の身を以て、能く軍人精神を発揮し、公私の事業に精勤し、功を成し、名を遂げたる者に至つては、真に国民の亀鑑である」[14]と、彼らの再起を称揚・宣伝している。つまりここでは「再起奉公」のための行為のすべてが「軍人精神」の体現であることが重要なのであり、模範的な「軍人精神」についても非常に多く描き込まれる。

戦場で壮烈な死を与へられぬ彼は、実社会に於ての、壮烈な死を選び、生活戦に常に決死隊の覚悟を以って闘ひ、町制に、青年教育に、在郷軍人会に、その他総ての業務にあたつて常に第一尖兵の覚悟を抱いて邁進し、活躍したればこそ、幾多の難苦を突破し、常にその職責、役務を完うし得たのも、宜なる哉である。

（「実社会の尖兵――公共事業に精励する丹野千代吉氏」、六一ページ）

故郷を戦場に例えるレトリックを用いて、「第一尖兵」として「生活戦」を戦い抜く姿を模範的な「再起奉公」として紹介している。『美談集』は陸軍が企画したものであり、「軍人精神」を宣伝する傾向があることは当然だといえるかもしれないが、特に傷痍軍人の「再起奉公」を描くにあたっては、このような強調は必要だった。

ここまで『美談集』の役割をモデルケースの提示だと述べてきた。モデルを必要とするということは、裏を返せばそこには、軍部からみれば隠したかった、美談としては語れない「失敗談」や、当時の傷痍軍人が思い描くだろう将来の悲惨なイメージが存在したということでもある。このイメージの払拭こそ、『美談集』に与えられた裏の役割だったといえる。「美談」による隠蔽の効果に関しては成田も、「「美談」を語ることは同時に、隠蔽をともなっている点を指摘しうる」（二二九ページ）と述べている。

そう考えたときに、隠蔽されたものとしてまず思い至るべきなのが、成功美談とは真逆の存在、つまり再就職が難しい傷痍軍人たちの存在である。すでに多くの指摘があるように、心に傷を負った兵士もそこにはいたはずだが、取り上げられていない[15]。また『美談集』の頭部・軀幹負傷の収録例の少なさをみれば、身体損傷でも自らの意思で動くことが難しい傷痍軍人たちは美談のモデルには該当しない隠蔽の対象だったといえる。

またもう一つ、当時社会問題化し広く流布していた「癈兵」のイメージも隠蔽の対象だっただろう。「癈兵」は戦後すぐこそ称揚されたものの、不自由な身体を抱えて困窮するにつれて、薬や雑貨品を抱えて押し売りをする姿が目立つようになり、次第に人々に疎まれていった。名称の変更はこれらのイメージを一新し、制度の拡充を目指すためのスタートラインでもあった。当時『美談集』のおもな配布対象だった傷痍軍人たちの眼前にまず浮かんだのは、これらの「癈兵」の姿だったのであり、だからこそ政府は美談を用意する必要があった。『美談集』のなかには、教訓を伝えるように負傷後の振る舞い方を諭すものもある。

私の経験から申しますと、負傷後凱旋した当時は、うかくと過し勝ちです。何しろ周囲からは名誉の負傷者などゝちやほやされますからねうかくしてゐれば一年や二年はすぐ終つてしまひます。私は一年ぐらゐで気がついて、将来の道を考へましたからいゝものゝ中には随分長いこと夢のやうに過してしまひ、それと気がついた時には時機を失して困つた人もあるやうです……。

（「高座の勇士――好きな道で成功した矢代米作氏」、一三三ページ）

『美談集』のなかには、移動販売権など政府による救済措置についてふれている話もあるが、それは「癈兵」時代の延長線上に作られた制度である。実際に傷痍軍人の職業再教育の制度が整い始めるのは一九三七年前後からで、この段階では「再起奉公」を援助する制度は十全ではなかった[16]。同時期、偕行社が出版していた「戦友」誌上では、中井良太郎が、「官民共に万腔の同情を以て之が生業扶助に当らねばならぬと信じ、切に各位の同情ある御援助を希望する次第であります[17]」と、傷痍軍人に対する支援を呼びかけていた。このような時代でありながら、『美談集』は輝かしい成功を語り続ける。逆にいえば「成功美談」を語ることで、整っていない援助政策の責任を本人の「立志」と「努力」の有無にすり替えていたのである。

一九三八年には執筆者の一人である白井喬二が、「中央公論」の特集「傷病兵の諸問題」に寄せた文章で『美談集』について言及しているが、そのなかで「頭脳的にも、実腕的にも、優秀抜群な個人の精根努力に依つて成されたもので、万人に通用する光明談とするには、聊か縁遠きの感」があると述べ、「万人に通用する傷痍軍人の光明存生を基礎づける方法[18]」の確立が必要だと説いている。『美談集』に描かれた「成功」がまれなケースだったことや、制度の不足を隠すような「すり替え」の現状は、後年の白井のこの振り返りからも読み取ることができるだろう。

つまり『美談集』は西南戦争から日露戦争までの傷病兵という、かつての「癈兵」の人生と身体を再び呼び出しながら、そこに「再起奉公」という新しい意味を付与し、書き換え、語り直す物語なのである。

しかし一方で、この方法は常に危険を抱えている。たとえそれがモデルケースとして有用な体験談だったとしても、軍部にとって傷痍軍人の身体が世間の眼にさらされてしまうことには一定のリスクがあった。その意味で『美談集』は、戦争の悲惨さの暴露になりかねない読み物でもあった。そうした避けえない「現実」の暴露に新たな意味を与えたのが作家たちであり、陸軍は当時その力に一つの可能性を抱いていた。

## 3 『美談集』成立とその背景

『美談集』が出版された一九三四年ごろ、大衆文学は大きなうねりのなかにあった。セシル・サカイによれば、時代小説を中心に立ち上がった当時の「大衆文芸」は月刊誌・週刊誌が流行するなかで隆盛を極め、三〇年代初頭には時代小説・探偵小説・現代小説を合わせて指す言葉になっていた[19]。また鈴木貞美は、大正末に「大衆文学」を名乗って登場した小説、つまり、十九世紀西欧の芸術理念の流入以後の小説と読者層の関係を特異なものとして捉えた。特に大衆文学の中心だった時代小説の特性については「幕末から明治維新にかけての動乱の時代を背景に、勧善懲悪的なわかりやすい図式で波瀾万丈の冒険物語を展開し、そこに人情噺的な情愛をからませるロマネスクな作風を展開した[20]」とし、伝奇的要素も含めた、変化に富んだ作風を指摘した。

そのうえで、時代小説が好む時代設定は、退嬰的なノスタルジーを表現するだけでなく、「機械文明の進展に対する虞れやおののきや反発、あるいは近代文明を相対化する向きをもっていたがゆえに、大衆の心根に食い入った」(一九七ページ)とその役割を分析した。そして、大衆の心情をつかみ、一方向へ組織する大衆文学の力はナショナリズムの問題とも深く関連しているとした。

このような特徴を考えたとき、本章で取り上げる『美談集』は独自性が高いテクストだといえる。「実話」として用意、宣伝されるべきはずの『美談集』の成立に、「ロマネスク」な作風や「伝奇的要素」といった創作行為を得意とした大衆作家たちの「潤色執筆」が取り入れられたうえに、そのことがあらかじめ明記されている。大衆作家が美談の語りに参入するこの『美談集』では、ジャンルの越境が起こっていることが指摘できる。

執筆者の一人である直木三十五が一九三二年にいわゆる「ファシズム宣言」で一年間のファシズム傾倒を宣言したことは有名だが、サカイは当時の政治と大衆文学との関係について、三七年以降、内務省の情報部門が特派員として作家を前線に派遣したことにふれ、「当局は、これら大衆作家の〝オピニオン・リーダー〟としての力を利用しない手はないと考えた」(六八ページ)と指摘した。

加えて、一九三四年の文芸懇話会の結成、そして四二年の文学報国会の成立など、大衆作家を含む多くの作家が動員されていくことを考えれば、『美談集』の企画から出版までの期間は、軍部の宣伝事業と文学作品・作家との接点が模索され、また試行された時期だったといえる。その意味では、当時『美談集』で十人の大衆作家が一堂に会したということ自体が、陸軍の宣伝活動のなかでも大きなインパクトをもつ出来事であり、作家動員の早期かつ特異な例だと考えられるだろう。

その文脈のなかで『美談集』の作家陣を眺めるとき、特に注目したい人物として櫻井忠温がいる。大衆作家の名前が列挙されるなかで一見異色にみえるものの、彼がそこに名前を連ねる理由は容易に推測できる。かつて日露戦争に従軍し、『肉弾』（一九〇六年）を著した生ける美談として、櫻井ほど有名な傷痍軍人はいないからである。そして彼は最も熱心に大衆娯楽と陸軍宣伝の接点を探った人物でもあった。櫻井の陸軍省新聞班班長としてのはたらきについて論じた藤田俊は、以下のように述べる。

当該期の陸軍省新聞班は多分に桜井の突出した個性に依拠し、陸軍の宣伝政策も組織的かつ継続的なものではなかった。ただし、新聞・雑誌・映画といった複数のメディアが持つ娯楽性を利用した桜井のメディアミックス的な諸活動は、陸軍・企業・国民を大衆娯楽の力で結束させる〝大衆娯楽型陸軍宣伝〟を創成させたのであった。[21]

櫻井の『肉弾』に由来する知名度と、多彩なメディアでの執筆活動が形成した陸軍宣伝のあり方は、歴代の新聞班班長による寄稿とは異なり、軍事を一般社会・日常生活・大衆文化と結び付けるものだった。櫻井の精力的な活動の結果生まれた、「大衆娯楽型陸軍宣伝」の影響下にあるとみられる一つの例が、「つはもの叢書」シリーズ（つはもの発行所）の刊行である。シリーズのタイトルには戦争をたたえる作品が並び、なかには美談集も編まれている。実記体や散文による作品だけでなく、詩や漫画もあり、大衆娯楽に寄り添う形式をとっている。[22]各巻冒頭に「六ヶ敷い論説や理屈を避け、平易にして面白く而かも一貫したる指導精神の下に編輯せられ」た読み物であると紹介され、「小説、稗史、講談、物語等何れも好んで愛読親昵し得る中に自ら深く教ふる所あるべきを期してゐる」と、陸軍側が大衆文化の有用性を理解し活用しようとする姿勢が読み取れる。

櫻井の活動と『美談集』との関係については残念ながら明らかではないが、櫻井が執筆陣に加わったことは偶然ではないだろう。櫻井の任期は一九二四年から三〇年までだが、藤田によれば、その役割は「待命後も時勢の変化で重要度を増していく」（八〇ページ）とされ、執筆者として参加することによる宣伝効果は軍部と読者双方に対して大きかったといえる。

たしかに、当時櫻井は旺盛な執筆活動をおこなっている。例えば『陸軍と陸戦の話』（興文社、一九二九年）では「未来の戦争」（「はしがき」）や「新しい陸軍、或ひは新しすぎる陸軍」（「はしがき」）を平易な文章を用いた未来記として書き、未来の戦争の担い手としての子どもへの教育的な意図がみられる。一方で、一九三〇年には「肉弾」をはじめとした自身の作品を集めた全集[23]が出版され、作家としての存在感も強く示している。

また、『美談集』の成立時期と重なる一九三三年から三四年にかけては「軍事と技術」に自身の戦場体験についての随筆を連載[24]しながら、一方で「文藝春秋」を中心に随筆や小説を積極的に発表している。さらに、『現代名士大討論集』（大日本雄弁会講談社、一九三四年）のなかで「戦争は文化の進歩を促すや否や」という討論に参加し、「戦争なければ文化なし」と題して、科学技術の進歩を述べることで、「文化の母胎は平和にあり」という主張を掲げる清澤洌に対抗した。

つまり、櫻井は軍人として実践的な記事や体験談を書きながらも、作家としての活動も並行していた。櫻井は軍人時代を振り返り、『肉弾』で人気になった際、自身の「軍人もやりたいが、書くものも書いてみたいといふ二心」への批判があり「軍人が筆を持つことをひどく嫌はれてゐた」状況があったことを明らかにしながら、「せめて筆なりと御奉公をしたいものと思った[25]」と当時の思いを吐露している。待命後の櫻井は、文筆活動のなかで、軍人と作家という二つの立場を使い分け、そのバランスを変化させながら立ち回り続けていたといえる。

さらに櫻井は美談形式の文章を書くことも少なくなかった。例えば、一九三四年『非常時国民全集』第四巻（中央公論社）に「嗚呼、忠烈なる我陸軍」という文章を寄せている。これは名将の紹介や他国軍と日本軍の比較などを含めながら陸軍の勇姿を描いた文章だが、そのなかの「死を以て護る軍旗」で描かれる、軍旗を守り抜こうとして命を落とす兵士たちの姿などは、まさに軍国美談そのものである。

傷痍軍人のイメージを一新するに際して文学の力を借りるという発想と、当時の櫻井の精力的な執筆活動を重ねるとき、彼自身が積極的に『美談集』の企画・制作に携わっていた可能性もみえてくるだろう。現段階では推測の域を出ないが、美談という方法と作家であることとが重なり合う人選として、櫻井忠温の名前の存在感は非常に大きい。

## 4 「潤色執筆」をめぐって

ここまでは『美談集』の成立に際し、それを取り巻く状況についてふれたが、本節では作家の関与と『美談集』の内容との接点について考えてみたい。美談は当時、少年少女雑誌でも人気の読み物として受け入れられていた。例えば、当時美談を多く掲載した「少年倶楽部」（大日本雄弁会講談社）誌上で一躍人気作家になった池田宣政について、「『愛の女艦長』が野間社長に認められてから宣政の身辺はにわかに忙しくなった。講談社の各誌からつぎつぎと美談もの、感動実話の執筆を要求された」[26]とある。美談は読み手からすれば「実話」かもしれないが、作家からすればそれは編集側からの依頼を受けて執筆するものであり、そこに創意工夫が入るのはむしろ当然ともいえた。

日比嘉高は、同じ講談社系の雑誌「講談倶楽部」の記事の特徴の一側面として「事実を物語の形で語り直し、平易に、しかし臨場感あふれる語り口で伝える」[27]という物語形式の文体を挙げている。ここで指摘されるような「事実」の物語化の過程は、同時代の美談の、ある一個人を英雄へと押し上げる物語に類似点をみることができるだろう。同時に再度確認しておきたいのは、『美談集』の作家陣も含め、当時多くの読者を抱えていた大衆小説作家もまた「脚色」を非常に得意としていたということだ。当時「大衆文芸」を強く批判した三田村鳶魚は、以下のように述べている。

実録体小説も危いもので、事実である、本当であるといふことを盛に吹聴しながら、事実なんぞは丸で忘れてゐるやうな場合の多いのを、まことに迷惑に感じた。今日の大衆小説は、必ずしも事実を振翳して立つてゐない。とにかく興味中心、趣向本位といふことであるから、自由に脚色して行つて差支無い[28]。

三田村は時代考証を通して脚色を痛烈に批判し、それがそのまま読者に事実として受け入れられることを危惧していた(29)。

『美談集』では、たとえ傷痍軍人が事実を「あくまでも謙遜して誇張なく」(「君恩への感謝――一斗買から身を興した尾林兼三郎氏」、一七ページ)語っていたとしても、「潤色執筆」はおこなわれる。そして「潤色執筆」が明記されている以上、その脚色にこそ意味があり、傷痍軍人を美談化する際には必要な手法だったのだといえる。では、作家たちはどのように傷痍軍人という英雄を描き出したのだろうか。本節では特に、時代小説のなかの「ヒーロー像」を参照しながら、『美談集』の表現との関連について指摘してみたい。

まず、大衆文学と『美談集』にみられる表現の最も直接的な接点の例として、以下を取り上げる。

小説家は筆の先で、左手に剣を持ち、容易に意味なく何人もの人を斬つたり、人間業では出来ないやうな冒険を楽楽に飛び越さしたり、面白可笑しい剣魔の姿を描くが、又さういふ人間もゐたかもわからないが、小説であるからこそ出来るのであつて、実際はそんな愉快なものではなかつた。

(「朗かな活動――左手一本で働く工藤富右衛門氏」、八一ページ)

この表現は明らかに「丹下左膳」を意識したものである。林不忘が『美談集』に参加していないことはここで問題ではない。大衆文学の登場人物が、傷痍軍人たちにも広く認知され、イメージとして流用が可能だったという点が重要である。この話では、批判的な視線で「小説」という形式を捉えたうえで、現実の傷痍軍人の苦労と努力をあらためて評価する語りになっている。

ここで、大衆文学と読者との関係についてさらに掘り下げるために、鶴見俊輔ほか『まげもののぞき眼鏡』を取り上げたい。本書は大衆文学、特に時代小説に顕著なモチーフを数多く取り上げ、解説を加えているが、そのなかに「傷痕」の項目があるのは興味深い。ここでは傷痕は「主人公の武勇の証し[30]」でもあり、読者に与える効果として、「不具者がスーパーマンとなるところに、大衆は醍醐味を感じ、喝采を送る。そこには、不具者―弱者―大衆といったおきかえが無意識にはたらいている」（一五五ページ）と指摘したうえで「傷痕や身体的不具といったものは劣等感と結びつき易いものであるが、大衆文学の主人公たちは、この心理の壁を見事にのりこえている」（一五六ページ）と述べている。

傷を抱えた人間がヒーローになるという構図は、まさに『美談集』が描く傷痍軍人の再起奉公の物語と重なる。ここで描かれる傷痍軍人の生活は悲惨さを伴う苦痛の連続であり、軍部の感覚としては本来最も避けるべき表現であるともいえた。しかし、『美談集』は大衆作家たちにあえてその苦痛を描かせることで、その悲惨や苦痛に肯定的な意味を付与するのである。「輝しき勝利――巨万の産をなした近藤栗二氏」のケースでは、語り手の言葉によって負傷に意味が付される。

> 若しも彼が、鋤鍬の持てないやうな不具の身にならなかつたならば、矢張今頃は、悲惨な小作農として老い近き身を農村に埋めてゐたかも知れない。禍を変じて福となすとは、実に、我が近藤栗二氏の如きをいふのであらう。
>
> （四一四ページ）

ここでは、負傷したからこそ人間的に成長した、むしろ傷がないほうが悲惨だったかもしれないという語りが挿入され、第三者の言葉によって傷ついた身体に肯定的な価値が付与されている。悲惨なはずの経験が有する価値が示され、傷痍軍人が困難を乗り越える英雄として語られている。ここには大衆文学の語りとの類似を指摘できるとともに、その小説的展開は、読者である傷痍軍人自身を、壁を乗り越える行為主体へと押し上げるために、戦略的に用いられているといえる。実際に、『美談集』のなかには、小説を読むことが直接「再起奉公」の契機になるケースも描かれている。

魔風来太郎といふ素晴らしく強い豪傑を主人公にして、美女あり、悪漢あり、勇士ありで、変転極りない筋であるが、その中に、来太郎と技を競ふ心の邪な男がゐて、来太郎の為に、右腕を斬落され、諄々と訓戒を受けて翻然己の非を悟り、その後一生懸命剣術を修業した結果、一流の達人になるといふ條を読み終へて、彼は何か強い閃きに打たれた様な気がして来た。

（「田園の英雄――孜々三十年働き続けた吉澤米造氏」、四三ページ）

この美談の主人公である吉澤は右手が使えなくなり、百姓が続けられないと嘆いていたが、親しくしていた看護卒から借りて読んだ本に励まされ、「あり得ない話ではなさゝうだ」「熱心に工夫さへすれば、片腕で出来んといふこともない筈だ」（四三ページ）と農業に励むようになる。ここで登場するのは、雪花山人の『魔風来太郎』（立川文明堂、一九一五年）という実在の講談本である。

この描写は、傷痍軍人の読書行為に言及している点が興味深い。一冊の本を契機に奮起するという展開は、まさに『美談集』の読者に期待される反応である。おもな読み手である傷痍軍人は、いつまでも読み手ではいられない。生き延びて帰ってきた彼らには、生活という課題が目の前に立ちはだかり、彼らはほとんど有無を言わさず「生活戦」の最前線に立たされる。

傷痍を受け、先が見えないなかで彼らに手渡された『美談集』での「潤色執筆」は、悲惨さの暴露をあえておこなうことによって、それさえも乗り越えていくヒーロー像を提示し、傷痍疾病に新たな価値づけをおこなった。また同時に『美談集』は読者である傷痍軍人を物語の受け手ではなく行為主体へ、つまりは未来の美談の英雄へと押し上げる役割を担っていた。

最後に、軍人・兵士たちと講談社系の雑誌の関係についてふれておきたい。すでに永嶺重敏が明らかにしているように、講談社の「キング」は「軍隊での唯一の公認雑誌」[31]とされていた。また、「少年倶楽部」の投書欄には、慰問袋に入っていた雑誌を喜んで読んだ、という兵士の便りが届くこともあった[32]。『美談集』を執筆した作家たちの多くは、講談社系の雑誌にしばしば登場していた顔ぶれでもある。『美談集』は、講談社系の雑誌を愛読していた傷痍軍人たちにとっては、一つのアンソロジーとして、親しみをもって受け入れられるものだったといえるだろう。

## おわりに

一九三〇年代初頭、「傷痍軍人」という呼称が生まれた。そのときに元軍人・兵士たちを労働力としてもう一度動員するために陸軍がとった手段の一つが、『美談集』による「再起奉公」イメージの流布だった。櫻井忠温が積み上げた実績によって、陸軍の大衆娯楽型宣伝が軌道に乗るなかで、その担い手になったのは大衆向けに多くの作品を送り出していた作家たちだった。そして本章で『美談集』を検討することによって、以下の三点のことが明らかになった。

まず一つ目に、戦争の悲惨さを大衆に伝えたはずの「癈兵」の身体に刻まれた傷が、『美談集』では再起奉公を誓う「傷痍軍人」の名誉の証しへと書き換えられているということである。再起奉公の物語のなかでは、子育てを含めた地域貢献としての後進育成の道が推奨され、同時に「癈兵」イメージの払拭が図られ、美談の裏にある「失敗談」や制度面の未熟さは隠されることになった。

二つ目は、『美談集』がその読み手を「生活戦上の勇士」として立ち上げ、行為主体として引き上げる役割を担っていたということである。作家たちの「潤色執筆」は、傷痍軍人をあたかも時代小説のヒーローのように、傷に屈することなく困難を乗り越える英雄として描いて評価するはたらきを担い、美談を読むという読書行為が読み手の傷痍軍人たちに与える効果を期待されていた。

先行論で述べられてきたとおり、美談の多くは本来共有しえないものを共通体験とする物語として語られてきた。しかし同時に『美談集』のようなある種の美談のなかでは、共有だけでなくその先、つまり読み手を未来の美談の主人公へと浮上させることが意図された。そして『美談集』でその役割を担ったのは、数々のヒーローを描いてきた大衆作家の「潤色執筆」だったといえるだろう。

三つ目は、『美談集』以降、作家の手を借りて傷痍軍人を描く動きが繰り返されていくということである。『美談集』に関しては、「潤色執筆」という手法がどの程度成功していたかを評価する資料は現在見つかっておらず、直接的な読者のリアクションが確認できない以上、判断を下すことは難しい。しかし少なくとも、文学による傷痍軍人の地位向上・宣伝に関してはある程度の効果が認められていたと判断できる。

なぜならば、同様に作家の手を借りて傷痍軍人を描く動きが以降も繰り返されるからである。一九四一年の『青人草』(全三巻、軍事保護院)は、日比野士朗や上田広など、やはり作家を動員したものである。また、一九三八年から「銃後後援強化週間」が定められ、傷痍軍人の称揚と支援を求める声が世間で大きくなるなかで、『銃後童話読本』『軍人援護文芸作品集』など、傷痍軍人を主たる題材にした童話集や作品集、作家を派遣しての取材記が執筆されている。『美談集』での「潤色執筆」の試みから、戦時下の銃後を取り巻く言説空間の展開に影響を与え続けた大衆作家たちの活動の一端がみえてくるだろう。

注

(1) 大河内一男「社会的良心の贖罪符「慈善行為」を解剖する——「美談」の社会的効用について」「ニューエイジ」一九五二年十一月号、毎日新聞社、一〇ページ

(2) 前掲『みんなで戦争』

(3)「美談」の裏側の調査に関しては枚挙にいとまがないが、本多顕彰「美談について——社会時評」(「財政」一九五三年一月号、大蔵財務協会)、加藤秀俊「美談の原型・爆弾三勇士」(「朝日ジャーナ

ル」一九六五年四月十一日号、朝日新聞社）のような一九五〇年代から六〇年代にかけてのものから、大野芳「「虚報」が生み出した戦争美談。」（「潮」二〇〇六年八月号、潮出版社）、海上知明「新・歴史夜話 日露戦争にみる美談と教訓の軋轢――称賛の中に埋没した真実」（「金融財政 business」二〇〇九年十二月二十一日号、時事通信社）などの現代のものまであり、継続的に調査が続けられている様子がわかる。

(4) 増子保志「創られた戦争美談――肉弾三勇士と戦争美談」「国際情報研究」第十二巻第一号、日本国際情報学会、二〇一五年、三五ページ

(5) 前掲『みんなで戦争』二〇ページ

(6) 成田龍一「関東大震災のメタヒストリーのために――報道・哀話・美談」『近代都市空間の文化経験』岩波書店、二〇〇三年、二三四ページ

(7) 偕行社の概要については、「社報」（「偕行社記事」一九三四年十一月号、偕行社編纂部、一八五ページ）を参照した。

(8) 同誌の広告欄から引用。

(9) 森岡常藏「成功美談解説」、雄山閣編、森岡常藏解説『成功美談』（「美談日本史」第五巻）所収、雄山閣、一九三九年、一、三ページ

(10) 前掲『軍事援護の世界』一三七ページ

(11) 重信は『美談集』を取り上げる際、一九三八年の再版本を用いている。当時軍部が意識していたのは日中戦争だと考えられ、重信もそう述べている。初版とは年代がずれているものの、『美談集』が傷痍軍人たちへのモデルケースの提示だったという推論・指摘は的確であると考え、そのまま引用した。

（12）「サンデー毎日臨時特別号 日支事変忠勇美談集」毎日新聞社、一九三二年
（13）傷痍軍人の結婚斡旋については、前掲「15年戦争期における《傷痍軍人の結婚斡旋》運動覚書」を参照した。
（14）前掲「偕行社記事」一九三四年十一月号の広告欄から引用。
（15）精神障害兵士に関する議論は、前掲『日本帝国陸軍と精神障害兵士』、前掲『戦争とトラウマ』が詳しい。
（16）職業再教育の状況については、上田早記子「戦中から戦後の傷痍軍人職業保護事業所の変化」（前掲『傷痍軍人・リハビリテーション関係資料集成 第一巻 制度・施策／医療・教育編Ⅰ』所収）が詳しい。
（17）中井良太郎「傷痍軍人の将来に就て」「戦友」一九三四年一月号、軍人会館出版部、五七ページ
（18）白井喬二「義務教育の根本から」「中央公論」一九三八年六月号、中央公論社、三五三ページ
（19）セシル・サカイ『日本の大衆文学』朝比奈弘治訳（フランス・ジャポノロジー叢書）、平凡社、一九九七年
（20）鈴木貞美『日本の「文学」を考える』（角川選書）、角川書店、一九九四年、一七五ページ
（21）藤田俊「新聞班長桜井忠温と大正・昭和初期における大衆娯楽型陸軍宣伝の創成」、メディア史研究会編「メディア史研究」第四十二号、ゆまに書房、二〇一七年、八〇ページ
（22）「つはもの叢書」シリーズは現在確認できるかぎりで、ナンバリングされているものだけでも十二冊あり、加えて通し番号がない美談集や手記、別冊なども刊行されている。すべて一九三三年から三七年までに出版され、編輯は陸軍省つはもの編輯部となっている。
（23）『櫻井忠温全集』全五巻、誠文堂、一九三〇年

（24）櫻井は、「軍事と技術」の一九三三年十一月号から一九三四年十二月号（陸軍兵器行政本部編、軍事工業新聞出版部）に連載している。
（25）櫻井忠温「剣とインク」「文藝春秋」一九三〇年十月号、文藝春秋社、二二一ページ
（26）高橋康雄『夢の王国——懐しの少年倶楽部時代』講談社、一九八一年、一六八ページ
（27）日比嘉高『プライヴァシーの誕生——モデル小説のトラブル史』新曜社、二〇二〇年、一四六ページ
（28）三田村鳶魚『大衆文芸評判記』汎文社、一九三三年、二一三ページ
（29）『美談集』の執筆陣のなかでは、直木三十五、白井喬二、長谷川伸、吉川英治、子母澤寛が批判されている。
（30）足立巻一／鶴見俊輔／多田道太郎／山田宗睦／山本明／清原康正『まげもののぞき眼鏡——大衆文学の世界』河出書房新社、一九七六年、一五四ページ
（31）永嶺重敏『雑誌と読者の近代』日本エディタースクール出版部、一九九七年、二三九ページ
（32）例えば、「誌友クラブ」（「少年倶楽部」一九三三年一月号、大日本雄弁会講談社）には「軍事美談は兵隊の最も緊張して読む一つの教科書です」（四一七ページ）という言葉とともに、少年時代から愛読していた本を慰問袋から見つけたときの兵士の喜びの声が寄せられている。

# 第5章　「傷」を描くということ
## ――一九四〇年前後の軍人援護強化キャンペーンと傷痍軍人表象をめぐって

### はじめに

戦時体制が続く一九三八年は、四月に厚生省の外局として傷兵保護院を新設するなど、総力戦の構造のなかで軍人援護の拡充が声高に叫ばれた年だった。(1)また政府が同年十月五日から十一日までの期間を「銃後後援強化週間」に定めると、慰霊祭や善行者の表彰式など各地で行事が企画され、一種のキャンペーンの様相を呈した。こうした動きは四〇年の「銃後奉公強化週間」に引き継がれ、四二年にはこの運動は「軍人援護強化運動」という名称を得て継続されていくことになる（以下、これらの運動については、特定の時期を指す場合には年代ごとの呼称を用い、運動全体を指す場合には「強化キャンペーン」の語を用いる）。

これらの運動は「軍人援護[2]」に関する多くの言説を生み出し、言葉による教化が大きな役割を果たした。地域の集会や学校などでは訓話がおこなわれ「永久に変りなき感謝と敬意とを御本人にも捧げ同じ心で御家族にも対する[3]」ことを呼びかけ、新聞や雑誌上では軍人援護をテーマにした標語や作文を募集した。また文学作品も多く生み出されていった。例えば日本文学報国会は企画の一環として「軍人援護善行者訪問」運動をおこなって報告文を発表するなど、積極的に関与していたことが明らかにされている[4]。

本章では、「強化キャンペーン」に関連する軍人援護についての言説を文学作品を中心に取り上げ、特に傷痍軍人に関するものに着目することで、運動のなかでの文学のはたらきを整理することを試みる。ここでいう「軍人援護」とは、基本的には戦没軍人や傷痍軍人、および出征軍人らとその家族に対する援助を指し、当時それらの支援に対する国民の理解と協力、つまり「銃後後援」が呼びかけられていた。まず、一九三八年十月三日に出された「軍人援護ニ関スル勅語」をみておきたい。

克ク忠烈ヲ励ミ以テ国威ヲ中外ニ顕揚シ朕カ忠実ナル臣民銃後ニ在リテ相率ヰ公ニ奉シ出征ノ将兵ヲシテ後顧ノ憂ナカラシム朕深ク之レヲ嘉尚ス惟フニ戦局ノ拡大スル或ハ戦ニ死シ或ハ戦ニ傷キ或ハ疫癘ニ倒ルヽモノ亦少カラス是レ朕カ夙夜惻怛禁スル能ハサル所ナリ宜シク力ヲ軍人援護ノ事ニ効シ遺憾ナカラシムヘシ[5]

勅語は、戦時体制の長期化に伴って、軍人援護に対するより一層の理解と注力を求めるものであり、銃後後援の重要性を強く示している。また「強化キャンペーン」の実施にあたっては、以下のような趣旨説明をしている。

事変長期ニ亘ルニ従ヒ銃後後援ハ益々其ノ重要性ヲ加フルニ至レリ此ノ秋ニ当リ銃後後援強化週間ヲ設ケ一層銃後後援ニ関スル国民ノ認識ヲ深メ特ニ戦没軍人ノ遺功ヲ偲ブト共ニ傷痍軍人及出征軍人等ニ対スル感謝ノ念ヲ昂揚セシメ以テ国民各層ノ日常生活ヲ通ジ之ガ具現永続ヲ図リ併セテ傷痍軍人、戦没軍人ノ遺族及出征軍人ノ家族等ニ対スル援護ノ完璧ヲ期セントス(6)

「遺功ヲ偲」び「感謝ノ念」を抱くだけでなく、「具現永続ヲ図」る姿勢を求める文言からは、国民の自発的な銃後後援への参加を促したいというキャンペーンの目的がはっきりと見て取れる。具体的な実施要項をみると、①慰霊・祈願、②隣保相扶の徹底、③少国民の教化、④軍人傷痍記章の伝達式の挙行、⑤善行者の表彰、⑥接遇改善協議会の開催、⑦雇用主懇談会の開催、⑧座席譲与の趣旨の徹底、の八項目を掲げているほか、注意事項として「質実ヲ旨トシ専ラ実践上ノ効果ヲ収ムルコトニ重点ヲ置キ単ナル一時的ノ催シニ堕スルコトナク永続性ヲ持タシムル」こと、また「各道府県市町村其ノ他各種団体ニ於テハ地方ノ実情ニ応ジ具体的細目ノ計画ヲ樹立シテ之ヲ実施シ其ノ実効ヲ挙グルニ努ムルコト」の二点が示されている。(7)それぞれの地域の実情に合わせて計画を立て、一時的な催しにならないように釘を刺すような態度から、趣旨で目標に掲げていた永続性がここでも繰り返し求められていることがわかる。

「強化キャンペーン」については、軍人援護（または軍事援護）研究の文脈でしばしば取り上げられている。例えば郡司淳は、総力戦体制下で「国民の隣保相扶」の理念が政府によって声高に唱えられていくなかで、「その転機が、同一九三八年一〇月五日より実施された銃後後援強化週間と、その前々日これにタイミングを合わせて下された「軍人援護ニ関スル勅語」から、恩賜財団軍人援護会の設立を経て、銃後奉公会の設置へいたる過程にあることは間違いない」[8]と述べて「強化キャンペーン」の重要性を強調しているほか、銃後後援のテーマに連なるものとして『昭和期「銃後」関係資料集成』にその関連資料が採録されている。[9]

文学でも、のちにふれるように長谷川潮が児童文学との関連に言及している。また鳥羽耕史も、傷痍軍人を描いた文学を扱うなかで、本章でも取り上げる『軍人援護文芸作品集』をキャンペーンに関連するものとして紹介する[10]など、運動の影響を指摘する先行論がいくつかみられる。

本章で特に傷痍軍人を取り上げる理由は、傷痍軍人という存在、またその表象が、銃後後援の支援の対象者としてだけでなく「強化キャンペーン」を推進する側としても重要な役割を担っていたと考えられるからである。小川未明は「勇士よ還りて魂の教化に当れ」という文章のなかで以下のように述べている。

> 国民が、悉く日本的性格に目覚めなければならぬし、青少年にあつては、第一に魂の教育がなされなければならぬのです。それは、戦友の血を浴びて、戦線から還つた勇士の真率にして、

何等粉飾なき人間性の発露こそ、よく国民を感動し、発憤興起せしむるに足ると信ずるのであります。(略)此度、政府が、傷痍軍人をして、児童の教育に当らしめると、誠に歓ぶべきことでなければなりません。(11)

未明の関心自体は児童に対する教化の必要性にあるが、ここでは帰還兵の国民全体に対する影響力についても言及している。ここで説明しているように、傷痍軍人は、戦没軍人や出征軍人、またその家族とは異なり、実際に戦場を経験し傷痍疾病を負い、かつ銃後へ生還するという独自の経験をしている。つまり、傷痍軍人にはその経験を生かし、戦場と銃後を接続する積極的な行為主体になることによって、銃後後援の強化、そして戦時体制の継続のための国民の士気に及ぼす影響力を期待していたといえるのである。

本章では、「強化キャンペーン」のなかで重要な役割を担った傷痍軍人に関する表象を取り上げることで、当時の文学がどのような方法で軍人援護思想を描いたのかという点について考察する。またその際には児童文学も含めた言説空間を捉えて、大人向けに書かれた文学との共通点と差異についてもふれる。さらには、それらの文学が「強化キャンペーン」の意図を超えて描き出した「逸脱」の側面についても論じてみたい。

## 1　「強化キャンペーン」と子どもたち

前述の実施要項にあるとおり、「強化キャンペーン」では、いくつかの実施項目を基準にしてそれに沿って様々なはたらきかけがおこなわれていた。青年会や婦人会、在郷軍人会など様々な団体が積極的に関与し、祈願・慰霊祭や表彰式、講演会や関係者への講習会がおこなわれていたほか、今回取り上げる文学以外にも、ラジオ・映画・レコード・ポスターなど多様なメディアを利用した宣伝・教化がおこなわれた。またそれらには中央発信の企画もあれば、地方発信のものもあり、まさに老若男女問わず、銃後の国民がキャンペーンの対象とされていたことがうかがえる。(12)

なかでも、政府は子どもに対するはたらきかけを重要視していた。前述のとおり、要項のなかにも「少国民の教化」は主要な課題の一つとして挙げられ、訓話・修身・習字・作文などを通して「戦没軍人及傷痍軍人ニ対スル尊敬感謝ノ念ヲ涵養セシムルト共ニ戦没軍人ノ遺族ノ名誉ニ対スル認識ヲ深カラシメ以テ小国民ノ教化徹底ヲ図ルコト」(13)を目指していた。また期間中に限らず、一九三八年は子どもに対する軍人援護思想の定着を目指す様々なはたらきかけがおこなわれている。まずは、それらも含めた教化の様子と子どもたちの参加についてみていきたい。

まず大きな企画として、「傷痍軍人感謝優遇標語」の募集がある。傷兵保護院の主催で、七月八日から八月二十日までを応募期間とし、小学生を対象におこなわれた。予選を通過した五百二十句のなかから審査委員会[14]が十六句を選び、結果は各種雑誌や新聞上で大々的に発表された。天賞の「国を護つた傷兵護れ」は、軍人援護の文脈に限らず、戦争に関する標語のなかで最もよく知られているものの一つだろう。

また作文の取り組みも盛んだった。東京市役所が出版した『銃後の護り』という作文集をみてみると、銃後後援や献金運動などを取り上げた作文が掲載されているが、傷痍軍人について書かれたものがいくつかある。例えば、駅に到着した傷痍軍人を出迎える場面を描いた柳下保晴（小五）の作文では、「「えらいなあ白衣の勇士。」「感心だなあ銃後の人。」これでこそ日本の国が強いんだと思ふと、ひとりでに涙が流れて来た[15]」と自身の感情の高揚を表現している。また傷病兵慰問について書いた小林菊枝（小六）の作文では、「これからの日曜日にはどこへも行かないで、傷病兵を慰問して、少しでもお慰めして上げよう、と考へました[16]」という決意を語っている。そこでは子どもたちが傷痍軍人と交流することを通して「未来の兵士」、もしくは「未来の看護婦（妻、母）」という当時のジェンダー規範を内面化していく傾向もみられ興味深い。

図3　銃後後援強化週間のポスター（1938年）（提供：毎日新聞社）

ただ一方で、このような文章からみえて

図4　傷痍軍人を慰問する子どもたち（1942年）（提供：毎日新聞社）

くるのは、感謝したり称揚したりする言葉や活動のなかで、子どもと傷痍軍人との間に生じているある種の距離感である。家族や親類、近隣に傷痍軍人がいる場合はそのかぎりではないにしても、多くの子どもたちにとって傷痍軍人は、その帰還や慰問の際に見かける特別な存在であり、実際に身近な存在として感じているケースは多くはないようである。例えば、前述の標語に関しても、天賞の受賞者への取材内容をみると、「七月のある日に受持ちの福田先生が傷兵さんをいたはる標語を休み時間の十分間に作れといはれたので、みんなすぐ書きました、私も考へる暇もないうちに思ふまゝを書いて出したのです[17]」とあり、傷痍軍人に対する個人的な思い入れを読み取ることはできない。

また作文に関しても同様のことがいえる。先ほどとは別の例として、一九三八年十一月に「少年倶楽部」誌上で募集された「傷病の勇士へ」という題の作文をみてみたい。募集の際には「皆さんは、これ等傷病の勇士に対し、どんな風にして感謝申し上げたいと思ひますか。又、どうして慰め、はげましたいと思ひますか」「銃後の日本少年、日本少女として決心してゐることをそのまゝ、これ等勇士に捧げる文に作つて下さい」[18]と呼びかけていて、「銃後後援強化週間」との関連がみられる。

誌上に作文が掲載されたのは、最優等一人、優等二人の三人の文章である。最優等を取った中村志朗の作文のなかでも、傷痍軍人との直接の接点としては、停車場に彼らを迎えたときにお菓子をもらった記憶が描かれているだけである。以下に作文の一部を引用する。

オトウサンヤ、オカアサンヤ、センセイカラ、イクサノオハナシヲマイ日キイテ、ヘイタイサンノツヨイノニビツクリシテヰマス。ラヂオデモ、ヨクキキマス。（略）コンナニ大シヨウリヲシタノハ、ツヨイヘイタイサンガ、センシヲシタリ、ケガヲシタリシテ、支那兵ヲヤツツケタカラダトオモヒマス。

（一五一ページ）

ここで、彼が戦争の話を聞くのが、あくまでも自分の身近にいる親や先生からであることに注目したい。ほかの二人の受賞者の作文をみても、傷痍軍人は停車場などで「よくお見受け」（一五五ページ）する程度の接点しかもちえず、慰問にしても「何分にも遠方のこととて思ふやうにならず」（一五四ページ）ない状況にあった。未明が論じたような傷痍軍人からの教化が実際におこなわれ、成果をあげている様子はみられない。

子どもたちが生み出した言説からは、子どもが大人たちの意図を汲み取ろうとする姿勢や、戦時下の価値観を内面化し、キャンペーンの積極的な参加者として振る舞う様子が顕著にみられる一方で、傷痍軍人との接点は少なく、あるとしても日常生活のなかではなく特別なイベントの場に限定される傾向がみられるだろう。そう考えたとき、傷痍軍人が感謝を抱くべき存在として自分たちの生活の身近にいるという状況は、現実の体験やその言語化の過程に存在したものではなくむしろ児童文学、つまり物語という場によって子どもたちに与えられたものなのではないだろうか。

## 2 童話による傷痍軍人との出会い

本節では『銃後童話読本』を取り上げ、子どもたちに受容された物語について考察する。これは童話作家協会が軍事保護院から協力を求められ作成した童話集であり、全二十二作のうち十九作に傷痍軍人が登場する。この企画は長谷川潮が指摘するように、「銃後奉公強化週間」に関連づけられたものだと考えられる。(19) 序文には趣旨が述べられているため、少し長いが引用する。

君国のため身命を捧げて前線に苦闘をつづけられてゐる勇士、並にその留守宅を守つて銃後民として雄々しく奮闘されてゐる家族、及び名誉ある無言の凱旋をされた勇士の遺家族や、身体の一部を君国に捧げて帰還された勇士とその家族たちに対して、吾等全国民の感謝の念と協力支援が昂揚持続されなければならぬことを、児童の日常的生活面より正しく取上げ、これを会員各自の有つ愛国心と芸術性とを強く表象することによつて、茲に吾々の任務の一端を果さうと努力したもので、願はくは銃後の児童諸君、及び保護者方の清読を切に俟ちたいと思ひます。[20]

これまで確認してきた勅語や趣旨文などと類似する文章であり、より児童に特化したかたちでの教化を目的にしたものである。現在これらの作品を読むとき、山中恒が指摘するように「まさに厚生省軍事保護院の注文に応えたPRパンフレットの文章のような作品」[21]であるようにも思えるが、当時の文脈では「教化童話といったやうなものは面白くないものとの通念」を打破する「ふんわりと温かく子供たちの心を包む」[22]作品集として受容されたようである。『銃後童話読本』は、子どもにとって読みやすく、かつ芸術性を損なわずに教育に役立つ読み物を提供するという目的にかなう出版物だった。

実際の内容をみていくと、戦時下に必要な知識や規範を子どもたちにわかりやすく学ばせ、また理想的な子ども像と軍人援護思想を接続しようとしていることがわかる。例を挙げれば、片山鶴男「隣の小父さん」という作品では、学校の先生が転校生を紹介する際、父親が傷痍軍人であることを告げ、「戦争のために、お怪我をなさったり、病気になられて前のやうに兵隊のつとめが出来なくなった人々の事を傷痍軍人と言ひます」（二〇六ページ）と、用語の説明をする。そして傷痍軍人と接する際には「お気の毒でありましたと言ふ同情と、お国の為に身を捧げて尽して下さって、真に有難うございました、と言ふ感謝の真心を忘れてはなりません」（二〇七―二〇八ページ）という心構えを教える内容になっている。

ほかにも、塚原健二郎「迎へに行った二人」では、傷痍軍人を迎えにいったにもかかわらず人違いをした少年たちに対して、先生が「こいつァ、先生がわるかった。一番大切なことをいふのを忘れてたからな。傷痍軍人の方はね、いつでも、胸に記章をつけて居られるんだ」（一一二ページ）と教える場面がある。ここからは子どもたちに知識が不足している現状の説明や、大人がそれを補足するべきだという注意喚起も読み取れるだろう。

さらに、「をぢさん・ありがたう部隊」を作って「ぼくたち、これから毎日、かはり合って、手つだひに来ますよ」（武田雪夫「をぢさん・ありがたう部隊」、六六ページ）と傷痍軍人に宣言する子どもたちの姿や、「ぼく小父さんの荷物、手つだひして、持っていきますよ」（田中宇一郎「製本屋さんと五郎」、二二四ページ）と傷痍軍人を手助けする子どもの姿が描かれている。澁澤青花「お父さんの顔」は、親の言うことを聞かなかった子どもが、戦争で負傷した父の姿を見て改心し家の仕事を手伝うようになる物語になっている。これらの例から、模範的な子どもの言動と傷痍軍人との「適切な」交流の仕方を結び付けることで、「良い子」であることと軍人援護思想が重ねられ、自然に規範を浸透させようとする意図が読み取れる。

加えてこれらの子ども向けの物語の特徴といえるのが、作品の多くが傷痍軍人との接点を非日常、つまり一過性のものではなく、日常へと組み込むことであり、本節では最後にその点について指摘しておきたい。

この作品集のなかには、水谷まさる「薫る友情」、安倍季雄「草花が金ぐさりになつた話」、「お父さんの顔」（前掲）など、父親が傷痍軍人である子どもが出てくる物語が多いのはもちろん、先ほどふれた「をぢさん・ありがたう部隊」では、傷痍軍人と出会ったあとに「毎日」その場所を訪れる様子が描かれていたり、細川武子「分教場」では、「又もとのやうに学校の先生になって下さった」（二六九ページ）と、受け持ちの先生が傷痍軍人になって帰還してきたりと、子どもの日常に傷痍軍人が常に存在しているような設定であることがうかがえる。さらに高瀬嘉男「市場の中」では、町の市場と、そこで子どもたちが発行している児童新聞が話題の中心になり、魚屋の主人が傷痍軍人として帰還したことが取材されている。

精一君の出してゐる十六号目の新聞に、満ソ国境の正勇山で左大腿骨に盲貫銃創をうけた魚源さんが、千葉の病院の芝生の上を松葉杖をついて笑ひながら歩いてゐる絵が書いてありました。その横に「たとへわしは両足とも失っても、包丁を持つのに一かう差支へないぞ」と、魚源さんの強い言葉がのってゐます。さすがは魚源の主人だと、村でも大そう評判になりました。

（二〇一ページ）

傷痍軍人の存在やそこで語られる戦地の話が、病院や駅などの典型的で公的な称揚・慰問の場ではなく日常に近い空間に登場し、傷痍軍人がいる生活をより身近なものとして感じさせるような工夫がみられる。物語のなかでは、傷痍軍人と出会った子どもたちにとって、傷痍軍人は「兵隊さん」である以上に近所の「をぢさん」なのである。これらの童話は、傷痍軍人を感謝やいたわりの気持ちをもちやすい親しみがある存在として描く手法によって、少国民の教化を推し進めていこうとしたといえる。

このような物語のはたらきを用いているのは『銃後童話読本』ばかりではない。当時人気を博した「講談社の絵本」シリーズ(23)でも同様の手法がみられる。例えば「セキ十ジノ　シルシノ　ツイタシロイ　キモノ　ノ　ヘイタイサン(24)」のように白衣を着た傷痍軍人の外見的特徴が描かれていたり、「傷病兵や年よりには席をゆづりませう」などの傷痍軍人への座席譲与の指導が「乗物の中をちらかしたり、さわいで人にめいわくをかけないやうにしませう(25)」などのマナーとともに教えられたり、「ムダヅカヒヲヤメテチョキンシマセウ(26)」などの生活上の目標と並列されたりすることで、ここでも「良い子」としての振る舞いと銃後後援の理想が地続きになっている。

また、学校帰りの公園で傷痍軍人と話す様子を描くなど、空間設定に同様の工夫がみられる物語もあり(27)、子どもに対する教化のための物語の手法として広く用いられていたと考えられる。

## 3　『軍人援護文芸作品集』をめぐって

「強化キャンペーン」では、童話だけではなく、大人向けの作品も作られた。本節ではそのなかでも『軍人援護文芸作品集』を取り上げる。この作品集は一九四二年から四三年にかけて第三輯まで刊行されていることが確認でき(28)、第一輯に十八作、第二輯に十三作、第三輯に十四作が収録されている。まずは第一輯の「序」から、出版の意図と経緯について確認しておく。

文芸作品を通じて軍人援護思想の普及徹底をはかるために、文壇中堅作家諸氏に協力を求めたところ、作家諸氏の快諾を得、その熱意あふるゝ執筆作品は主として十月号の都下大衆雑誌へ掲載せられ、所期の目的達成に資するところ多大なものがあつた。よつて本院ではこれを機とし、軍人援護の文芸作品を集成して軍人援護文芸作品集を刊行することゝし、今回その第一輯を上梓することゝした。今後大東亜戦争遂行に従ひ現はるべき銃後援護の文芸作品を輯録し刊行を続けて行きたいと考へてゐる。(29)

なかには時代をさかのぼって収集したものもあり、結果、一九三九年から四三年の間に出された軍人援護に関する作品が収録されることになった。第一輯の時点ですでに続篇出版の意思があることも読み取れる。作品の形式は大まかに三種に分けられ、小説形式、戯曲の脚本形式（実際に上演されたものも含む）、そして随筆形式がある。随筆の場合には、軍事保護院によって企画された傷痍軍人療養所などの見学の様子を描いていることが多い。小説・戯曲の内容は戦没軍人や出征軍人の家族を扱うものもあるが、ほとんどの作品が傷痍軍人をおもな登場人物として描いたものになっている。

また、作品の初出を追ってみると、掲載雑誌の「編集後記」などに軍事保護院の依頼によるものであることを明記している場合もあり、これらの作品が「強化キャンペーン」の企画の一環として作られたことは、初出の時点から読者の目にもある程度わかる状態で流通していたことがわかる。例えば、小川丈夫「第二の暁」[30]は一九四二年の「国民演劇」に掲載されているが、タイトルの前に「軍人援護思想普及移動演劇脚本」と銘打たれているほか、「後記」にも「傷痍軍人援護思想普及のために書かれたもの、すでに移動演劇で各地で上演されてゐる」(一一六ページ)と記され、強化キャンペーンとの関係をはっきりと確認することができる。

ほかにも、「写真週報」には火野葦平「明るき家」[31](一九四〇年)や坪田譲治「銃後の母」[32](一九四一年)などが掲載されたが、この雑誌では、作品が雑誌内の企画のなかで独自に活用されている。当時の「写真週報」には巻末に「復習室」というコーナーが設けられ、「本号からあなたは何を学んだでせうか?」と、その巻を通読すれば答えられる簡単な問題が十問ほど載っていた。出題は本誌内の記事の内容に沿っているため、各問題にはヒントとして、解答がどのページを参照すれば見つかるのかが示されている。例えば「明るき家」の第一回が掲載された際には、この作品から「国立の傷痍軍人職業補導所は全国で三つありますが、どこどこでせう?」(二四ページ)という問題が出されていた。「写真週報」は内閣府情報部が編集していたことも影響しているのか、既存のコーナーに組み込みながら強化キャンペーンを推し進める形態になっている。このように当時様々な雑誌メディアによって流通した作品をまとめて作品集で読むとき、どのような特徴を読み取ることができるだろうか。

作品の内容や担った役割については、童話と共通している部分もある。特に随筆に多くみられるが、傷痍軍人についての基本的な知識を周知することは、大人に対しても必要だったようである。

作家自身が「具体的にどんな設備があり、どんな療養生活が行はれてゐるかは、まるで見当がつかない」（伊藤整「温泉療養所」、第一輯、八〇ページ）、「日頃の自分が非常に不注意だといふこと、知つてゐるやうなつもりでゐる知識も非常に曖昧だといふことで、そのことを恥しく思つたのであつた」（島木健作「軍人援護施設見学記」、第一輯、二五六ページ）と自身の無知を表明することによって、読者に対して傷痍軍人が置かれた状況、つまり療養所などの施設の概要や、就職や結婚に関わる問題、故郷の受け入れ体制の課題などを事細かに伝えている。これらの記述は読者に対して情報を周知する役割もあるが、その一方で傷痍軍人に対するマイナスイメージを払拭する役割をもっていたことも指摘しておきたい。

作品内ではときに、「癈兵」の呼称が用いられることがある。徳田一穂「アカシヤの街」で「子供心にも気の毒に映つてゐた、薬売りの癈兵の姿を思ひ浮べ勝ちだつた」（第三輯、八四ページ）と語られる。前章で、一九三〇年代前半についても同様のことを述べたが、そのイメージはこの時代にあってもなお、「気の毒」というような憐れみの感情や、厄介に感じ疎んじる感情を起こさせるものでもあった。三八年六月の「中央公論」上の特集「傷病兵の諸問題」のなかで、傷兵保護院総裁の本庄繁が癈兵について「国民の傷痍軍人（当時は癈兵と謂ふ言葉が用ゐられた）に対する同情心も年と共に漸次冷却して行つた」[33]と振り返っている。当時を知る人々のなかには癈兵に対するイメージが残存している場合もあり、作品集の内容はそれを意識したものだったといえそうである。

また童話との共通点はほかにもあり、傷痍軍人を日常に組み込むという語りも同様に試みられている。ただし童話と異なるのは、その組み込み方が「身近にいる」という空間設定の問題にはとどまらないことである。第一に語りの視点の問題がある。視点人物は傷痍軍人だけではなく、その妻や友人、親きょうだいのこともあった。自分が傷痍軍人になるケースを想定しながら読むことができるのに加え、現在出征している（していく）周囲の人を見守る読者自身と登場人物とを重ね合わせて読むことも可能だった。これは本人の功績を描く戦記や美談とは異なる点である。前掲の「中央公論」特集に際して、白井恭二が『美談集』を「万人に通用する光明談とするには、聊か縁遠きの感」があり、「万人に通用する傷痍軍人の光明存生を基礎づける方法はないものか[34]」と提言したことは前章ですでに確認したとおりだが、その意味では『軍人援護文芸作品集』は白井の指摘を実現するものになっているだろう。

第二に、作品のなかでは就職の問題や借金、病の再発、恋愛と結婚など様々な問題が立ち塞がるが、それは傷痍軍人たちの問題として語っていながらも、その設定を外しても起こりえる問題である。そのため読者にとってありえた、もしくは今後ありえる物語としても立ち現れ、小説として読者の興味・関心を引くものになっている。

実際に、戦没軍人の妻の物語が語られる阿部知二「共に生きん」（第一輯）や、傷痍軍人の妹の視点から手紙形式で描かれる柴田徹士「瞼の戦場」（第二輯）など、女性が中心になる作品のなかには、初出が女性向けの雑誌のものもあり[35]、この点からも、読者の生活と地続きの内容にすることで関心を引くという狙いを読み取ることができるだろう。ここで、恋愛を主題にした小説である中川照子「許婚」の内容を取り上げてみたい。

「君は新聞や雑誌によく出てゐる傷痍軍人の妻なぞを、美しいものとして考へてゐる。何が美しいものか、違ふ、それは違ふよ……。（略）又杖になつて貰ふのもいやだ……兎に角僕は一人でいい……。昔からの約束ごとを君はそんなに一々真に受ける必要はないんだ」（略）「私は恒美さんが好きなんです。私は傷痍軍人の恒美さんと結婚するんぢやありません。ですから世間のやうに私は杖になんかなりませんわ。私は影になるの、あなたの。（略）私は貴方の中へ入つちやつて、つまり一心同体になつてしまふんだわ。だから恒美さんは自分の思ふやうにお進みになればいいんだわ」

（第二輯、二八五—二八六ページ）

ここで描かれるのは傷痍軍人の恋愛と結婚ではあるものの、障害や病と結婚の問題はその主題に限ったものではないといえ、展開も艱難辛苦を乗り越えて結ばれる恋愛小説そのものであり、読者の感情移入は比較的容易だろう。

またこの場面では、軍人援護思想が後景化していることも興味深い。ここで彼女が言う「私は傷痍軍人の恒美さんと結婚するんぢやありません」という言葉からは、彼女が軍人援護という作品集の根底にある思想を、妻となり添い遂げる動機にはしていないことがわかる。また、当時傷痍軍人の結婚を斡旋するような事業があるにもかかわらず(36)、傷痍軍人である男性は、妻になることを「何が美しいものか」と言いきり、女性もその言葉自体を否定していない点が注目に値する。次節ではこのような、銃後後援思想から「逸脱」する語りについて考えてみたい。

## 4　英雄視を拒む語り

『軍人援護文芸作品集』は軍事援護思想の普及徹底を図るために作られた物語を集めたものであり、当然ながら「傷いた兵隊たちのすさまじい更生の息吹が電動機のごとく確固とした転回をしてゐる」（火野葦平「明るき家」、第二輯、二〇一ページ）などの、いわば忠君愛国の精神に満ちたレトリックも多く用いられている。

しかしその一方で、前節でみられたようなある種の「身近さ」や「日常性」を描くがために、童話に書かれるような規範や理想、または当時の望ましい傷痍軍人たちのイメージや軍人援護思想を逸脱する描写も散見されるのである。

例えば『銃後童話読本』では「準三伯父は村の若い青年たちに、当時の戦の模様を話して、皆の手に汗を握らせ」（和田機衣「父の遺訓」、二四二ページ）たり、「時々あそびにくる、近所の子どもたちに、戦争のおはなし」（蘆谷蘆村「菫と兵隊」、三〇〇ページ）をしたりするように、傷痍軍人が戦争の話をするという構図がよくみられる。このように銃後の人間が戦場での体験を聞く、または経験者が語る、という構図は当時の言説で一つの典型だったが、『軍人援護文芸作品集』では、戦地の話をすることを拒む人物が登場する。

幸吉は客に逢つて挨拶することがひどくつらかつた。戦地の話を誇張して話したりする気にはとてもなれなかつた。彼はかたくなつて、額に汗さへにじませながら、人々の賞讃の言葉を聞いた。すると客は苦しさうな彼を見て、いたましさうに傷のことなど尋ねるのだつた。

「こんな無駄はいつまでもやまぬものなのだらうか？」

（島木健作「芽生え」、第一輯、二四〇ページ）

また、井上友一郎「永遠の兵隊」（第一輯）では床屋の客が店主の戦場の話の繰り返しに飽きて眠ってしまう場面が描かれ、聞く側の慣れと飽きも示されている。

ここで一度確認しておきたいのが、子ども向けの文学では「逸脱」の表現は非常に少ない傾向にあるということである。子どもと傷痍軍人をめぐる言説空間が変容していくのは戦後になってからである。[37]『銃後童話読本』のなかでも、傷痍軍人の境遇を気の毒に思う様子や、「こんな身体で、この先どうしよう」（小寺融吉「荒川写真館」、二一ページ）などと悩む表現はみられるものの、それらは傷痍軍人自身の前向きな努力や周囲の支援によって即座に改善されるため、むしろ銃後後援の重要性を示し、軍人援護思想を強く印象づける役割を果たしているといえる。

一方で『軍人援護文芸作品集』に話を戻せば、「父なきあと」（氏原大作原作、上泉秀信脚色、第二輯）に、職業教育を受ける母を別居先でけなげに待つ子どもが登場するが、その子どもを取材して美談化しようとする新聞記者に対して、母の親戚である老人が「あんた方はそれでよからう。だが、こつちは大変な迷惑ぢや、世道人心とやらには薬になるかも知れんがこんなことが新聞にでかでかと書き立てられてご覧、うるさいことばかり起つて、ろくなことにはならん」(三五五ページ)と拒絶していることは興味深い。これは傷痍軍人を扱った物語ではないものの、美談化が拒まれている点が注目に値する。

さらにいくつかの作品では、英雄的な傷痍軍人像を傷痍軍人自身が拒む姿もみられる。「白衣の勇士」という言葉は傷痍軍人の功績や名誉を示すものとして、戦争中だけでなく戦後も長く用いられた代表的な表現だが、『軍人援護文芸作品集』ではこのような英雄的な扱いを好まない人々がしばしば登場する。以下に二つほど例を引いてみる。

英雄とか勇士とかといはれると、妙に空恐しい心になつたりするのです。もちろんあの瞬間に私が何かの働をしたこと、それはなかなか大したものだつたといふこと、それを否定するまでに謙遜にならうとは思ひませぬ。だからその限では勇士であつたのです。だが、さういふ『英雄』とか『勇士』とかといふものは、ちやんと身柄に固着してゐるものでせうか。(略)『私』が英雄ではないのだ、と自他ともにわきまへることが必要でないでせうか……

(阿部知二「見えざるもの」、第一輯、三七―三八ページ)

たまく対談者の口から「傷痍軍人」だとか「白衣の勇士」だとかの言葉が出ると、彼はぞつとして塩をかけられた蛞蝓のやうにすくんでしまふ。病院に居るときもわからずこの想念に悩まされて、一切の招待などにも殆んど顔を出さなかつたものであつたが、社会へ出てからその負担は一層重くのしかかつてきた。時には自分が卑屈なのかと考へてみるのだが、やはり晴がましく人々の親切を受けるのは彼の潔癖な自尊心が許さないことであつた。

（佐々木直「再会の日」、第二輯、二三一ページ）

前者の表現であれば、まだ傷痍軍人の謙虚さを評価する語りとして捉えられるかもしれないが、後者の例では「傷痍軍人」という呼称さえ拒み、その称揚や待遇が本人を苦しめていることが明確に描かれてしまっている。また、芹澤光治良「生きる日の限り」（第二輯）では、傷痍軍人になった教師の心情を以下のように語っている。

大木先生は、小学校で生徒に説いた修身の訓話を、真剣に自分に云ひきかせた。宗教家にも来てもらつて、神について聞いた。しかし嘗て自分の真面目にした修身の訓話も、偉い宗教家の説話も、わが不幸については、白々しく、何等の光明をも与へてくれなかつた。（略）戦傷者も名誉として不具をも克服するのだ。盲目になつた不幸を、自分も名誉として、頭を上げて生きて行かなければならない。（略）大木先生は秘かに涙をすすりあげた。

（一〇八―一一〇ページ）

ここでは傷痍軍人を救うはずの言葉が「何等の光明をも与へてくれな」いものとして退けられ、「生きて行かなければならない」という苦痛に満ちた心情が記される。

もちろん、『軍人援護文芸作品集』の作品のほとんどは、傷痍軍人の人生に「光明」を発見する結末を迎えるのであり、ここで挙げた表現はそこに至る過程の心情にすぎない。またこれらの表現は、当時は傷痍軍人をその謙虚さについてさらに称揚し、銃後後援での傷痍軍人の内実に合わせた「感謝」のあり方についての見直しを促すものでしかなかったかもしれず、当時の読者にとっては「暴露」になりえなかったかもしれない。もちろん、これらの作品を書くことによる作家の戦争協力とその加害性について不問にすることもできない。ただ、軍人援護の文脈と照らし合わせたとき、やはりこれらの描写は「逸脱」といわざるをえない。

ここで前掲の「中央公論」誌上の特集で銃後後援を呼びかけた、厚生省技師の鈴木信の言葉を取り上げる。

君国のため身を挺して力戦奮闘し、赫々たる武勲をたて乍ら、不幸にして其の犠牲となり、身体上或は精神上の傷痍を蒙つた我が将兵に対して、国民が挙つて感恩の誠を尽す事は必然のことと思ふ。而も、それは一時的の感激に終ることなく、国運の発展と共に国民の脳裏に深く刻み込まれ永劫に消えることがあつてはならない。従つて傷痍軍人に対しては国民一致して彼等の勲功を偲び、不自由不完全なる心身を扶け慰め、以て其の生涯を一層意義あらしめ得る様に努めなければならない。斯くすることは銃後を守りしものの義務として当然のことである。(38)

武勲に対する感恩と感激、永劫に消えることがない勲功。「強化キャンペーン」で盛んに呼びかけられたはずの軍人援護に関するこのような言説と作品内の「逸脱」の表現とを合わせて読むとき、そこには明らかに温度差がある。文学における教化の言説が垣間見せたのは、傷痍軍人が戦場から帰ったのち、銃後で抱えた傷と葛藤でもあった。

## おわりに

一九三八年から始まった「強化キャンペーン」は、戦況が変化していくなかで名称を変更しながら継続されていった。軍人援護思想を広く定着させるために様々な活動がおこなわれ、文学界も協力的だった。そのなかで傷痍軍人は、戦場から帰ってきた勇士として主たる後援の対象とされると同時に、国民に対する教化をおこなう側としても期待されていた。本章では、「強化キャンペーン」に関わる文学作品のなかの傷痍軍人表象を分析することによって、以下の三点が明らかになった。

まず一点目は、「強化キャンペーン」に対して文学の側が積極的に関与し、幅広い年齢層に対してはたらきかけをおこなっていた、ということである。童話から各種雑誌に書き下ろされた小説まで、かなりの数の作品が「強化キャンペーン」との関連をもっていた。

そして二点目は、文学作品が銃後の人々と傷痍軍人との接点を描くものとして機能していたということである。ときに現実での接点以上により身近に、より日常的な場のなかに傷痍軍人を描くことで、軍人援護思想の定着を目指し、読者が傷痍軍人に対して親しみをもちやすくし、感情移入を容易にする語りが組み込まれていた。

三点目は、特に大人向けの文学のなかで、ある種の「逸脱」が描かれているということである。徳田一穂は作品のなかで「折紙のついた模範的な人よりも、普通の人たち二三人に会はせて貰ふはうが、却つて広く市井に更生してゐる傷痍軍人の生活振りを虚飾なく知らされることになりはすまいか」(前掲「アカシヤの街」、七四ページ)と語っている。『軍人援護文芸作品集』では、「普通」の、「市井」の傷痍軍人の個々の問題に接近していく過程で、軍人援護を強化するための作品であるにもかかわらず、「感謝ノ念ヲ昂揚」し名誉を永続させるという「強化キャンペーン」の根底にある思想が傷痍軍人を苦しめ葛藤させる、という様子が描かれることもあった。

本章では、個々の作品を精読することはできなかったが、作品が作られた経緯、時代の文脈から切り離すことなく「作品集」のなかでこれらを受け取ることによって、それぞれの作品の表現の重なりや呼応が明らかになった。ここからは、戦時下の言説空間を考えるとき、作品について「作品集」というメディアとともに再読することの可能性がみえてくるだろう。

注

(1) 当時の状況については、前掲『軍事援護の世界』を参照した。

(2) ほかの章では「軍事援護」の語を用いているが、本章では「軍人援護強化運動」『軍人援護文芸作品集』などの名称にならい、「軍人援護」の語を用いる。
(3) 児玉九十「銃後後援強化週間 傷痍軍人に感謝す——生徒への訓話」「帝国教育」一九三八年十一月号、帝国教育会、四四ページ
(4) 櫻本富雄『日本文学報国会——大東亜戦争下の文学者たち』青木書店、一九九五年、三九七ページ
(5) 「軍人援護ニ関スル勅語」「官報」号外、一九三八年十月三日
(6) 「銃後後援強化週間実施の計画及準備」『銃後後援強化週間記録』厚生省、一九三九年、一—二ページ
(7) 同書四ページ
(8) 前掲『軍事援護の世界』一九六ページ
(9) 例えば、一ノ瀬敏也編『政府の軍事援護政策』(「昭和期「銃後」関係資料集成」第一巻)、六花出版、二〇一二年)には、前掲の「銃後後援強化週間記録」が収録されている。
(10) 前掲「傷痍軍人 小川未明「汽車奇談」「村へ帰った傷兵」」一七ページ
(11) 小川未明「勇士よ還りて魂の教化に当れ」『新しき児童文学の道』フタバ書院成光館、一九四二年、一三一ページ
(12) 実際のキャンペーンの模様は、前掲『銃後後援強化週間記録』が詳しい。
(13) 前掲「銃後後援強化週間実施の計画及準備」三ページ
(14) 審査委員会は、藤野恵(文部普通学務局長)、井上赳(文部省図書監修官)、藤井利誉(帝国教育会専務理事)、小野賢一郎(中央放送局文芸部長)、文芸家として菊池寛、百田宗治、山本有三、また傷兵保護院から岡田文秀副総裁、藤原孝夫計画局長、持永義夫業務局長が出席しておこなわれた。以上の情報は「「傷痍軍人保護」小学児童懸賞標語当選決定」(「帝国教育」一九三八年十月号、帝国教育

会）を参照した。
(15) 柳下保晴「白衣の勇士をお迎へして」、東京市編『銃後の護り』所収、東京市、一九三八年、七一ページ
(16) 小林菊枝「銃後美談」、同書所収、九九ページ
(17)「白衣の勇士に捧げる感謝の標語 小学児童の当選作」「東京朝日新聞」一九三八年九月四日付、六面
(18)「厚生大臣賞贈呈全国児童作文大募集」「少年倶楽部」一九三八年十一月号、大日本雄弁会講談社、九〇ページ
(19) 長谷川潮『児童文学のなかの障害者』ぶどう社、二〇〇五年
(20)「序」、童話作家協会編『銃後童話読本』金の星社、一九四〇年
(21) 山中恒『少国民戦争文化史』辺境社、二〇一三年、二二九ページ
(22) 村岡花子「「銃後童話読本」」『母親教育シリーズ』第十一巻、新生堂、一九四一年、九一ページ
(23) 阿部紀子『「子供が良くなる講談社の絵本」の研究――解説と細目データベース』（風間書房、二〇一一年）によれば、「講談社の絵本」シリーズは一九三六年十二月から四二年四月までの間に全二百三冊が刊行され、最盛期には毎月百万単位で発行された絵本であり、「子供が良くなる」というキャッチコピーが大々的に謳われ、「幼年倶楽部」と「少年倶楽部」への移行も意識された内容になっていた。
(24)「ヨイ子ノエニッキ」、『国民学校 タノシイ一年生――ダイ二ガクキ』（講談社の絵本）所収、大日本雄弁会講談社、一九四一年、二五ページ
(25) 河目悌二絵「乗物の心得」、清水かつら：文『子供知識 乗物画報』（講談社の絵本）所収、大日本

雄弁会講談社、一九三八年、五七ページ
(26)河目悌二絵「銃後ノコドモ」、米内穂豊：絵、松村武雄：文『大江山』(講談社の絵本)所収、大日本雄弁会講談社、一九三九年、六八ページ
(27)服部明二文、吉澤廉三郎絵「へいたいさんと子どもたち」、『日本の陸軍』(講談社の絵本)所収、大日本雄弁会講談社、一九四〇年、七二—七六ページ
(28)第一輯と第二輯は一九四二年、第三輯が四三年に出版されている。
(29)「序」、軍事保護院編『軍人援護文芸作品集』第一輯、軍事保護院、一九四二年
(30)小川丈夫「第二の暁」「国民演劇」一九四二年七月号、牧野書店
(31)火野葦平「明るき家——軍事援護施設を訪ねて」「写真週報」一九四〇年十月九日号—二十三日号、内閣情報部
(32)坪田譲治「銃後の母」「写真週報」一九四一年十月号、内閣情報部
(33)本庄繁「傷痍軍人と国民」「中央公論」一九三八年六月号、中央公論社、三二二ページ
(34)白井喬二「義務教育の根本から」、同誌三五三ページ
(35)阿部知二「共に生きん」の初出は「婦人日本」一九四一年十月号(東京日日新聞社)、柴田徹士「瞼の戦場」の初出は「婦人朝日」一九四〇年九月号(朝日新聞社)である。
(36)傷痍軍人の結婚斡旋については、前掲「15年戦争期における《傷痍軍人の結婚斡旋》運動覚書」を参照した。
(37)戦後の言説空間では、例えば日本作文の会編『戦争が終わった』(〔「子どもの作文で綴る戦後50年」第一巻〕、大月書店、一九九五年)の一九五〇年に書かれた作文「しょうい軍人さん」(五野利朗、小五)のなかで、街頭募金をおこなう傷痍軍人を「ハーモニカを吹いたり、歌をうたったりしていた、

あのかわいそうなすがた」とし、「日本が戦争に負けてから、一ぺんで多くみるように」（一六二ページ）なったとあり、敗戦の象徴として捉える語りが現れている。また「読売新聞」一九五三年五月十一日付の「ボクらは戦争はゴメン 淀橋 子供が大人に物申す会開く」では、「大人に何を望むか」という題で小・中学生の座談会が開かれた様子を報じているが、そのなかに「傷病兵の街頭募金は心を暗くするから適当な方法でなくせ」（六面）という要望が出たことが書かれている。以上のような表象を取り上げても、子どもの傷痍軍人へのまなざしが戦後には転換していることが読み取れる。

（38）鈴木信「傷痍軍人保護対策としての職業問題」、前掲「中央公論」一九三八年六月号、三三五ページ

# 第3部　重なる傷——戦後の語りをめぐって

# 第6章　傷つけられる兵士たち

## ――文学のなかの兵役忌避の物語から

### はじめに

「初年兵さんは可哀想だねーーッ、また寝て泣くのかよーーッ」[1]、兵営に鳴り響く就寝ラッパの音に当てられたこのような言い回しはあまりにも有名であり、苛烈な兵営生活については戦後の兵営小説や体験記のなかでもしばしば言及される。初年兵に限らず、兵士たちは決して過ごしやすいとはいえない環境のなか、上官たちに叱責され、ときに心身を傷つけられながら、戦争という「非日常」を「日常」とすることを強いられた。

その生活から逃れるための手段を講じることはリスクが高く現実的ではなかったが、一縷の望みに賭けて決死の行動に出た兵士たちもいた。清水寛は「自分の身体を傷つけたり、あるいは病気をよそおって兵役を免れようとする者は、徴兵検査時だけでなく、兵役についている間でも存在した[2]ようである」と述べ、徴兵後の逃亡・身体損傷・疾病作為などの行為を指して「兵役忌避」と呼んだ。

徴兵前の忌避行為としての「徴兵忌避」[3]や「良心的兵役拒否」[4]に比べて統計的な資料や記録が少なく実態が明らかでない部分もあるが、いくつかの資料からその様相をうかがうことができる。藤井忠俊はおもに玉砕の地での兵士の行動パターンの一つとして逃亡を取り上げている。[5]また、故意の身体損傷については、鹿地亘が編集した『反戦資料』のなかに、自ら小銃で足を撃つ兵士の記録[6]があるほか、牧潤二はシベリア抑留中にも身体損傷があったことを指摘している。[7]また病身を装う疾病作為についても、同じく『反戦資料』に以下のような記録がある。

昭和十六年一月九日、黄梅作戦の命令が下り、翌朝中山少将（旅団長）及び大隊長の訓辞があり、十一時過ぎ出発。然し、兵士間には昭和十五年四月の宜昌作戦当時の苦い経験（猛烈な戦争で多数の犠牲者を出した）があったため、今次作戦に対しても恐怖をいだき、部隊の兵で病気を装って残留を申し出たものが三分の一に達した。部隊の幹部は早速協議の上、軍医の許可なきものは全部出動せよ、もし病気を装うものがあれば軍法会議に廻すと厳命した。病気を装ったものは致し方なく軍医の診断を受けた。瀬川と岡本（三年兵）は仮病の発覚を恐れて、逃亡（共謀）

（二〇九ページ）

これらの兵役を忌避する行動は兵役を数日間休みたいというような短期的な願望からくるものもあれば、帰郷を狙った長期的なものもあった。文学でも、田山花袋『一兵卒の銃殺』[8]（一九一七年）をはじめ、早くから逃亡を描く作品は多くみられた。また疾病作為についても、柴田錬三郎「仮病記」（一九四六年）、浜田矯太郎「にせきちがい」（一九四八年）、藤枝静男「イペリット眼」[9]（一九四九年）、黒岩重吾「北満病棟記」[10]（一九四九年）などに描かれている。本章では、文学作品に描かれる兵役忌避、とりわけ疾病作為を分析する。傷痍軍人表象について考える本書のなかで、兵役忌避行為を取り上げることは一見文脈を外れるように思えるだろうが、実はそうではない。兵士や軍人が傷病を装う行為、つまり「偽」であり「仮」の不調を作り上げるという「偽者」の物語の問題系は、むしろ傷痍軍人表象と強く結び付いていると思われてならない。第2章で確認したような癈兵たちの行商や、第7章で確認するような敗戦後の傷痍軍人の募金活動は、当時「偽癈兵」や「ニセ傷痍軍人」など、「偽者」の仕業として（「本物」は名誉に傷をつけるそのような行為をしない、という理屈で）一般に報じられた。しかし、もちろんそのなかには「本物」の傷病兵・軍人が多数いたのである。こうした「本物」と「偽者」のせめぎあいは、傷痍軍人の歴史のなかで幾度となく顕在化した。さらに、「偽者」だから傷を抱えていなかったのかといえば、もちろん決してそうではないのだろう。偽者には偽者なりの事情があった、そう推測するのは難しいことではない。

兵役忌避を描く作品を、忌避行為の一つとしてではなく、兵士・軍人が装う「傷」の物語として読むとき、忌避者は決して傷痍軍人と無関係の存在ではない。傷病兵・軍人たちの多くがかつて経験しただろう厳しい兵営生活と、それにあえぐ兵士たちの物語を忌避者たちの格闘から読み解き、兵士が抱えた傷について考えてみたいというのが本章のねらいである。

前述のとおり、兵役を逃れるための行動には様々なものがあるが、本章で特に「疾病作為」を取り上げる理由として、その行為の特異性を三点挙げておきたい。まず一点目は、忌避行為の実行が徴兵後であるため、兵役を経験したうえでの行為であるということ。二点目は、逃亡ではないため、その身体は常に軍隊という組織のなかにありつづけるということ。そして三点目は、身体損傷ではないため、病を「装う」という主体的な行為をする必要があるということである。つまり、軍隊的な時間・空間を一度は経験したうえで、兵営という空間のなかで身体の状況を偽っていることが特徴といえる。それは単に設定上の特徴として目新しいだけではない。衆人環視のもとでの疾病作為の困難や葛藤は、作品の内容や細かな表現のうえからも読み取ることができる。それらの表現については第3節以降でおもに取り上げるが、疾病作為という行動は、常に忌避者と周囲の人間との間に見る／見られるという関係性を生じさせ、そこには忌避という非日常的な経験と兵役という強いられた「日常」の接点を読むことができるのである。

本章では疾病作為を描く作品を分析することによって、特殊な体験としての忌避行為それ自体や、忌避者がどのように描かれているのかを明らかにする。また、兵士たちの生活を描くほかの文学テクストをふまえながら、兵士という「集団」の一人としての忌避者を考えたとき、作品とそこで描かれる兵士たちの「傷」をどのように位置づけることができるかについて考察する。そしてその際には、本章で扱う二作品が手紙や手記という形式をとっていることの意義についてもふれてみたい。

## 1　疾病作為という手段とその結末

本章で取り上げるのは柴田錬三郎「仮病記」と浜田矯太郎「にせきちがい」の二作品であり、忌避行為の顚末そのものが小説になっている数少ない作品である。本節では、それぞれの作品内で描かれる忌避行為を作品の展開とともに確認する。

柴田錬三郎「仮病記」は「三田文学」に一九四六年に発表されたものであり、柴田自身の一度目の召集の際の経験を反映した作品として知られている。[11] この物語は、忌避をおこない召集解除になった吉田政人が敗戦後、当時の担当だった小山田元軍医少尉に、当時の経緯や心情を「手紙」によって語るという形式をとっている。

吉田の疾病作為は、応召前に経験していた心臓発作をまねることによっておこなわれる。その発端になるのが、満期除隊になる兵士たちのために開かれた宴会の席であり、「両手で胸を押さへて、首からのめり込むやうに床へ倒れ[12]」入院する。さらに後日、醬油を飲むことで心臓の異常を持続させようとする。

私は、あたりに人気のないのをたしかめると、うッと呼吸を殺して、いきなり走り出したのです。五十米ばかりの途を早駆で往復した心臓は、手首の脈をはかるまでもなく、もの凄い速さで乱打しはじめ、顔から血の気の失せて行くのが自分でもわかり、急いで病室へ帰らうとすると、さあッとあたりが暗くなり、くらくらと眩暈がしてすんでのところで、その場へ崩れ込まうとしました。（三六ページ）

醬油の飲用による忌避行為は、徴兵忌避の方法としてもよく知られているものだろう。吉田の作為は、一度は成功したものの、二度目は失敗に終わる。

私は、走つて脈を速くしたり顔面を蒼白にしたりするどころではなく、全く自分の予想外の症状が突発して、貴方がかけつけて来た時は、両手の指先がしびれて硬直しひん曲つたまゝ氷の如く冷たくなつて来てゐて、あゝ大変なことになつた、と思はず口に洩らした程すつかり狼狽し、それこそ死の恐怖で私の表情は奇怪に歪んで、あゝッ手がしびれる、手が、手が、しびれる、あゝッ、あッあッ、と狂人の如く喚いて、手と手をこすり合せたり、振つてみたり、口に突き込んで噛んでみたり、七転八倒の本物の苦しみを演じて居つたのです。（三九ページ）

吉田は一度目とは異なる予想外の身体の反応に狼狽し、自分では制御不可能な「本物の苦しみ」に「死の恐怖」を感じるが、仮病であることが小山田に露見する。結果として小山田の配慮で召集解除され、忌避は成功するものの、疾病作為という行為自体は中断を余儀なくされている。

一方で、浜田矯太郎「にせきちがい」は「勤労者文学」に発表された作品である。作家の浜田は、神奈川県で大家族の末っ子として生まれ、長く工場に勤めながら詩や小説の発表を続けた人物のようである。浜田の経歴については明らかではない部分が多く、本人の実体験の有無は不明だが、作品内で描かれる病院への後送経路が詳細かつ正確であることから[13]、経験者であるか、もしくは経験者の話をもとにしている可能性がある。「にせきちがい」は忌避者・福岡直次郎の「手記」の形式をとり、のちに初出には付されていない「福岡直次郎の手記」という副題が加えられている[14]。戦闘中、暑さのために倒れた福岡直次郎は、意識を取り戻した際、口がきけない「きちがい」を演じることによって忌避行為を始める。

「あゝ気がついたか。福岡、どうだ、俺がわかるか、え？　俺がわかるか――」

この男が、わかるか、と言つたのがそもそもいけなかつた。俺はわからないことにしてしまつたのである。

俺は、たゞじつとうつろな瞳で相手を眺め、口もきけないふりをした。（六―七ページ）

福岡は「俺の演技は完璧だつた」（八ページ）と述べ、具体的な方法として「眼はいつもかつと大きく見ひらいてあらぬ方をするどくにらむ。人の言葉を耳に入れず、大声で名を呼ばれても微動だにしない。夢遊病者の如く歩く。たくみによろける。音もせぬのにきつと振り向く。手をふるわせて煙草を吸う。お望みならどんな熱いものでも摑んでみせる。食事は半分ばかりでやめておくのだ。そして便所だけは忘れていないと思わせる。たまにはうなされてうわ言をいう」（八ページ）

など、事細かに演技の内容を挙げている。福岡は後送される間に何人もの軍医の診察を乗り越えるが、広島陸軍病院で受けた「電気」[15]による治療に、「こゝらあたりで正気に立ち戻るのが上分別というものであつた。もう一度かんたんにスイッチを入れられたらそれこそ頭も心臓もほんとうに悪くなつてしまう」(二七ページ)と身体の限界を感じ、突然「正気」へと回復したかのようにみせかける。その結果、福岡は前線に戻ることなく兵役免除になる。

これらの二作品のいずれもその内容を分析した先行論はほとんどないが、二〇一二年に刊行された『コレクション戦争と文学』第十一巻に「軍隊と人間」というテーマのもとに二作品を収録している。「解説」のなかで個別にふれてはいないが、作品集の解説から推測すれば、二作品は「内務班生活、軍法や陸軍刑務所の実相、慰安婦、病院──おそらく、時間の経過の中でまっさきに風化してゆくであろう軍隊のそうした部分」を扱い、「歴史としては残らぬが忠実な戦争と軍隊のありさま」[16]を描き出した作品の一つとして位置づけられている。つまり、公的な資料には残ることがない経験を語る独自性がある作品として評価されたといえるだろう。ちなみに、同巻には、夫を再び戦争に行かすまいと妻がその眼を潰す、吉田絃二郎「清作の妻」が収録してあるほか、結城昌治「従軍免脱」では、将校たちの「紊乱」を師団長に直訴するために薬指を切って血書を書いた男・矢部が従軍を逃れようとしたと「解釈」され、死刑になる物語が描かれている。この巻の作品からは、忌避行為と兵士たちをめぐる多様な側面が浮き彫りになる。

以降では二作品を並列しながら分析を進めるが、その前にまず相違点について簡潔にふれておきたい。二作品の最も大きな違いとして、忌避者がもつ階級意識を挙げることができる。詳しくは後述するが、忌避行為への願望を抱くことそれ自体は、兵営内で珍しいことではない。しかし露呈するリスクや懲罰の恐怖を思えば、行動に移すことは簡単ではない。そのなかで二人が忌避行為を実行に移せたことには、内容は異なるもののそれぞれの強い階級意識と、それに起因する軍隊への反発が影響している。そして、この階級意識の差異は「三田文学」と「勤労者文学」という発表媒体の性格をも同時に反映するものでもあるといえる。

吉田は大学卒で「私にとつて堪らなかつたのは、なぐられる痛さよりも、なぐられる理由の愚劣さであ」ったとし、「低級無智な賤民共」の「完全な奴隷」（三三ページ）になることに憤りを感じている。一方で、福岡は労働者階級として育ち「俺は決して地主や資本家の倅ではなく、線路工夫の——あわれな被抑圧者の子供なのだ。生れ落ちてからこの方、一度も『お上』から人間らしい取扱いを受けた覚えのない奴隷なのだ」（四ページ）と述べている。当然ここには大きな差異がある。忌避の成功についても、吉田の場合は、小山田とある小説家の話題を通じて懇意になり兵役を逃れるが、福岡は独房室と称される特別病棟に閉じ込められながら忌避を続けるなど、異なる展開をみせている。

階級意識にこれだけ差がある二作を並列して論じることには問題もあるだろう。しかし、ここで注目したいのは、その徴兵前の立場の違いにもかかわらず、彼らは兵営内では等しく「奴隷」だと感じていることであり、また経緯が異なるとはいえ、兵役を避けるために疾病作為という孤独な闘いを選択せざるをえないということの共通性である。むしろ、思想的背景が異なる二人の物語を並列することで、その印象はより興味深く感じられる。「葉書一枚」「一銭五厘」と称されることもあった兵士たちは、一度兵営に入ってしまえば、そこでは新たに付された階級のなかで生きるしかなく、大きな「集団」のなかの一人でしかなかった。

作品内では、彼ら忌避者の背景に多くの兵士たちが登場し、また消えていく。彼らはともに兵士として兵営のなかにいたのである。彼ら忌避者と、忌避行為をすることがなかった大勢の兵士たちとの関係を、どう捉えることができるだろうか。次節以降では、兵役生活を語るほかの小説とも照らし合わせながら、身体を偽る行為としての疾病作為の描写から、「集団」としての兵士とそのなかにいる忌避者の関係性を考えてみたい。

## 2 私的制裁と兵士たちの身体

兵役忌避をおこないそれが露呈した場合、当時の法律ではどのような処分になったのだろうか。兵役法では第六章「罰則」の第七十四条に「兵役ヲ免ルル為逃亡シ若ハ潜匿シ又ハ身体ヲ毀傷シ若ハ疾病ヲ作為シ其ノ他詐偽ノ行為ヲ為シタル者ハ三年以下ノ懲役ニ処ス」[17]とあり、基本的に三年以下の懲役という処分だったことがわかる。もちろんこれは「平時」の法律であり、戦闘中であれば敵前逃亡と同じく死刑にもなりえる。ただ、両作品の場合は、作為行為の開始された場所がそれぞれ宴会場と病室であり、戦闘中に該当するとは考えにくい。

しかし文学作品では、軍規に反することは直ちに死刑と接続される罪として描かれることもしばしばあった。作為の露呈は、当人の認識のなかではそのまま死を意味したのである。「にせきちがい」に、福岡が自らの忌避行為が明るみに出て死刑になる夢をみる場面がある。その恐怖の根底には、刑法上の公的な制裁よりも彼らにとって身近だった「私的制裁」の経験が影響していたのかもしれない。

内務班の私的制裁については軍隊研究だけでなく、戦争体験の語りのなかでしばしば言及され、よく知られている。藤田昌雄は「陸軍では私的制裁は禁止されていたが、多くの内務班で教育・指導の名目で初年兵は二年兵より公然と私的制裁を受けるケースがほとんどであった[18]」と指摘している。また、文学作品でも兵営内の暴力については明らかにされてきた[19]。例えば、安岡章太郎「遁走」には、次のように私的制裁の苛烈さが描かれている。

殴られるための正当な理由、そんなものはどこにもあるはずはない。けれども殴られた直後には、どうしたってその理由を考えずにはいられない。考えるという習慣がすこしでも残っている間は犬だって考える。ところが軍隊では「考える」などということで余計な精力を浪費させないためにも、殴って殴りぬく[20]。

暴力の理不尽さと、しかしそれに慣れてしまわなければならない現実。本章で取り上げた二作品にも、「転属して来てから入院するまでの二十日間に、私は七十四回殴打されて居ります。のみならず一回といふのは一撃のことではありません。また平手あるひは拳骨でといふのでは勿論ないのです。竹刀、護謨の上靴の裏、銃剣の帯革でやられたのです」（『仮病記』、三三ページ）、「まつたく朝から晩まで生きながら地獄にいる思いだつた。初年兵たちの頭や顔がこわれないのが不思議なくらいだつた。しかし、一ヵ月に一人や二人はどこの中隊でも『頭のこわれた』兵隊が出た。――外出したまゝ帰つてこなかつた。二階の窓から逆さまに下の石だたみにとび降りた。便所の中で紐にぶらさがつた」（『にせきちがい』、三ページ）などの容赦ない私的制裁がおこなわれたことへの言及がある。ここでは苛烈な制裁の様子とともに、その結果として兵士たちが追い詰められ、命を落としていく状況が描かれている。この点については大江志乃夫も「命令に絶対服従を強制されている兵士にとっての抵抗の手段は脱営逃亡と自殺しかなかった[21]」と言及している。以上のような過剰な制裁の様子をみても、兵士たちは戦場での死の恐怖よりも先に、まず兵営生活内での暴力に直面しなければならなかったといえる。

　規律以上に厳しいこのような私的制裁がおこなわれるなかで、兵士たちは自分たちを優秀な兵士であるように「見せかける」ことを体得していく。例えば「にせきちがい」の福岡が述べる軍人精神とは「何よりも先ずビンタに慣れることであつた。沢山ある勅語を暗誦することであり、活き々々とした眼の色をこしらえることであり、飯を一分ぐらいで嚙まずに食べること」（三ページ）であった。また「遁走」のなかでも、「結局のところ、軍隊での服従とは、単に我慢することではなくて、見つけられないようにすることだし、また他人が罰せられるのを観察して、どの点まで服従するべきものかを推察することだろう」（一四ページ）と描かれている。ここでは軍隊に合わせて自分の身体を作り上げ、やりすごすことを覚えていくという経験が示されている。つまり、演技をしているのは忌避者だけではない。兵役忌避をするしないにかかわらず、多くの兵士はどこかで自分を偽り、身体を「見せかける」ことを体得せざるをえないのである。ここで明らかになるのは自分の意思に反しながらも軍隊的な身体を作るか、意思に従って忌避をおこなうかの違いはありながらも、そこには「作為」が存在するということである。

ではそのなかで、自らの意志を貫き、抵抗する忌避者は兵士たちからどうみえているのか。忌避行為は失敗すれば所属する班の「連帯責任」として全員が制裁を受ける可能性がある行為であるうえに、成功すればほかの兵士を差し置いて苦痛から逃れる行為でもあった。その意味では批判の対象になりえるだろう。しかし負の感情だけでは語れない気持ちがそこにはあった。「仮病記」では「当時私の入れられて居りました八号病室の室長をしてゐた現役の軍曹が、もし厠の黄物の淀んだやつをひと掬ひ飲み下したら帰へしてやるといふのならよろこんでやつてみせるんだがな、と真面目な顔をして放言した」（三二ページ）様子を語っていて、しばしば私的制裁の主体として語られる下士官でさえ、忌避の欲望をのぞかせている。また、兵営小説としてよく知られる水上勉「兵卒の鬃」でも忌避行為は、「もし、自分に勇気と深遠な計画があれば、これぐらいのことは出来得たかもしれないという、一どは考えてみた夢ごと」[22]だと語られている。さらに「遁走」では「どの面からみても脱走兵には何の希望もありはしない。……それなのに駈け出して行く石川の姿は、加介をはげしく鼓舞するのだ。ほとんど自身のものとも思えないほど疲れきっている脚や手が、何かをしきりに訴える」（六六ページ）と、兵士たちの情動を刺激するものとして脱走兵が描かれる。忌避行為は兵士たちが一度は夢見る自己救済の方法であり、軍隊の秩序を主体的に乱す存在であるという意味で、いうなれば忌避者はある種の希望でもあったのである。

規律・命令から逃れることが許されない軍隊という閉塞した空間にあって、そして健康な身体をもつかぎり、兵士になるよりほかに選択肢をもちえない者たちにとって、兵役忌避の実行それ自体は特異なケースでありながらも、忌避への欲望、つまり閉鎖空間内での秩序の攪乱への期待それ自体は特別ではなかったのである。このような文脈で考えたとき、二作品は疾病作為の兵役忌避を描くという点では特殊な経験としての独自性があり、記録の文学として評価されるべきであるとともに、多くの傷ついた兵士たちの存在を浮かび上がらせるものであることにも目を向ける必要がある。忌避者は孤独な戦いをしながらも、やはり「集団」のなかの一人でもある。本章で取り上げた二作品は、軍規に反した抵抗の極致を描くことによって、軍隊への服従と抵抗、二つの対照的な意味での「作為」に焦点が当たり、兵士たちの闘いを重層的に描いているといえる。また、兵士たちの希望の体現としての兵役忌避が試みられ、それが成功するという物語が、戦後まもない時期に複数登場していたということは注目すべき現象である。以降では、物語が扱う時間の問題にもふれながら、「集団」と忌避者の関係について考えてみたい。

## 3 書く行為の明示と「集団」のなかの忌避者

「仮病記」で吉田は「私も綺麗さつぱり払ひすてゝ、自由人として新しく出発したいと考へてゐるのであります」（三二ページ）というように「書く」ことで自分の人生を一区切りさせ、清算することを願う。また、「にせきちがい」は物語の現在では「唖」を貫いて周囲を欺いていて、当時の福岡のかわりに、手記という形式で状況や心情を語る。忌避行為を描く際、手紙または手記という「書く」行為の明示を伴うことは何を表しているだろうか。藤井忠俊によれば、兵士にとって手紙や日記など私的な記録媒体は珍しいものではなく、むしろ書くことが推奨されていたとされ、兵士と密接に関連する形式だといえる。ただし戦中のそれらは軍の指示や検閲を意識したものだったため、ありのままを書くことはできなかったようだ[23]。一方、二作品は設定上、兵役を免れたあとに書いたものであるため、一層私的な性格の強いものであると考えることができるだろう。

このように手紙・手記の形式をとることで、作品を取り巻く時間には三つの位相が生じているといえる。一つ目は、実際に忌避行為をしている時間であり、二つ目は帰郷後、私的なものとして吉田や福岡が紙に「書く」時間である。そして三つ目は手紙や手記形式の「小説」のメディアを介した時間である。一つ目の時間そのものを文章化することは不可能であるため、本章では特に二つ目と三つ目の段階に着目する。帰郷後手紙や手記を書き起こす二つ目の段階では、私的な経験を「書き残す」ことが行為の中心になる。吉田は小山田に手紙を書くことで自分の行為を清算し忘れることを望むが、「書く」という行為には否応なく「書き残す」というはたらきが含まれる。手紙には宛先があり、小山田も、小山田宛ての手紙を読むことになる読者も、忘れるどころかむしろ吉田の兵役忌避をイメージし、記憶しなおすのである。一方で福岡が書いたのは手記であり、一見私的で読み手を想定していないように思えるが、結末の記述にある「書き留める」行為への本人の自覚を考えれば、自分以外の読み手を想定したもののようにも読める。この点については後述する。

それでは彼らは何を「書き残した」のか。ここで指摘しておきたいのは、書く行為は、それが必ずしも自らの行為の正しさを示すという結果になってはいないということである。二人が書き込んだのは私的な媒体であるにもかかわらず、自分の行為の正当性を主張することができない。むしろそこに描かれているのは強い罪悪感である。吉田が文字として書いてしまわなければ前に進むことができず、福岡が手記の最後に置いたのがほかの兵士の忌避行為の失敗であることを考えても、二作品のなかで兵役忌避という行為は、自らの意識にとってでさえ肯定的な評価が可能なものとしては認められていないのである。軍隊というものへの疑念がある一方で、同時に屈辱や敗北感があり、いまだ兵役に就く戦友、もしくは抵抗の末に死んでいった仲間たちに対する深い悲しみや、自らが助かったことへの罪悪感も満ちている。

吉田は自分の感情を「傷ついたけだもの」（三五ページ）、「犯罪者の恐怖」（三六ページ）と表現している。もちろん小山田への遠慮もあるのだろうが、自分の行為の正当性を主張したいとしながらも、どこかで自分を貶めて表現しなければ手紙を書くことができない様子は注目に値する。また、福岡も自らを「名誉にならぬ患者」（七ページ）、「まさしく卑怯者」（八ページ）と表現し、軍隊への強い批判を抱えながらも、それを逃れる行為自体に伴う苦痛・苦悩を語る。その感情の根底にあるのは、周囲の兵士たちが苦しむ姿の記憶であり、ここでも「集団」のなかの自分が意識されている。

前述のとおり、厳しい兵営生活のなかで忌避行為を思いつくこと自体は特別な思考ではないが、それを行動に移し、また成功するのは非常に珍しいことである。自らの評価を貶める罪悪感の表象は、自分たちの周囲にいる兵士たちの存在からくるものでもあるといえる。

特に「にせきちがい」の場合、その感覚は顕著である。この作品は、福岡が兵役免除になる場面では終わらず、前述のように、結末部に「川村」という一等兵がたどった忌避行為の失敗の物語が置かれているのである。

俺がもし、広島の病院でなく、直接国府台の里見陸軍精神病院に送られたとしたらどうなつたかということを、一つの悲惨な実例をあげて、俺は是非とも書きとめておかなければならない。

（一八ページ）

以上のように川村の姿は福岡のありえた未来として、「書きとめておかなければならない」という強い意志のもとで語り始められる。この言葉から、作品は手記の形式をとっているにもかかわらず、福岡はそれを自分以外の人間が読むものとして意識している様子がうかがえる。川村は福岡と同じ手法で忌避をおこなったが、衛生兵たちから水責めや板で打つなどの拷問を受け、その結果死に至る。そして作品は「俺は他の独房から空いてる毛布を探し出して、出来るだけ川村を温かくつゝみ、静かにおのれの部屋に戻つた。／しかし、その夜の明け方、彼は『戦病死』の数にはいつた――」という文章で終わる。そこには「寒中に水風呂へ沈めて、厚い板で肉がとび出るほど撲りつけ」（二二二ページ）た結果としての拷問死でありながら「戦病死」と数えられることへの怒りや、川村の死そのものに対する悲しみはあれど、福岡自身が忌避を成功させ、助かったことへの喜びや安堵は書かれていない。彼ら忌避者の周囲には忌避行為に踏み切れず、傷つきながらも身体を軍隊に適応させるしかない兵士たちや、忌避を選んだために死を迎えた兵士たちがいるということがただ書き残されているだけである。

加えて言及しておきたいのは、登場人物の軍医の寛大さである。「仮病記」では小山田は「私の仮病を知りつゝも再入院せしめ、二箇月後召集解除の手続きをと」る寛容な対処をする人物であり、「「発作性心動異常疾速症」の病名で召集解除の診断書を作成されたお気持には、あの専横な横瀬中佐に対する無言の反逆の心も含まれて居たのではないでせうか」(四〇ページ)と、士官であるにもかかわらず、小山田自身が上官に対する反逆心をもっていたと推測している。「にせきちがい」でも「『電気をかけた』ということが、どうもあの軍医の温情的な策略のように思えてならない。(略)演技を見破った老軍医が、それと口に出さぬながら痛いお灸を据えたのではなかろうか――と思えてならない」(一七ページ)と、軍医が演技を見破り、そしてそのうえで温情をかけた可能性に言及している。ここには規律から逸脱する軍医の姿が描かれ、彼の協力が運よく得られたことによって偶然成功したことが示されている。

ここまでみてきたとおり、二作品は私的な記録の体裁をとっているにもかかわらず、自らの心を蝕み続ける負の感情がたしかに存在するということが描き込まれる。その罪悪感の根底には多くの兵士たちの忌避願望への思いや、犠牲のなかで偶然自らが生き延びたという実感が強く意識されている。

それらの経験が第三の段階、つまり私的な記録の体裁をとりながらも、多くの人々の目にふれる可能性がある小説というメディアで表現されたとき、作品をどのように位置づけることができるだろうか。それを考えるときに必要なのは、作品と作品の置かれた時代背景が切り結んだ関係性だろう。その点について考えるために、まずは作品内に描かれた軍隊と戦争がどのようなものだったのかをみてみる。

「にせきちがい」では労働者階級の一人としての福岡の視点から、軍隊という組織や軍人精神が痛烈に批判されていく。

召集令状を受取つた時、俺は思わず笑い出してしまった。——それでは、この日のこの時刻に、厭でも応でも飛んで行かなければならないんだな。これはまつたく、おかしなことじゃァないか……。（二ページ）

戦時下でまかり通る法則や理屈を明治時代から変わらぬ「申し送り」だと語り、それが無批判に継承されてきた現状を浮き彫りにする。「将校、商売。下士官、道楽。兵隊ばかりが国のため」という文句を引き合いに出し、古参兵の様子を「日夜暗い運命観にさいなまれていた」（三ページ）とする。そしてその際には、私的制裁をおこなう古参兵たちさえ、上官から虐げられている人間なのだと同情的に語る。このように「にせきちがい」では、軍人精神がはびこる軍隊を「虚偽、虚勢、自己満足、苛酷、惨忍、感情の麻痺、無批判、無責任——あらゆる悪徳の典型でこり固つた」（四ページ）ものとして描写し、戦後社会の視点から糾弾していく。

一方で、「仮病記」に描かれているのは戦後社会が直面した大きな変容と戸惑いである。

私はたゞこの手紙を差上げることによつてあの私の哀れな醜態を悪夢として消してしまひたい、今日の日本が無暴なる軍人によつて起された戦争の恐怖を一刻も早く忘れ去らうと努めてゐるやうに、私も綺麗さつぱり払ひすてゝ、自由人として新しく出発したいと考へてゐるのであります。（三二一ページ）

吉田という一知識人の「文学を志す者が、最も愚劣なる事柄により、平凡なる人間に完全に敗北し屈服しなければならな」（四〇ページ）かったということの苦しみと反省を通して、変わりゆく社会の空気が語られていく。小山田元軍医少尉の復員後の「市井の一開業医として毎日小児を相手にくらして」（三一ページ）いる様子を垣間見せ、吉田の「忘却」への欲望を描くことで、個人の記憶の問題が、緩やかではあるが確実に、日本社会全体の忘却の問題へと接続されている。

明治以来の理不尽な軍人精神の批判をおこなう「にせきちがい」と、その重く苦しい軍隊の記憶を過去のものにしようとする忘却の欲望を描く「仮病記」。二作品の描写にはやはり階級的・思想的な差異があるものの、戦争を、そして軍隊をどのように回顧し語るのか、ということを主題にした非常に早くに書かれたものであることは間違いない。多くの著名な「兵営」ものが世に出るまでに数十年の時間を必要としたことを考えても、やはりその先駆性は目を引く。

この語りが可能になったのは、忌避者という視点設定があったからだろう。同時代の徴兵忌避者については、丸谷才一が徴兵忌避を題材にした「笹まくら」（一九六六年）のなかで「反戦的なものを許す雰囲気[24]」について言及しているほか、同作を論じた三浦雅士も徴兵忌避についての言及ではあるが、「戦争直後には英雄に近かった[25]」と述べている。忌避行為に対するこうした許容、もっといえば評価の視線のような現象を考えれば、兵役忌避者の語りであることが、戦争を語りやすくした可能性が考えられる。

一方で、同時代の兵士たちはどのような存在として捉えられていただろうか。当時の「元兵士」つまりは復員兵という集団に対するまなざしについて、吉田裕が「社会全体の復員兵に対する態度は冷ややかなものだった。巨大な政治勢力と化して権力を乱用した軍部や特権的地位にあった軍上層部に対する反感・反発が、復員兵全体に向けられたのである[26]」と述べているとおり、元兵士たちを取り巻く状況はあまりいいとはいえなかった。

つまり戦後社会では、忌避者と復員兵には、国家・軍隊の側に属していたか、それに抵抗していたかという立場の差異に起因して、対照的なイメージが付されていた傾向が見受けられる。そのような同時代状況でありながら、本章で扱ったような兵役忌避の作品は、個人的な反戦行動の記録や単なる軍隊の暴力性の暴露にとどまらず、軍隊式の身体を作り上げざるをえなかった多くの傷ついた元兵士たちをも「集団」として浮かび上がらせている。手紙・手記形式の小説であることで、一兵士の内面、つまり忌避者の「個」としての記録を生々しく生成しながらも、多くの兵役にあえいだ兵士たちの葛藤の物語をも描くのである。作品の内部にも、また外部、つまり占領期日本という現実のなかにもこの「集団」を立ち上げることで、当時付与された復員兵のイメージを相対化するような可能性を秘めているとはいえないだろうか。

## おわりに

吉田と福岡、彼らが忌避行為を貫くまさにその瞬間、彼らの胸に強く浮かぶのはそれが「真実」であるという実感である。彼らは本物の傷病兵の存在に怯え、「同室の患者たちがそれぞれ本物の病気を背負つて入院して来てゐるといふことが羨望されたといふ莫迦々々しい想念も当時の私にとつては、たゝかひのひとつであり、苦しい真剣な現実であつた」（「仮病記」、三六ページ）というように、羨望のまなざしを向けていた。しかし一方で、自分たちは「本当に」傷ついた兵士であるとも叫ぶのである。「仮病記」では「私は、殆どきこえぬふりをして、荒々しい喘ぎをつゞける合間に発作的な痙攣を起して身体をつッぱつてゐましたが、その有様は、誠に真に迫つてゐたといふよりも真実そのものであつたと申上げたいのです」（三四ページ）と述べ、「にせきちがい」でも「自分が仕組んだ役に成りきつた俺は、ほんとにおどろきとかなしみの涙をぼろ〳〵流して」（一八ページ）いて、決死の抵抗だった行為がまぎれもなく「真実」でもあったと主張している。

身体を偽る、疾病作為による兵役忌避、それは戦争への抵抗としての特別な体験であり、その実態を描きえたということ自体を評価することももちろん可能である。ときにそれは自らを危険にさらすだけではなく、連帯責任を理由に戦友を私的制裁に巻き込む危険がある賭けでもあった。そのため兵役忌避という行動を選択した兵士は多いとはいえないうえに、手放しに称賛されたわけでもないという意味で、特殊な行為だといえる。しかしまた、この行為を描く作品は兵士たちが誰しも選ぶ可能性があった道を描くものとして捉えられる必要もあるだろう。兵役忌避のなかでも、軍隊という組織のなかにとどまっておこなわれる疾病作為の表象が描き出しているのは、自らの身体によってある状態を装い、「見せかける」という点で、彼ら忌避者と無数の兵士たちは一続きであるということであり、それは物語内部だけではなく、これらの作品が読まれる同時代の元兵士たちにも続いている。「どうしたら確実に完全に兵役をまぬかれることが出来るか」（「にせきちがい」、四ページ）という感情は、兵役に苦しむ多くの兵士たちにとっての「真実」だったにちがいない。そう考えるとき、これらの物語は兵役体験に伴う集団の傷の記憶を描き出した、戦後の最初期の作品としても再考される意義があるのである。

注

（1）浜田矯太郎「にせきちがい」、徳永直編「勤労者文学」第四号、新日本文学会、一九四八年、三ページ。以降、引用時の傍点は作者によるものである。

（2）前掲『日本帝国陸軍と精神障害兵士』六五ページ

（3）おもに非合法に兵役を免れるために逃亡隠匿、もしくは身体損傷や疾病作為をおこなうこと。養子縁組、屯田兵、学生、海外渡航など徴兵免除制度の利用なども含む場合がある。徴兵忌避に関しては、大江志乃夫『徴兵制』(〔岩波新書〕、岩波書店、一九八一年)、菊池邦作『徴兵忌避の研究』(立風書房、一九七七年)が詳しい。

(4)宗教的・道徳的信条から兵役を拒否すること。積極的徴兵忌避、兵役拒否、もしくは徴兵拒否とも呼ばれる。良心的兵役拒否については、阿部知二『良心的兵役拒否の思想』(〔岩波新書〕、岩波書店、一九六九年)、佐々木陽子編『兵役拒否』(〔青弓社ライブラリー〕、青弓社、二〇〇四年)などがある。

(5)藤井忠俊『兵たちの戦争——手紙・日記・体験記を読み解く』(〔朝日選書〕、朝日新聞社、二〇〇〇年)で、玉砕期の逃亡について「大岡昇平はこれを「遊兵」になると表現している。逃亡といっても逃げる場所はないのだから、目的があって計画的な逃亡はまずない。それは軍隊組織から離れること、命令体系からはずれることであって、兵がそこに安楽の時を得たケースがソロモン、ニューギニア、ミンダナオなどにある」(一五八ページ)と述べられている。

(6)鹿地亘編『反戦資料』同成社、一九六四年、二一九ページ

(7)牧潤二『詐病』日本評論社、二〇〇六年、三一ページ

(8)田山花袋『一兵卒の銃殺』春陽堂、一九一七年

(9)藤枝静男「イペリット眼」「近代文学」一九四九年三月号、近代文学社。この作品では、徴用工の男が癲癇を装い、院長に見破られる場面が描かれている。

(10)黒岩重吾「北満病棟記」「週刊朝日」一九四九年九月別冊、朝日新聞社。この作品では、主人公が肺病の疑いがある戦友の痰を自分のものとして検査に出し、疾病作為をおこなう。

(11)柴田錬三郎「さかだち」では、「昭和十九年八月——私は、二回目の召集令状を受け取っていた。私が、醤油を二合あまり嚥下して仮病をつかい(たまたま、それを看破した軍医が、私と同じ大学を

卒業していた誼によって）「発作性心動異常疾速症」という奇妙な病名をつけられて、召集解除されてから、恰度一年目にあたっていた」（三三三ページ）と回想している。初出は「文藝春秋」一九五七年十二月号（文藝春秋新社）。本章での引用は『昭和文学全集』第三十二巻（小学館、一九八九年）を用いた。

（12）本章での引用は柴田錬三郎「仮病記」（三田文学編集部編「三田文学」一九四六年六月号、三田文学会）による。引用時の傍点は作者によるものである。当該箇所は三三ページから引用。

（13）前掲『日本帝国陸軍と精神障害兵士』一〇五ページに、後送ルートの一つとして〈外地（→小倉／広島／大阪）→国府台病院〉という経路が示されていて、「にせきちがい」の福岡と川村がたどったルートと一致している。

（14）副題が付けられた時期は明らかではないが、細田民樹ほか『軍隊と人間』（「コレクション戦争と文学」第十一巻）、集英社、二〇一二年）に収録される際には付され、その底本が『創作代表選集』第二巻（日本文芸家協会編、大日本雄弁会講談社、一九四九年）であることから、比較的早い段階で副題が加えられたものと推測される。

（15）前掲『日本帝国陸軍と精神障害兵士』によれば、実際に兵士に対する「電気痙攣療法」（二二六ページ）がおこなわれていた。

（16）浅田次郎「解説 軍旗をめぐる考察」、前掲『軍隊と人間』所収、六四三ページ

（17）兵役法については「兵役法関係法規 昭和二年改正」（内閣印刷局、一九二七年、七ページ）を参照した。

（18）藤田昌雄『写真で見る日本陸軍兵営の生活』光人社、二〇一一年、一四〇ページ

（19）今回引用した作品以外にも私的制裁を描くものは多く、例えば大西巨人『神聖喜劇』（一九七八―

八〇年）や野間宏『真空地帯』（一九五二年）には、幾度となく私的制裁を振るわれる様子が描かれている。

(20) 初出は安岡章太郎「遁走」「群像」一九五六年五月号（大日本雄弁会講談社）。本章での引用は『安岡章太郎集』第五巻（岩波書店、一九八六年）による。当該箇所は一八ページから引用。

(21) 前掲『徴兵制』一一〇ページ

(22) 初出は水上勉「兵卒の鬃」「新潮」一九七二年九月号、新潮社。本章での引用は『水上勉全集』第十五巻（中央公論社、一九七八年）による。当該箇所は九五ページから引用。

(23) 戦中の手紙や日記の様相に関しては、前掲『兵たちの戦争』を参照した。

(24) 初出は丸谷才一『笹まくら』河出書房新社、一九六六年。本章での引用は『丸谷才一全集』第二巻（文藝春秋、二〇一四年）による。当該箇所は一七一ページから引用。

(25) 三浦雅士「孤独の発明（最終回）」「群像」二〇一一年六月号、講談社、二八五ページ

(26) 吉田裕『兵士たちの戦後史』（戦争の経験を問う）、岩波書店、二〇一一年、三〇ページ

# 第7章　戦争の経験を引きずる
## ——井伏鱒二「遥拝隊長」と傷痍軍人表象からみる戦後

### はじめに

戦争によって心身に傷を負った兵士たちは、戦後をどのように生き続けたのだろうか。ここまではおもに身体の傷について考えてきたが、ここで心の傷についても考えてみたい。戦争とトラウマについて論じた中村江里は、「兵士として「人を殺せる」ようにトレーニングされ、死を前提とした日々を送っていた人々が再び市民社会に適応するためには、様々な困難を伴った」[1]と推測する。また中村は、トラウマを抱える人々は「二つの時計」をもち、「一つは現在その人が生きている時間であり、もう一つは時間が経っても色あせず、瞬間冷凍されたかのように保存されている過去の心的外傷体験に関わる時間」（三〇六―三〇七ページ）であると説明したうえで、兵士たちの心に刻み込まれた「戦場」の痕跡や残った傷そのものから戦争を捉え直すことの重要性を指摘している。
資料の制限などから、心に傷を負って社会生活に戻った傷痍軍人たちの実情を捉えることは難しいが、井伏鱒二「遥拝隊長」は、傷ついた一人の軍人の物語を描く作品である。「遥拝隊長」は一九五〇年二月の「展望」に発表され、同年に文藝春秋新社から刊行された『本日休診』に収められた。以降、現在まで多くの作品集や全集、単行本などに所収され[2]、井伏の代表作として知られている[3]。

「遥拝隊長」の先行論では、井伏が明確なモデル[4]のもとに設定した「いま尚ほ戦争が続いてゐると錯覚して、自分は以前の通り軍人だと思ひ違ひしてゐる[5]」元陸軍中尉・岡崎悠一や周囲の人々の言動の描写から、敗戦後の価値観の急激な転換を描いたものとして読まれてきた。その転換を「手の平を返した」という言葉で指摘した栗坪良樹は「名誉の負傷を負ったおらが村の将校をおし立てて鼻を高くしようとした村人たちは戦時中はともかく、戦争が終ると手の平を返したように彼を厄介視し蔑視することになってゆく[6]」と、故郷に戻ってきた軍人に対する村人たちの態度の変容、つまり銃後を構成していた人々の転換について論じている[7]。

また、先行論では、主人公である悠一を中心にした分析も一定の成果をあげてきた。戦前の教育の規範を手がかりにした分析[8]、母―息子関係と立身出世言説に関する論考[9]など論点は様々だが、特に「気違ひ」としての言動に関するものが多数を占めるといっていい[10]。東郷克美が「まず主人公岡崎悠一が気違いとして書かれていることがもっとも重要だ。このファナティックな軍国主義者を狂人として書くこと、それにまさる痛烈な諷刺はない[11]」と述べるように、戦後に「気違ひ」である人物に戦時の軍国主義者を仮託することによって浮き彫りになる「戦争の狂気」という構図に関しては、大方の論考が支持している解釈[12]だといえる。この意味で「遥拝隊長」は、井伏の強い戦争批判が込められた作品として読まれてきたのである。

だが、はたして「遥拝隊長」が達成したのは、戦中／戦後、転換前／転換後という二項対立的な構造による戦争批判だったのだろうか。安藤宏は占領期の文学について、八月十五日を境にした二つの時代の間を断絶するものとして捉えるのではなく、「「断続」に目をこらし、そこに引き裂かれるわが身のありようを真摯に語ろうとしたことばの数々[13]」を読むことの重要性を指摘している。一九五〇年代初頭に登場した「遥拝隊長」についても、同様の視角からの読み直しが必要なのではないだろうか。

本章では、岡崎悠一を同時代に多く存在していた「傷痍軍人[14]」の一人として捉え、傷痍軍人イメージの変容や、近年の軍事援護研究を参照しながら、悠一の「気違ひ」そして「びつこ」と負傷する足の描写を分析し、戦争という経験の断続をどのように描いたかを考察する。悠一を傷痍軍人、つまり戦争の「傷跡」を抱えて戦後社会を生きる人物として描くことによって、価値の転換を受け入れて手のひら返しをしたかのようにみえる人々のなかにもまた、戦争の時間が「傷跡」としてたしかに存在するということが浮き彫りになるのである。そしてそう考えたとき「遥拝隊長」は、価値の転換という敗戦後の時空間に付されてきた物語そのものを問い直す契機になりえるのではないか。

## 1　同時代の傷痍軍人イメージ

「遥拝隊長」では、作品内に傷痍軍人という用語は登場しないものの、悠一は「傷病兵」と表現され、以下のような説明がある。

悠一は、トラックから振り落されたとき左足の脛を折つて、同時に腑抜けのやうになつたのである。クアランプールからゲマスといふ町に向け、トラックで急行軍して行く途中のことであつた。（一三〇ページ）

たとえ事故であったとしても、行軍中であること、また「戦争中は手当も充分にあつた」（一二八ページ）と金銭的な扶助について書かれていることから、傷痍軍人として読むことができるだろう。では当時、傷痍軍人を取り巻く環境はどのようなものだったのだろうか。結論を先取りすれば、傷痍軍人のイメージは戦中から戦後にかけて、称揚されるものから社会問題の対象へと、一種の転落とも呼べる変容を経ていったのである。

戦時中は、戦地での負傷は名誉とされる。「朝日新聞」のなかで「療養所も決戦生活」[15]とされ、「再起奉公」が話題になり、「傷痍勇士の結婚促進に進軍　大日本婦人会」[16]という見出しにみるように結婚が奨励されるなど、傷痍軍人に関する話題の多くは美談として語られた。それは悠一の故郷の村人たちの「この隣組内に将校が帰つて来ると鼻が高いといふわけで、隣組一同で悠一の退院促進の件を決議した」（一二七ページ）という態度にも表れている。

しかし敗戦を迎えると、その傾向はにわかに変容する。占領軍の命令によって、傷病恩給を含む日本の旧軍人層への恩給が廃止された。働くことが難しい傷痍軍人にとっては、それは生存の危機と直結する重大な問題だった。占領期について、同じく新聞記事にその影響をたどれば「援護事業を強化 傷痍、帰還の軍人、戦災者など 厚相、一般の協力要望[17]」「軍事援護ますく強化[18]」とあり、社会保障の不足が議論され、実際に対策もとられていたことがわかる。[19]また「傷痍軍人、半数は失職 昨年九月にくらべ二十倍[20]」のように傷痍軍人を敗戦の象徴的な存在として前面に押し出す記事もみられ、傷痍軍人を取り巻く環境が決して恵まれたものではなかったことがうかがえる。[21]植野真澄が指摘するように、復員兵の再就職が活発化するのに比例して、労働力のインフレと飽和が問題化していた。[22]そして負傷した身体を抱える傷痍軍人たちは、その多くが失業した。戦時中称揚されつづけた彼らのなかには、希望の雇用条件に妥協を許さない者もみられ、病院を出られず、街頭募金によって生計を立てる人々も少なくなかった。[23]

当時の状況は田中澄江のルポルタージュ「相模原の傷痍軍人達」に詳しい。田中は病院側の「いつまでもいてもらつては病院が困るんです。といってみすく不自由なひとに出ていつてくれとは言えません」（一四六ページ）という言葉や、傷痍軍人たちの「職業安定所の係が来て履歴書を書かせる時、相模原病院という場所を住所にするなと言われる」（一四九ページ）という言葉を紹介し、傷痍軍人を入院患者として抱える病院の実態と職業支援の難しさを訴えるほか、厚生省厚生課長の次のような言葉を紹介している。

日本は未曾有の大敗戦をしたんだ。八百万の引揚が狭い国にくる……全国に焦土がある。戦闘員でないものも家を焼かれ命をおとしているんです……その時軍部が悪い……俺らのせいじゃない……俺らはもっとよい待遇してもらう権利があるなんてこと許り考えないで、とにかく更生意識でやってもらいたいなあ。(24)

図5　靖国神社の秋の大祭で募金を訴える傷痍軍人（1952年）（提供：毎日新聞社）

ここでは傷痍軍人の生活苦について述べる一方で、傷痍軍人に対する要望を取り上げることで、必ずしも傷痍軍人を被害者として守るだけでは解決しない問題があることも伝えている。

また、「読売新聞」の第六十二回紙上討論で、「傷痍軍人の募金をどう思うか」という議題が提出された。(25)「講和の締結とともに日本の再軍備が懸案化した現在いまだに姿を消さぬ白衣の募金が論議の的となつているとき、この問題をとりあげた第六十二回紙上討論は果然大きな反響をよび投稿数七百廿九通の多きに達した」（二面）という文面からは、同時代の傷痍軍人問題への関心の高さが垣間見える。掲載された投稿文の見出しを確認すると「生活の保障与え 組織化を認めよ」「保護対策に欠ける」「大目に見るべし 時代と政治の犠牲者」という擁護派がみられる一方で、「いまでは募金屋 集った金は享楽費」「努力が足りない」「人々の同情につけ込む」と批判もあり、賛否両論である。また総括では、投稿者の「約八十％までが白衣募金の存在を一日も早く一掃したいと願望してい」（二面）ることが言及されている。

この討論の投稿者の内訳が「投稿者の職業別は、無職が一番多く、このうちには目下療養中の傷病者が多数あり、学生、官公務員、会社員がこれに次いで多かつた」（二面）と述べられていて、当事者の投稿も多いことがうかがえるので、投稿された意見に偏りがないとはいえない。ただここで明らかなことは、すでに傷痍軍人は称揚されるものでも美談化されるものでもなかった、ということである。当時の傷痍軍人は、哀れな存在で、ときに厄介者なのである。「遥拝隊長」の岡崎悠一が生み出されたのは、このような時代だった。次節以降では、悠一の「気違ひ」と「びつこ」についで考えていきたい。

## 2 「気違ひ」と〈未復員〉

悠一の「気違ひ」については、冒頭で詳しく説明している。

発作を起してゐないときの悠一は、内地勤務をしてゐるものと錯覚し、発作を起したときには戦地勤務中だと錯覚してゐるやうである。ほぼ、そんなやうに大別することが出来る。発作中の彼は、たとへば通りすがりの人に、いきなり「おい、下士官を呼べえ。」と大声で怒鳴りつけることがある。（一二五ページ）

この症状については、内田友子が〈未復員〉との類似点を指摘している。[26]〈未復員〉とは、いまだに戦中もしくは戦後間もない時期を生き続けている元兵士たちを指す言葉である。[27]ＴＢＳのプロデューサーとしてドキュメンタリー番組『〈未復員〉』シリーズ[28]を制作した吉永春子による、国立武蔵療養所[29]・Ｓ医師への取材によれば、〈未復員〉は「未だ復員せざる人と書きますが、いわゆる南方等にいる未帰還兵とは、違います。この人達は、戦争中、精神障害をおこした元兵士達です。今でも戦争体験が頭から離れない……[30]」と説明している。その症状としては「白衣の医師を見ると、〝軍医殿！〟と敬礼をする元兵士の人もいるんです。また、毎朝、軍人勅諭を朗読する患者さんもいる」（一一二ページ）などの例を挙げている。さらに、天皇の話題になると皇居遥拝をする患者も紹介している。[31]

内田は「岡崎悠一を、狂ったままにしておいていいのだろうか？・」（上、一五〇ページ）という問題意識のもと「遥拝隊長」を論じ、吉永の取材の成果を参照しながら〈未復員〉の問題にふれている。作品内で悠一が負傷の詳細を語らないことや「一時は贋の気違ひではないかといふ噂もあった」（一二五ページ）という文章を取り上げ、以下のように述べる。

彼は、戦争体験が頭から離れないから病んでいる、というわけではない。何らかの障害から戦後社会に順応することができないために、かつて自己同一化を可能にしていた従軍生活、滅私奉公の生活に、未だ依存しているのだ、と。だとすれば、彼は「気違ひ」というシェルターの中で、自らについて語るという行為を放棄することによって、彼自身を守り得ているのではないだろうか。

（中、一四四ページ。傍点は内田による）

吉永が取材した〈未復員〉のなかには、戦争に縛られながらも戦争の終結を認識している人々もいる。内田は〈未復員〉たちが客観的・社会的に自らを理解していることから、悠一の「気違ひ」のまま語らない姿を、一種の自己防衛として分析する。内田論は、悠一と〈未復員〉の類似を指摘したという点で先駆的である。しかし内田は、「玉音放送」言説などの歴史的文脈を補助線にして悠一について分析をおこなうものの、悠一を同時代の「語らない復員者」として位置づけ、時代の変容を受け入れた人々とは区別して論じるにとどまる。内田論では、〈未復員〉としての悠一が「遥拝隊長」のなかでどのようなはたらきをもっているかについては考察がほとんどみられない。

そのため、本章ではこの〈未復員〉の問題をもう少し詳しくみていきたい。

〈未復員〉を含めたいわゆる「精神障害兵士」については、清水寛をはじめ、近年研究が相次いでいる領域である。[32] しかし、中村が指摘するように「傷痍軍人」とは身体に傷を負った人びとであり、心の傷が傷痍軍人援護でどのような位置をしめていたのかについてはほとんど明らかになって」（七七ページ）おらず、精神の傷は現代でも非常にみえにくい問題とされている。

その点で非常に示唆的なのが、清水光雄の「戦傷兵はもてはやされたが、精神病患者は別だ」[33] という、傷痍疾病の種類による待遇の差異の指摘である。[34] このように傷痍軍人のなかには、身体の負傷か精神の失調かという線引きがあった。それは「遥拝隊長」の村人たちが「びつこ」に関しては「どうして足がびつこになつたか」と尋ね、「びつこになつた事情が全然わからないといふ法はないだらう」（一二九ページ）とその事情を詮索する一方、発作については「気違ひのすること」なので「見て見ぬふりをして」（一二五ページ）いた、という態度の差異にも通じているといえるだろう。

いまなおみえにくい兵士たちの心の傷は、「遥拝隊長」の掲載当時は、さらに不可視化されていただろう。特に悠一のように退院して故郷に戻った人々の情報は非常に少なく、中村は、「中には戦争が終わって生きて故郷に帰った人々もいただろう」（二六四ページ）と推測はするものの、詳細については調査が必要としている。悠一は、傷痍軍人と同様の特徴をもちながらも、傷痍軍人として明確に表記されることは一度もない。そのことは、傷痍軍人として顧みられることがなかった〈未復員〉たちとの類似をさらに強くしているといえる。この作品は、戦争についての言説のなかで当時は語られることがほとんどなかった〈未復員〉の人々がたしかにそこにいたという事実を浮上させる点で、きわめて独自性が高い問題を提出しているだろう。

さらに考えてみれば、悠一が〈未復員〉と類似している点は発作の症状だけではない。内田がふれているように、〈未復員〉たちは、戦時中を生き続けているのと同時に、非常に客観的に病院の外の世界を受け止めていた。悠一の場合も同様で、非常にみえにくいものではあるが、悠一は時間の二重性を生きている人物として描かれている。[35]先行論のなかには、「「発作」により常に戦時という〝現在〟の時の中に存在し、その〝現在〟という時空以外には存在し得ぬ人物[36]」など、悠一について「時を止めた人物」という解釈がしばしばみられるが決してそうではない。客観性や社会性を奪われたようにみえる悠一も、戦後を生きている。それは「野良仕事の手伝ひや傘張りもする。それに縄なひ機械を操縦したりするほどの器量も持つてゐる」（一二九ページ）と、家で仕事をする描写からもうかがえる。悠一は、軍人として戦争の時間に縛られながらも、戦後の時間をたしかに生き、そこには時間の二重性が発生している。むしろ正確にいえば、悠一の身体は戦後にあり、そこで生活を営みながら、頭のなかで終わらない戦争を抱え続けたのである。

精神障害兵士を論じた清水寛は、「自分は〈兵隊〉であるという意識のまま亡くなっていった者もあり、（略）原爆の被爆者や「従軍慰安婦」と呼ばれた戦時性被害者と同じく、元・戦傷精神障害兵士にとっても戦争によって心身に負った深い傷と痛みはいまだに癒えていない[37]」と述べ、心の傷の問題を長期的に考えるべき現代的な問題として捉えている。現在の我々が「遥拝隊長」を読むときにも、悠一が抱え続ける「戦争」を想像してみることが重要だろう。

「遥拝隊長」が浮き彫りにしてきたものは、敗戦を境にした手のひら返しや、浮き彫りになった戦争の狂気というよりも、むしろ二つの時代が大きな変容を内包しながらもなお、地続きであるという連続性とそのことの悲劇だったといえるだろう。戦後が戦争のあとにしか存在しないものである以上、悠一のような顕著な症状をもたなくとも、多くの人々が戦争の記憶を「傷跡」として抱えていることに違いはなく、「二つの時計」をもたなければならないからこそ発生する齟齬は、悠一に限らず作品内の村人たちにも当てはまる。悠一の発作は対人的な場面で強く発揮され、そのために「こうちがめげ」(一二四ページ)、村の日常に破綻をきたす。村人たちは様々な臆測を交わし、悠一を疎みながらも、ときに支え、受け入れる。そしてそのたびに戦時中の記憶が村人たちに呼び起こされる。ここでは、語らない悠一が抱える「傷跡」を通して村人たちの無数の「傷跡」をもみることができるだろう。

## 3 負傷する足と「びっこ」

悠一の「傷跡」として描かれるのは、「気違ひ」だけではない。清水昭三が「「無残」――これこそ深い戦争観に達する思想なのだ。有為なものは残らない。すべて無残である。ひたすら無残である。なにかが残るとすれば、それは精神と肉体の荒廃だけが残るにすぎない[38]」と語るように、悠一は精神の荒廃である「気違ひ」のほかに、肉体の荒廃、つまり「足」の傷も抱えた存在として描かれている。戦時中、東方遥拝のために「きたない溝川の水でもかまはず沐浴し」(一三六ページ)、「ジャングル瘡」を思う場面から、戦後の「びっこ」に至るまで、悠一の足は徹底的に蝕まれている。足の負傷は「骨折の癒着は保証のこと疑ひない」(一三五ページ)と診断されるうえ、「朝早く軍服姿で歩くのも、びつこを治すために調練運動してゐるぐらゐに思はれてゐた」（一二八ページ）と、常に「治す」ことが目標とされているにもかかわらず、悠一は最後まで「びつこ」のままである。このような悠一の足に付された意味とは何だろうか。

まず、足に関する描写は、悠一のアイデンティティの分裂を表すメトニミーとして有効にはたらいている。それを示すのが、負傷後、軍の装備を脱がされる場面である。この場面では、野戦病院に搬送された悠一の履く長靴をめぐって、以下のような問答が交わされる。


担架から治療台に移された隊長は、開襟シャツを着て軍袴に黒い長靴をはいてゐた。

「なぜ、靴をば脱がさんのだ。」と、いきなり軍医が、上田従卒を叱りつけた。

「左足の脛が、骨折らしいのであります。靴を抜きとらうとしますと、さうすると非常に苦痛を訴えられるのであります。」と、上田従卒が答へた。

「それならば、なぜ右足の靴をば、脱がさんのだ。第一、衛生兵が怪しからん。」と軍医がまた叱るので、上田従卒は隊長の右足の靴を抜きとつて、担架兵に渡した。（一三四ページ）

悠一を運んだ上田従卒は、靴を片方だけ脱がすことを躊躇するが、その理由は「隊長である軍人に、長靴の片方だけ履かせるのは、自分らの威厳にもかかはる」（一三四ページ）ためであると語る。しかし、続く場面では長靴だけでなく下半身の装備が剝奪されていく。

隊長の左足の靴は、軍医の部下が縦に切り開いて床の上に抛り出した。軍袴も胯から下を縦に切り裂いた。露出した隊長の左足は、患部だけでなく、臑から下全体が腫れあがつてゐた。

（一三四ページ）

右足の靴は「抜きと」られ、のちに「びつこ」が残る左足の靴は「切り開」かれる。また、軍袴は「切り裂」かれる。藤田昌雄が述べているように、軍袴や長靴は軍人の基本的な装備である。[39] また、五十嵐惠邦が、「愛国的な身体を作り上げるという軍隊の任務」のため、「あてがわれた軍靴に、痛みを無視して、自分の足を合わせるよう教育された[40]」と述べているように、軍の装備を身に着けて任務に従事することは戦時に最重要とされていた。作品内にも、「軍靴をはいたまま、まつさきに川のなかに飛び込んで」（一三二ページ）という描写があるように、その装備は簡単に解かれていいものではないのである。

もっとも、その場面に関しては、すでに映像学の研究に指摘がある。小倉史は映画『本日休診』（監督：渋谷実、一九五二年）中の登場人物・岡崎勇作のモデルが岡崎悠一であることを指摘したうえで、こう述べる。

軍靴（長靴）が表象するものは、遥拝隊長・悠一が戦後背負うことになる「後遺症」の直接の要因だけにとどまらない。（略）それが軍医の部下によって「引き裂かれる」という構図は、彼の軍人としてのアイデンティティが分裂してしまうことを意味する。[41]

小倉の論を借りれば、「遥拝隊長」のなかで長靴は、悠一の軍人としてのアイデンティティを表すものとしてはたらいている。そうであるならば、靴を含めた装備を引き裂くという表現は、軍人のアイデンティティを引き裂くことを示すという意味でメトニミーとして捉えることができるだろう。

さらに本章では、作品内でその分裂を示す表現がこの場面だけでは終わらないことを指摘したい。戦後、笹山部落での悠一は、「軍帽をかぶつ」（一三八ページ）た「軍服姿」（一二八ページ）であり、発作を起こすと、「青年の肩をつかんで辻堂の縁の下に押し込」（一二六ページ）もうとしたり、「墓を一つ一つベルトで撲りつけ」（一三七ページ）たりする。それらはおもに上半身を使う動作だが、足元については長靴・軍袴の描写はなくなり、「びつこ」という言葉だけで語られる。長靴を脱がされ、軍袴を「切り裂かれ」た悠一の分裂は、戦時中だけではなく戦後も、描写の減少という表現の量的なレベルで持続される。その分裂の持続によって、実際に「切り裂かれ」たのは軍袴だけではなく悠一自身であること、つまり精神は戦時にありながら、悠一自身の身体は戦後へと強制的に「切り裂かれ」ていることを示している。

## 4 「びつこ」と引きずる足

では、作品中で「びっこ」の脚は何を表しているのだろうか。

悠一の「びっこ」を中心にこの作品を論じた先行論はなく、清水昭三が「肉体の荒廃」と述べただけである。小菅健一が「よその部落には逃げないので、うつちやつておいても大したことはない」（一三七ページ）などの描写に注目して、「岡崎悠一の限られた行動範囲のパターン」（六ページ）を指摘しているものの、「びっこ」についてはほとんど取り扱っていない。しかし「びっこ」は注目すべき描写だと思われる。前述のように、「気違ひ」な悠一という設定にはモデルが存在するが、「びっこ」については特に語られていないからである。つまり井伏は、その軍人像に意図的に「びっこ」という傷をあえて付与したのである。本章ではそのことの意味を読み解いてみたい。

山口昌男は手に比して足が「暗喩的表現に適している」[42]と指摘する。特に日本語では「足許を見る」「足蹴にする」「不足」など、足が「人間行為のマイナス部分のメタファーとして酷使されている」（一二八ページ）ことを明らかにしている。ここで論じられている足の暗喩的表現、つまりメタファーとの結び付きを援用すれば、いままで論じられることがなかった悠一の「びっこ」の描写の有効性を考えることの可能性がみえてくるのではないだろうか。以下に、悠一の「びっこ」の描写について確認しておく。

たとへば通りすがりの人に、いきなり「おい、下士官を呼べえ。」と大声で怒鳴りつけることがある。（略）そんな場合、たいていの人は逃げ出すのがおきまりだが、悠一はびっこだから追ひかけて来ることだけは断念する。その代りに、逃げ出して行く当人は、背後から「逃げる

と、ぶつた斬るぞを。」といふ、怖い言葉を浴びせかけられることになる。（一二五ページ）

「追ひかけて来ることだけは断念する」悠一の様子からは、小菅が指摘したような「行動範囲のパターン」がわかる。このように「びつこ」は悠一の側からすれば移動の制限だが、村人からはどうみえているだろうか。悠一は「怖い言葉」を浴びせながらも、実際には「びつこ」の行動制限によって、「ぶつた斬る」ことができない。もし「びつこ」がなければ、悠一は恐怖の対象になりかねないが、「びつこ」のために、人々が彼に抱く印象は恐怖ではなく滑稽さである。村人からみた悠一の動作について作品内での描写は多くないが、内地勤務の慣習として日常的に村を歩き回る悠一が「歩くのは不得手」（一三七ページ）と書いてあることから、歩くという動作[43]の時点で、すでに「びつこ」であることが人々の目に見えて現れていたと考えられる。

試みに、「びつこ」の移動について、その動作が記される同時代のいくつかの資料や文学作品を参照してみる。例えば、橋本貞治の詩「跛の乞食」に、「誰が好んで跛なんかひくもんか[44]」という一節がある。また、「朝日新聞」の「びつこ隊長・聾の指揮 十倍の敵を殲滅 卅九人一丸の大殺陣」では、負傷した軍人が突撃する美談を「びつこを引きつゝ「前進々々」と駆出した[45]」と伝えている。そして、児童文学の、エジウォス『びつこのジャック』では「すこしびっこはひくが、なおつて起きあがつた時には、まつたく生れかわつた人間になりました[46]」という表現がある。

ジャンルや媒体が違う資料から列挙したが、以上の例から明らかなのは、「びつこ」がしばしば「引く」という動作で語られることである。[47]仮に「遥拝隊長」にもその動作を取り入れると、村人にとって悠一の傷ついた足は、「引く」という動作として可視化され、さらにいえば読者にもそのイメージで流通していたといえる。

また、このような歩行の動作について考えるにあたり、下肢損傷を負った傷痍軍人の、同時代の報道の記述をいくつか確認しておきたい。「読売新聞」上では、「就職や扶助料まで 傷痍軍人救った小笹刑事に総監賞[48]」という記事で、左足が不自由な傷痍軍人が職業教育を受けられず困窮する様子と、その窮地を救った刑事の功績を報じたほか、「隻脚の元少佐盗み[49]」のように、犯罪に走る傷痍軍人の記事もいくつかみられる。しかし、ここでは動作の描写はない。

本章で特に注目したい記事は「歩み切れなかつた人生街道[50]」である。そこでは、松葉杖の傷痍軍人と妻が宿泊先で起こした窃盗事件を「戦争の犠牲となつた傷痍軍人夫婦がインフレの波にもみくちやになり罪をおかした街の哀話」（二面）として紹介している。また、その事件は「片輪なので逃げきれず」（二面）に捕まる、という結果になって解決する。さらにこの記事には後日談があり、同情した人々が寄付をしたことが判明しているほか、「読売新聞」上のコラム「いずみ」でも同じ事件が話題になっているように[51]、数日間にわたって取り上げられた比較的大きな事件である。[52]

ここで特徴的なのは「二人三脚」という夫婦二人で支え合う表現や、「歩み切れなかつた」という歩行の失敗を描く表現などにみられる、足に関する表象である。これらは記事内の「松葉杖」「片輪なので逃げ切れず」という、傷痍軍人の足の不自由さの表現と呼応するよう、意識的に選択されているように読める。このように実際の出来事を扱った新聞記事でも、傷ついた足の表象のメタファー的使用がみられる。以上のような例を考えたとき、「遥拝隊長」でも同様に、「びっこ」は移動の困難さを描くものであり、さらに「びっこ」は「引く」という動作で語られることが多く、作品内での悠一の歩行の困難さは足を「引く」ことによって可視化されていると仮定できる。では、「遥拝隊長」の「びっこ」にどのようなメタファーを読むことができるだろうか。

もとより、「びっこ」という設定自体は文学作品のなかでは珍しいことではない。少し例を挙げれば、夏目漱石の「吾輩は猫である」には、車屋の黒が「びっこ」になる猫として描かれている。その場面で強調されるのは語り手である「吾輩」との差異である。「乱暴猫」として登場した黒が負う「びっこ」は「吾輩」の「まずまず健康で跛にならない」という描写とは対照的であり、黒と、その知己でありながら距離を置く「吾輩」との差として描かれる。[53]

ほかにも、小川未明は童話のなかで多くの「びっこ」を描いている。それは少年少女の場合もあれば、動物や人形の場合もある。「酒倉」に登場する正直者の少年や「日傘と蝶」の少女は、「びっこ」であることで移動の制限が付与され、物語の展開に必要な設定として生かされている。さらに「跛のお馬」では、重い荷を背負った「跛」の馬が登場する。そしてその馬の「跛」の描写は、馬を哀れに思い「跛」を治したいと願う少年のけなげさを際立たせるものとして機能している。「びっこ」という傷を登場させることによって、傷に相対する人間のけなげさや優しさを強調するという意味では、芥川龍之介の「地獄変」で父・良秀と同じ名をもつ「跛」の子猿をかばう娘という設定も、同様の効果を示しているといえるだろう。[54][55][56][57]

このように「びっこ」は文学作品に幾度となく描かれてきた表象である。だがここで指摘したいのは、「遥拝隊長」前後の文学でも足の負傷や歩行の困難の表象は散見されるが、その傷の理由の多くが、戦争という特定の出来事に関連づけられていることである。

例えば田宮虎彦「異端の子」では、良一という子どもが、腰椎カリエスによって「両脚が意のまゝにならぬ[58]」状態になるが、その原因は戦争のための栄養失調に求められている。また、村上兵衛の「軍旗」では、「日本刀を杖に少し跛をひきながら[59]」という兵隊の動作がみられる。また時代は下るが、遠藤周作の「松葉杖の男」では、両足が硬直してしまい診察を受ける神経症患者・加藤の足が動かない原因を、戦争時に捕虜の手足を縛り殺した、という戦争経験と結び付ける場面がある[60]。

また椎名麟三の「深夜の酒宴」では空襲で右足首から下を失った仙三という人物が「ひどい跛」であるとされている。

> それは歩くといふよりよろめいてゐるといふ方がふさはしかつた。跛の方の足がやつと大地に踏み下されると、彼の上半身は倒れんばかりに右へ傾き、それを節くれだつた太い木の杖で懸命に支へながら左の方の脚をひきつけるのだが、そのためにしばらく立止つてゐなければならないのだつた。その都度に、杖がぶるぶるふるへてゐるのである。そして彼は不安さうに、次の足を下さなければならない地面をちらりと確めてから、再び運命的な予感のうちに次の一歩が絶望的に踏み出されるのだつた[61]。

ここでは、「跛」の歩行には、一度は小運送店で社長になった仙三の、罹災による家と妻の喪失や、焼け跡に立つバラックの風景の「猥雑と疲労」（一〇〇ページ）が重ねられ、不安や絶望を示すものとして描き込まれている。ここで「跛」は、単に足の負傷を表すだけでなく、戦争による喪失や疲労を文字どおり「足枷」として引きずることを意味してもいる。以上のように、歩行が困難ななか、「絶望的」にでも前に進まなければならない様子は、戦後の文学のなかで、まさに戦争と関連させるように継続して描かれたものだった。

その早く書かれたものの一つとして、「遥拝隊長」を読めば、悠一の「びつこ」の場合にも同様のことが指摘できる。負傷の直接的な原因は、出征中の事故である。悠一は友村上等兵の「戦争ちゆうものは贅沢ぢや」（一三一ページ）という発言に対して憤り、友村を叱責し、殴りつける。その際に乗っていたトラックが急に動いたことで、悠一と友村は川に落ち、悠一は負傷し友村は死ぬ。この事件の発端が戦争の捉え方に関する口論であることを考えれば、負傷の原因は、戦争そのものにあるといえるだろう。ならば、悠一が「びつこ」を引く動作は、引きずられる「戦争」をそこに否応なく想起させるにちがいない。

つまり、悠一が戦後を生きるなかで「びつこ」の足とともに「引きずって」いるのは「戦争」という経験の重みそのものだと考えることができるだろう。物語の終盤、発作が落ち着いた悠一が「のろのろ」（一三九ページ）、「とぼとぼ」（一四〇ページ）歩く姿にも、戦争の重さが感じられる。以上の考察から悠一の「びっこ」の足は、戦争を「引きずる」メタファーとしてはたらいていると考えられる。また、「遥拝隊長」に限らず当時の文学にとって歩行の困難は、戦争の「傷跡」を描くときの、ある程度共通した表象でもあったと考えられるのである。

## おわりに

　本章では、「遥拝隊長」の悠一を「傷痍軍人」として捉え、その症状である「気違ひ」と「びっこ」について分析をおこなった。悠一や、悠一に対して手のひら返しの態度を示した人々の変容の描写は、まさに当時の傷痍軍人イメージを的確に取り込んでいることが明らかになった。「気違ひ」については、同時代に注目されることがなかった〈未復員〉者として悠一を描きえたこと自体を達成として評価するとともに、悠一が生きる時間の二重性が、戦争経験をもつ一人ひとりの「傷跡」を表出させることについて言及した。「びっこ」や足に関連する表現については、戦時と戦後に切り裂かれるメトニミーの表現を確認したほか、戦争を引きずり続けるというメタファーの機能について、ほかの言説を交えながら分析した。

　最後に、「遥拝隊長」にみられる「気違ひ」と「びっこ」の表現が相互にどのような機能を果たしていたかを考察したい。悠一は、終わらない戦争を生きる「気違ひ」として描かれる一方で、その身体は紛れもなく戦後の社会を生きている。悠一が〈未復員〉のまま復員することで人々に前景化する戦争は、例えば栗坪が述べた「村人に日常的に戦争を撒布し続ける」[62]というような一方的かつ抽象度が高いものではなく、戦時を生きた一人ひとりにとっての経験としての戦争だといえる。なぜならば、悠一の発作に関わった人々が悠一について語る際、同時に自らの言葉で戦争に対する価値観を語ることになるからだ。例えば、悠一を「軍国主義の亡霊」（一一六ページ）とののしった海岸町の青年の言葉や、逆に悠一をかばった橋本屋の発言は、制度のレベルでの急激な変容を受け入れるなかで、手のひら返しをしなければならなかった人々のなかに残り続ける戦争の「傷跡」の表出だといえる。悠一は、村人たちを自らの戦争観にあらためて直面させる存在なのである。

もちろん、悠一がもつ軍国主義的な思想や、手のひら返しという態度を示した銃後の加害性を不問にするつもりはない。しかし、悠一の二重の時間をもって「遥拝隊長」が読み手に突き付けているのは、戦中／戦後、敗戦を越えた／越えられなかった、という二項対立的な構図を打ち立てての戦争批判だけではない。この作品には、二項対立の構図を妥当なものとして受容することによって、敗戦による転換を余儀なくされることの苦しみ、手のひら返しの裏に存在していたはずの戦争の「傷跡」が見落とされていくという、戦後認識そのものに対する批判があるのではないだろうか。

ただし「気違ひ」がもつ批判性はそのままでは悠一の語らない姿に回収され、わかりにくいものになってしまう。「傷痍軍人」悠一が抱える「傷跡」の批判性は、村を歩き回り戦争を引きずる姿を通して、つまり足のメタファーによってはじめて、読み手の前にあらわになるのである。

「遥拝隊長」とあだ名されるほどの熱量で戦争に尽くした一人の軍人が、精神的にも身体的にも戦争の「傷跡」を引きずる傷痍軍人になるという成り行きは皮肉なものである。「遥拝隊長」に関する先行研究では、敗戦を「境」と見なす表現がしばしばみられるが[63]、本作はまさに、この境を足で「越え」「跨ぐ」ことの困難さが強く描き出された作品だといえる。価値転換の暴力性の批判から、戦時／戦後という時空間の問い直しへと作品のはたらきを読み替えても、強い戦争批判の力に変わりはない。冷戦体制の高まりや占領期の終結など、社会全体に大きな影響をもたらす出来事を目前にした混乱の一九五〇年代[64]の入り口から、我々は常に戦後という時間について再考する契機を与えられつづけているのである。

注

（1）前掲『戦争とトラウマ』二八二ページ
（2）本章ではその一部を挙げるにとどめるが、全集はもちろん単行本では『遥拝隊長』（改造社、一九五一年）、『黒い壺』（〔昭和名作選〕6〕、新潮社、一九五四年）、『本日休診・遥拝隊長 他四篇』（〔角川文庫〕、角川書店、一九五三年）、作品集では『井伏鱒二作品集』第五巻（創元社、一九五三年）、『井伏鱒二集』（新潮社、一九七〇年）に収められるなど、所収本は非常に多い。
（3）「遥拝隊長」は、白井明が「戦後日本の何となくうら悲しい気分を見事に描き出している」（九二ページ）。初出は「小説短評」「夕刊読売」一九五〇年二月四日付。本章での引用は曾根博義編『文藝時評大系 昭和篇Ⅱ』第五巻〔ゆまに書房、二〇〇八年〕による）と述べるように、発表当初から比較的高評価を得ていた。また、「読売新聞」の「一九五〇年読売ベスト・スリー」（一九五〇年十二月二十五日付、四面）の文学部門で、十人中四人（河盛好蔵・伊藤整・臼井吉見・中野好夫）がベスト3のなかに「遥拝隊長」を挙げている（得票数は三島由紀夫「愛の渇き」と並び二位。一位は八票で谷崎潤一郎の「少将滋幹の母」）。
（4）悠一のモデルについては、井伏自らが語るとおり、女学生から聞いた「狂気の発作を起すたびに砂浜に出て戦争の真似ごとをする」元陸軍伍長の様子と、井伏自身が体験した「徴用されてマレーで見た某指揮官」の性格や戦地での風変わりな行動（「ことごとに東方に向って遥拝させていた」など）を参考にしたとしている（「井伏鱒二「遥拝隊長」」〔「週刊読書人」一九六二年六月十一日号、日本書籍出版協会〕を参照）。このことについて「私の万年筆」（「文藝読物」一九四八年十二月号、文藝春秋新社）、「犠牲」（「世界」一九五一年八月号、岩波書店）などでも述べているほか、沼田卓爾「井伏さんの録音テープ（九）」（『井伏鱒二全集』第二十八巻「月報28」、筑摩書房、一九九九年）でも、モデル問題に言及する井伏の語りを紹介している。

（5）「遥拝隊長」の引用はすべて初出時（「展望」一九五〇年二月号、筑摩書房）のものである。当該箇所は一二四ページから引用。

（6）栗坪良樹「「遥拝隊長」――戦争ワーカホリック」「国文学 解釈と鑑賞」一九九四年六月号、至文堂、一三三ページ

（7）同書のほかに、銃後の加害性について述べたものに「庶民」の噂話の表象という視点から分析をおこなった、河崎典子「井伏鱒二『遥拝隊長』論――「言葉」の戦争」（成城国文学会編「成城国文学」第十一号、成城国文学会、一九九五年）がある。

（8）大原祐治「〈教科書〉的規範の機能――井伏鱒二試論（二）・「遥拝隊長」について」、学習院高等科編「学習院高等科紀要」第六号、学習院高等科、二〇〇八年

（9）滝口明祥「ある寡婦の夢みた風景――「遥拝隊長」」『井伏鱒二と「ちぐはぐ」な近代――漂流するアクチュアリティ』新曜社、二〇一二年

（10）「気違ひ」に着目した論考として、大越嘉七「井伏鱒二と抵抗文学――「鐘供養の日」「遥拝隊長」（法政大学第二高等学校編「研究と評論」第十二号、法政大学第二高等学校、一九六四年）、吉田永宏

『遥拝隊長』」(「国文学 解釈と鑑賞」一九八五年四月号、至文堂)、松本武夫「井伏鱒二「遥拝隊長」論」(「立正大学大学院紀要」第十八号、立正大学大学院文学研究科、二〇〇二年)、岩渕剛「近現代文学探訪(55)井伏鱒二「遥拝隊長」」(「民主文学」二〇〇三年一月号、日本民主主義文学会)がある。

(11)東郷克美「井伏鱒二素描——「山椒魚」から「遥拝隊長」へ」、日本近代文学会編集委員会編「日本近代文学」第五号、日本近代文学会、一九六六年、一五八ページ

(12)戦争と悠一の「狂気」の関係性について述べた論考は、鶴田欣也「「遥拝隊長」論」(長谷川泉/鶴田欣也編『井伏鱒二研究』所収、明治書院、一九九〇年)、小菅健一「「遥拝隊長」論——形象化された戦争と〈運命〉の縮図」(山梨英和短期大学紀要委員会編「山梨英和短期大学紀要」第三十六号、山梨英和短期大学、二〇〇一年)、大嶋仁「小林秀雄と井伏鱒二の「戦後文学」」(東大比較文学会編「比較文学研究」第九十一号、すずさわ書店、二〇〇八年)、大原祐治「「陶酔の境」への想像力——井伏鱒二「遥拝隊長」について」(近代文学合同研究会編『想像力がつくる〈戦争〉/〈戦争〉がつくる想像力』〔「近代文学合同研究会論集」第五号〕、近代文学合同研究会、二〇〇八年)などがある。

(13)安藤宏「章解説」(「第二章 小説「断続」を「断続」として語ることば」)、山本武利/川崎賢子/十重田裕一/宗像和重編『占領期雑誌資料大系 文学編Ⅲ 破壊から再建へ』所収、岩波書店、二〇一〇年、九五ページ

(14)佐野利三郎「傷痍軍人処遇の改善は」(全国社会福祉協議会編「社会事業」第三十五巻第一号、全国社会福祉協議会、一九五二年)によれば、傷痍軍人の数は、一九四八年に厚生省の全国身体障害者実態調査によって、十五万五千九百十八人と発表されている。

(15)「療養所も決戦生活」「朝日新聞」一九四三年十一月二十六日付夕刊、二面

(16)「傷痍勇士の結婚促進に進軍 大日本婦人会」「朝日新聞」一九四三年十二月二十四日付、三面
(17)「援護事業を強化 傷痍、帰還の軍人、戦災者など 厚相、一般の協力要望」「朝日新聞」一九四五年八月三十日付、二面
(18)「軍事援護ますゝ強化」「読売新聞」一九四五年八月二十二日付、二面
(19)そのほかにも「復員軍人へ再起の道標 職業輔導会の計画」(「朝日新聞」一九四五年九月十六日付、二面)や「社会奉仕に奮闘 学生同盟発足」(「読売新聞」一九四七年五月二十七日付、二面)の記事から、傷痍軍人支援を含めた軍事援護に対して前向きな姿勢がうかがえる。
(20)「傷痍軍人、半数は失職 昨年九月にくらべ二十倍」「朝日新聞」一九四六年四月十五日付、二面
(21)保障問題への対策がないわけではなく、「傷病兵慰問など 首相指示 自由党が全国に展開」(「読売新聞」一九五〇年八月二十五日付、一面)、「傷痍軍人の恩給引上げ」(「毎日新聞」一九五一年四月二十七日付、三面)の記事があるが、同時に保障の不足が問題として浮上していることを確認したい。
(22)植野真澄は前掲「傷痍軍人・戦争未亡人・戦災孤児」のなかで失業問題について述べている。
(23)募金の問題はほかにも、「読売新聞」の「〝偽白衣〟を見破る ホン物傷痍軍人の六感」(一九五〇年三月十二日付、二面)や「ニセ物もいる白衣の演奏者 募金して高利貸」(一九五一年十一月二十九日付、三面)などがある。
(24)田中澄江「相模原の傷痍軍人達」「中央公論」一九五二年臨時増刊秋期文芸特集号、中央公論社、一五四ページ
(25)「第62回紙上討論 傷痍軍人の募金をどう思うか」「読売新聞」一九五一年二月二十日付、二面
(26)内田友子「語らない復員者たち(上)——井伏鱒二「遥拝隊長」」(九州大学日本語文学会「九大日文」編集委員会編「九大日文」第一号、九州大学日本語文学会「九大日文」編集委員会、二〇〇二

年)、内田友子「語らない復員者たち(中)――玉音放送の風景と井伏鱒二「遥拝隊長」」(九州大学日本語文学会「九大日文」編集委員会編「九大日文」第二号、九州大学日本語文学会「九大日文」編集委員会、二〇〇三年)で指摘。またそれを受けて加納実紀代「〈復員兵〉と〈未亡人〉のいる風景」(岩崎稔/上野千鶴子/北田暁大/小森陽一/成田龍一編著『戦後日本スタディーズ1――「40・50」年代』所収、紀伊國屋書店、二〇〇九年)では、悠一を精神的〈未復員〉と表現している。

(27)〈未復員〉は、一九四七年に施行された未復員給与法に基づく呼称である。これは、外地の未復員兵のための支援政策だったが、第八条の二に「厚生大臣が、未復員者が自己の責に帰することのできない事由に因り疾病にかかり、又は負傷し復員後療養を要するものと認めた場合」においては、必要な治療をおこなうとあり、外地で傷を負った兵士たちも受給対象者だった。のちに未復員者たちは、戦傷者特別援護法に基づいて手当を受け取ることになる。

(28)吉永春子はTBSのプロデューサーとして、一九七〇年八月にドキュメンタリー『〈未復員〉PART・I』、七一年八月十五日に『〈未復員〉PART・II』、八五年二月四日に『〈未復員〉PART・III』と継続的に取材して番組を制作し、放送後も彼らと交流を続けた。

(29)国立武蔵療養所は一九八六年十月、国立精神・神経センター武蔵病院と改称。

(30)取材の過程については吉永春子『さすらいの〈未復員〉』(筑摩書房、一九八七年)を参照。当該箇所は一二ページから引用。

(31)同書から皇居遥拝の記録部分を引用する。患者へのインタビュー内に「――何の為に戦地に行くのですか?/(長い沈黙……)/「国の為です」/――天皇陛下の為には……。/(深い溜息のあとに、しばらくして……)/「行きます」/そう言うと、中田さんは立ち上がって、反対方向に向いて、深々と頭を下げた。/「誰に礼をしているのですか?」/O医師の質問に、中田さんは答えた。/「皇居に向かって遥拝をしているのです」」（八三ページ）というやりとりがある。
（32）昨今、戦争神経症の専門治療機関だった国府台陸軍病院の「病床日誌」の研究や、前掲『資料集成精神障害兵士「病床日誌」』全三巻など、資料の刊行も盛んである。
（33）前掲『最後の皇軍兵士』一一四ページ
（34）清水光雄はほかにも「精神病患者は傷病兵の数には入れない、というのが一般的空気だった」（一一五ページ）と述べる。また、千葉市傷痍軍人会・土田忠の「神経系統の病気は外からではわかんない。普通と同じにとんだり、はねたりしているのに、どうしてあの人傷痍軍人なのといわれる」（一一八ページ）という言葉を紹介している。
（35）時間の二重性の問題に関しては、相原和邦「井伏鱒二の戦後――その視点構造と情念」（広島大学近代文学研究会編「近代文学試論」第二十号、広島大学近代文学研究会、一九八三年）で示しているが、言及にとどまっている。
（36）前掲「井伏鱒二「遥拝隊長」論」七四ページ
（37）前掲『日本帝国陸軍と精神障害兵士』三二二―三二三ページ
（38）清水昭三「井伏鱒二論――「遥拝隊長」を中心に」、新日本文学会編「新日本文学」一九八二年一月号、新日本文学会、六八ページ
（39）前掲『写真で見る日本陸軍兵営の生活』
（40）五十嵐惠邦『敗戦の記憶――身体・文化・物語　1945―1970』中央公論新社、二〇〇七年、八四ページ
（41）小倉史「彷徨えるアイデンティティ――松竹大船喜劇と〈復員兵〉イメージ」、愛知淑徳大学メディアプロデュース学部論集編集委員会編「愛知淑徳大学論集　メディアプロデュース学部篇」第二号、

愛知淑徳大学メディアプロデュース学部論集編集委員会、二〇一二年、六〇ページ
(42)山口昌男「足から見た世界」「別冊国文学」一九八五年一月号、学燈社、一三三ページ
(43)「歩く」ことについては、ジョン・アーリ『モビリティーズ――移動の社会学』(吉原直樹/伊藤嘉高訳、作品社、二〇一五年)も示唆を与えてくれる。そこでは「歩くことを通して、周りの環境が知覚され、認識され、生きられる」(一〇〇ページ)と、歩行を考えることの重要性を述べている。
(44)橋本貞治『跛の乞食 詩集』全日本農民詩人聯盟、一九三二年、三ページ
(45)「びつこ隊長・聾の指揮 十倍の敵を殲滅 卅九人一丸の大殺陣」「朝日新聞」一九三七年十一月二日付、一一面
(46)エジウォス、沢寿郎絵『びっこのジャック』秋山淳訳、宝雲舎、一九四八年、一九ページ
(47)「「びつこ」を引く」という表現はほかにも「後宮少尉とビッコ犬」(浅野庫一『皇軍の華――後宮少尉の俤』歩兵第六十一聯隊将校団、一九三七年)に「ビッコの犬はビッコをひきくついて来ました」(二一三ページ)とある。「読売新聞」一九五〇年十月三日付の「健康相談 関節が曲らない」でも、「少しびつこを引きます」(三面)という表現がみられる。
(48)「就職や扶助料まで 傷痍軍人救った小笹刑事に総監賞」「読売新聞」一九五一年十一月二十一日付、四面
(49)「隻脚の元少佐盗み」「読売新聞」一九五一年十一月十四日付夕刊、二面
(50)「歩み切れなかった人生街道」「読売新聞」一九四七年六月二十八日付、二面
(51)「零落の夫婦に起訴猶予 同情金も集まる」「読売新聞」一九四七年六月二十九日付、二面
(52)「いずみ」「読売新聞」一九四七年六月三十日付、二面。ここでは釈放された夫婦の行方がわからず身を案じる声を取り上げている。

(53)夏目漱石「吾輩は猫である」「ホトトギス」一九〇五年一月号、ホトトギス社、一五ページ
(54)小川未明「酒倉」「読売新聞」一九一八年十月二十四日付―二十五日付
(55)小川未明「日傘と蝶」「週刊朝日」一九二四年七月二十七日号、朝日新聞社。のちに「日がさとちょう」と改題。
(56)小川未明「跛のお馬」「童話」一九二三年五月号、コドモ社。のちに「びっこのお馬」と改題。
(57)芥川龍之介「地獄変」(「東京日日新聞」「大阪毎日新聞」にともに一九一八年五月一日付から二十二日付まで連載)。
(58)田宮虎彦「異端の子」「中央公論」一九五二年二月号、中央公論社、一九六ページ
(59)村上兵衛「軍旗」「新思潮」第十五次、一九五三年六月号、新思潮同人、七七ページ。のちに「連隊旗手」と改題。
(60)遠藤周作「松葉杖の男」「文学界」一九五八年十月号、文藝春秋新社
(61)椎名麟三「深夜の酒宴」「展望」一九四七年二月号、筑摩書房、一〇〇―一〇一ページ
(62)前掲「「遥拝隊長」」一三四ページ
(63)敗戦を「境」とする表現は、前掲の栗坪論や内田論をはじめ、多くの「遥拝隊長」論で用いられている。また、村田信男「文学にみる障害者像――井伏鱒二著『遥拝隊長』」(「ノーマライゼーション――障害者の福祉」二〇〇二年三月号、日本障害者リハビリテーション協会)のなかでも「敗戦を境にして」という表現を用いている。
(64)佐藤泉は『一九五〇年代、批評の政治学』(〔中公叢書〕、中央公論新社、二〇一八年)のなかで、一九五〇年代を「戦後史を語るうえで言い落すわけにはいかない出来事、時代を画する事件が引き続いた時代である」(三ページ)と表現している。

# 第8章 「傷跡」と語りの変容
## ――直井潔の作品とケアの様相をめぐって

### はじめに

傷痍軍人として、戦病に由来する重い身体障害を抱えながら、戦中から一九九〇年代までという長期間執筆活動を続けた作家に直井潔がいる。その活動期間の長さについても、作品の多さからいっても、文壇の知名度からいっても、直井は唯一無二の存在である。

直井の小説は私小説の形態をとるものが多いが、戦争について直接的に言及するものは少ない。出征中のことを描く作品は「中国の思い出 二題」(1)など数点であり、戦後の患者運動やパラリンピックなどについて時代背景として言及することもあるが、それらが傷痍軍人の問題として語られることはほとんどない。それは直井自身に兵士としての戦場経験が非常に少ない(2)ことや、後述するように、直井が重度の身体障害のために療養所を転々とし、戦時体制下の「銃後」経験も比較的少なかったことが関係しているだろう。

直井のような作家がいる一方で、敗戦後の傷痍軍人たちは、自らの傷を抱えながら戦争経験を語り続ける存在でもあった。敗戦の象徴としてまなざされることになった傷痍軍人の戦後の不遇を嘆き「社会的問題」として訴えた記録文学に、板東公次『癈兵はいやだ』[3]がある。

引揚者とか、戦犯とか云うのは成る程これは気の毒なんだ。然し、考えてみると引揚者は引揚げて来てから何年かするとその人は最早引揚者ではなくなるんだなあ……また戦犯の人は最近、随分騒がれているが、たしかにこの人々も気の毒な人だ。然し、この人々も釈放されたらその日から戦犯ではないんだなあ……ところが君達の様な傷痍軍人は、例へ退所しても一生その受けた傷から離れられないんだよ。傷痍軍人ばかりは、何年経っても傷痍軍人に変りがないからねえ。それだけに君達が可哀そうだ。それを世の中の人は忘れているよ[4]。

これは、板東が入院した病院の院長の言葉である。ここで語られる引き揚げ者や戦犯に対する認識の妥当性については、現代の視点からみれば疑問を呈することができるだろうし、そもそも傷痍軍人自身が、戦争のなかで多くの「傷」を他者に対して与えてきたという、兵士・軍人としての加害の側面が意識されていない点を指摘することもできるだろう。

ただ、本章ではまず、当時の認識における「一生その受けた傷から離れられない」という表現に注目したい。なぜならば、戦後もなお傷痍軍人として生き続けなければならないことに同情することの発言から、時間的な継続の問題への意識が読み取れるからである。戦争によって生み出された傷は、受傷から時間が経過し、それが「傷跡」になっても消えることはない。そしてその「傷」とは、戦傷病そのもののこともあれば、それに伴う生活苦や葛藤、それと分かちがたく結び付いた戦争の記憶なども広く含むものだった。

実際、敗戦後に生活に困窮した傷痍軍人は多かった。占領下に置かれ、軍人恩給が停止されると、心身に不調を抱え、労働に困難を伴う傷痍軍人たちは、すぐに生活が苦しくなった。第７章で確認したように、労働力のインフレによって、すでに手に職があった者たちも安泰ではなかった。このような追い詰められた状況のなか、傷痍軍人たちが自身の抱えた「傷跡」を意識しないときはなかったといえるだろう。

さらに清水寛や中村江里が明らかにしてきたように、傷跡は可視化できるものに限らず、精神障害など目に見えないものとしても存在していた。[5]また、植野真澄は戦傷病について「それが戦争によるものだという証は、外見上は何もないために、傷痍軍人当人の痛みや悩みは周囲には伝わることは難しかった」ことから「戦後はどこかわりきれぬ部分が残ったのではないだろうか」[6]と推測している。

それらの消えない傷を抱え、傷痍軍人は戦後、様々な運動の主体になった。例えば、結核やハンセン病の患者が運動を始めたのと同時期に、ときにそうした人々と手を携えながら生活改善を求め活動した患者運動や、盛んにおこなわれた平和運動などがそれにあたるだろう。[7]

六三年には大島渚の『忘れられた皇軍』(8)が反響を呼んだ。日本人の軍人・軍属でない理由に補償を受けられなかった在日朝鮮人たちを描くこのドキュメンタリーは、身体の一部欠損を捉える映像のインパクトが、彼らの怒りと悲しみをより強く表現した。いずれの例も、自らの主張を伝えるために「傷」をどうみせ、戦争をどう語るかが重要だった。またそれらの「傷」は、ただ痕跡だけが残るというような過去のものではなく、常に心身に影響を及ぼす現在進行形のものだった。

傷痍軍人にとって、自らの心情を語る手段としては「書くこと」も重要な方法の一つだった。序章でも確認したように、傷痍軍人が自らの戦争体験を書き残す動きは時代を問わず続けられ、枚挙にいとまがない。彼らが書き残そうとするとき、社会運動を通して訴えるときと同様に、自分の「傷跡」をどのように描き、戦中・戦後をどのように語るかということが意識されてきた。例えば先に挙げた板東公次は「まへがき」で「これは苦しみの記録なのです」「人生のどん底に喘ぐ傷痍軍人として、結核患者としての血の叫び声であります」と述べ、「血みどろ」（一一ページ）になって生きる自らの姿を描くことで、戦後社会に訴えかけるという目的を明確にしている。

一方でそれらは一度限りの記録になることも多く、一人の傷痍軍人が継続して作品を書き、作家として生きる例はほとんどなかった。その意味でやはり、直井潔の活動は注目に値する。また直井は「傷痍軍人であること」によって作品を評価されることを望んでいない作家でもあった。本章ではいくつかの作品を取り上げながら、直井が自らの傷跡を、そして戦争をどのように描き、また自身の経験としてどのように語ったのかを、直井が継続して描いたケアをめぐる関係性に着目して論じる。

## 1　作家・直井潔

まず、直井潔について、簡潔にではあるが経歴を示しておきたい。直井は広島県に生まれ、兵庫県に育ち、一九三七年、日中戦争に応召し輜重特務兵として徐州会戦に従軍する。途中、赤痢と関節リウマチを併発したことが原因で全身の関節が曲がらなくなるが、のちに松葉杖を使って歩行ができるまでに回復する。戦中から戦後にかけて何度も疎開や帰郷を繰り返しながら、三朝・白浜・湯田・別府の療養所を転々としていたが、六〇年、別府で知り合った東山千代子との結婚をきっかけに、療養所生活に区切りをつけることになった。九五年に転倒のため植物状態になり、九七年に亡くなった。

文学的な出発は、「范の犯罪」をきっかけに志賀直哉に傾倒したことであり、「暗夜行路」後篇を暗唱するまでになった直井は、一九四二年には文通を通して志賀に師事することになる。四三年四月の「改造」に「清流」が掲載され、作家として歩み始める。現在筆者が確認できているなかで最新の雑誌記事は、九五年の「志賀先生と私」(9)であり、まさに最晩年まで作家として活動していたといえる。冒頭にも述べたように、作品の大半は作家自身の経験をもとにした私小説的な作風のものである。「母親」(「改造」一九四三年十二月号、改造社)、「淵」(前篇は「世界」一九五二年二月号、岩波書店、後篇は「世界」同年三月号、岩波書店）、「歓喜」（「心」一九六九年三月号、心編集委員会）が芥川賞候補作になるほか、『一縷の川』（私家版、一九七六年）で第五回平林たい子文学賞を受賞している。[10]また、本章では詳しくふれることができないが、直井は俳句にも親しみ、療養所時代「ホトトギス」に投稿していたほか、京極杞陽が主宰する「木兎」同人になり俳句や散文の投稿を続けるなど、俳句を通した交流を続けていたことについても言及しておきたい。[11]先行論では、年譜として整理されているのが七八年までになっているが、それ以降の資料についても確認できるため、本章ではそのいくつかを取り上げて論じることにする。

芥川賞の選評をはじめとして、文壇での評価も比較的多く残っている。伊藤整が「志賀的の観察の仕方、表現の仕方[12]」について指摘したように、作風は師事した志賀の影響を強く受けていた。「淵」では実体験に基づく内容と飾らない表現が注目され、瀧井孝作が「平明直写の平板なまっすぐな所が佳い[13]」と評価する一方で、川端康成は「誠実と力とを感じた[14]」としながらも「平板」さについては改善の余地があるとした。一方で、志賀は『淵』の単行本に「序文」を書き、そのなかで「あとに清々しい味を残すとすれば平淡に過ぎるといふ事は必ずしも欠点ではなく却つて特色だ[15]」と述べている。直井に関する先行研究[16]は多くはないが、唐井清六が経歴や主要な作品を論じるなかで「清流」について、「襟を正さずにはいられないような、純な感銘をあたえられる[17]」とその作風を評価している。

また、直井が傷痍軍人であることが一定の関心を呼んだ。「清流」を掲載した「改造」の「編集後記」には「創作「清流」の作者は傷痍軍人である。今まで何ら文筆的経験なく、療養生活中に得た魂の転機を中心に、たゞひたすらなる自己表現を試みたものだがその文学的価値は江湖に問ふに値すると信ずる[18]」と、その肩書を前面に押し出した宣伝文がみられる。平林たい子文学賞の選評では山本健吉が「あくまで心のひたむきさと素直さとを失わず、文章にはいささかのぐちもすさみも見られない」「小説としてみればどうこうといった不満なぞ、言い出す余地はほとんどない[19]」と語っている。ここでは文学的価値以前に、作家の体験が作品として結実したことが評価されている。さらに、志賀が直井の原稿を初めて受け取った際に、本来「知らぬ人の原稿は読まぬ事にしてゐる」にもかかわらず「戦争中で、傷病兵の希望を無下に断わる気がしなかった[20]」ために読んだことが明らかにされ、ここでも書き手が傷痍軍人であることが影響している。逆にいえば、彼が傷痍軍人でなかったならば、師事がかなわなかった可能性さえ示唆されているのである。

一方で、直井自身は傷痍軍人であることを強みとしておらず、あくまで一人の作家としての自立を望んでいた。直井は志賀への手紙のなかで「両手がないのに口で絵を描いたり字を書いたりする」女性を見て「結局口で書いたにしてはうまいが芸術として見る時左程価値もない」と感じた経験について語り、「自分の不具を利用してその不具で生きている人間」ではなく「本物の小説」「本当の意味で自己を忘れた作品[21]」を書くことを目指したいという自らの芸術観を語っている。これは板東公次が自身の作品について「絶対に本書を文学的批判の対象として頂きたくない」(一二ページ)と文学的な評価の対象になることを拒否し、「社会的問題」の描出を第一義として語ったのとは対照的である。

ただし、傷痍軍人という属性にとらわれない評価を求めていたからといって、直井が自らの抱えた「傷跡」、そしてその原因になった戦争に対して決して無関心だったわけではない。例えば、小説「淵」の主人公・章三は、「戦争の為、一生を不具者として惨めな生き方をしなければならない自分達の運命」を嘆く。作品内の中心的な話題にはならないものの、ときには白衣の募金者の存在を苦々しく思ったり、政府の傷痍軍人への生活の保障が「空しい口約」になったことに対して反感を抱いたりもする。

また、直井自身は『一縷の川』の「あとがき」で、自分の一生を決定づけた出来事として「長い戦争の暗黒時代に遭遇し、その間僕自身も兵隊の一人として召集され、病にかかり、揚句に一生の不具廃疾の体になった事」と「志賀直哉先生を恩師として仰ぐ幸運に恵まれた事」[22]の二点を挙げ、前者を闇、後者を光として語っている。戦争の「傷跡」は常に心身に深く根を張っていたといえる。また、同じ『一縷の川』では「ささやかな個人の記録ではありますが、同時にその背景をなす時代を絶えず念頭に置いて書いたつもりです」（二三六ページ）と語るように、時代背景への意識をもっている姿がうかがえる。

直井が描く作品や、直井自身の言葉に現れる戦争の傷跡をどのように読むことができるだろうか。本章で着目するのは、直井作品に描かれる「傷跡」を抱えた人々の介護や看護、そして育児などをめぐる「ケア」の関係性である。ケアをする側とされる側がどう描かれたのか、それぞれが切り結ぶ関係性のありようをみることを通して、直井が抱えた戦争の「傷跡」について考えてみたい。

## 2　依存とケアの文脈から

直井の作品には、直井自身をモデルにしていると思われる股関節・膝関節・背骨がほとんど曲がらない身体障害をもつ人物が繰り返し登場する。多くの作品で中心的に描かれるのは、戦争によって身体を壊し傷を負ったという出来事そのものよりも、むしろその傷が必要とする看護や介護、つまりはケアをめぐる関係性である。

ここで取り上げる「ケア」という概念は近年、様々な分野で導入されている用語である。例えば上野千鶴子『ケアの社会学』ではメアリ・デイリーらの定義を援用し、「依存的な存在である成人または子どもの身体的かつ情緒的な要求を、それが担われ、遂行される規範的・経済的・社会的枠組のもとにおいて、満たすことに関わる行為と関係[23]」をケアの定義としている。またケアという視点から現代文学を読む『ケアを描く』では、エヴァ・フェダー・キテイ『愛の労働あるいは依存とケアの正義論』(岡野八代/牟田和恵監訳、白澤社、二〇一〇年)を参照して、「有償無償を問わず、身体的にあるいは精神的に「脆弱な状態にある他者」を世話すること[24]」を「ケア」の定義としている。「ケア」はいずれにしても、介護や看護、育児などの相手を支える行為とそこに生まれる関係を広く指す用語として設定されている。これらを参照するかぎり、直井作品についてもケアをめぐる関係を論じることは可能だといえそうである。

実際に、小説「清流」からいくつかケアの場面を引いてみたい。

担架で兵庫駅迄運ばれ、其処で弟に送られて七時前に大阪駅に着いたが、丁度朝の出勤時刻で省線電車と汽車からの乗降者の混雑と喧燥とが病人である章三の身心を十重、二十重に取巻いて圧搾されるやうな苦痛を感じた。叔父に負はれて、人ごみに押されながら第一フオームから第四フオームの福知山線まで、長い階段を上つたり、下りたりする間に、人にあたつたり、身体が動揺する度に感ずる各関節の痛みと、構内の、耳を聾する響に、章三は破れた風船のやうに、いくら気を張り詰めようとしても、忽ちに、ぐつたりして了ふのであつた。[25]

看護婦達は重病者の室へは次々顔を覗かせて用事をして行つた。章三は万事、看護婦の世話にならねばならず、大概一人は傍についてゐた。（略）然し章三には、どうにもならない気苦労が一つあつた。それは自身で用便出来ない事だつた。（略）所が案に反して、金澤婦長、谷、澤、両看護婦三人が交代で実に気持よくしてくれた。（略）治療は薬、注射の他に熱気浴、泡沫浴、ファンゴ、マッサージ等で大概昼近くまでかゝつた。中でも章三には入湯が最も気持良かつた。それは寝台車で大浴槽場へ運ばれ、係の谷看護婦と見学生に抱へられて設備の完備した浴槽へ身を横へるのだつた。　（一四四ページ）

このように、作中で主人公は祖父や兄、同室の患者など男性からもケアを受けているが、大半は

「看護婦」を含む女性からのケアが描かれる。そのなかでも印象的に描かれるのは、母と妻によるものだ。まず本節では母によるケアを取り上げ、その描かれ方と直井が抱える「傷跡」の関係性について考察する。

作中で描かれる「母」はいずれも直井自身の母をモデルとし、傷病を受けた息子のために献身的なケアを続け、作家を志す主人公を支える存在である。「松葉杖」という作品のなかで「私の本当の杖は矢張り母であつた[26]」と端的な言葉で示しているが、直井作品の母親は、現実の直井の母がそうだったように、常にかけがえのないケアラーとして描かれている。

しかし母もまた、実際はケアを必要とする不調を抱えていた。高血圧の持病があり、最終的には脳溢血で死亡する。母の死の原因に関しては「霜の朝」で「母の直接の死因は脳出血でも、間接の下手人は健吉だぞ、さう云はれてゐるやうに思へた[27]」とも語っているように、本来ケアされるべきだった母に依存し、ケアを受けることしかできなかったという思いは、作品が変わり人物の名前が変わっても、繰り返し作品のなかに登場する。以下に一つ、例を示す。

彼が戦争で現在のような体になって以来、陸軍病院の重症病棟で、付きっきりの看護の為、その身心の疲労から、すっかりやつれ果てたりして、揚句に脳溢血で急死する最後の日まで、ずっとその母の介護の手を煩わし続けた。いわばその一生を彼の犠牲として終った母。[28]

母が背負ったケアの負担は非常に大きく、母は息子と同様、もしくはそれ以上に戦争の犠牲になった存在として位置づけられている。さらに、「母の秘密」のなかでも「不具者になつた私の為に、どれ程その寿命さえ縮めたかも知れない親不孝の思い」や「母が陸軍病院で半年以上の私の附添の間に、目に見えてやつれて了つた時の姿[29]」に言及している。母との関係の記述を通して、戦争による「傷跡」は何よりも母の犠牲や死と不可分のものとして何度も現れ、後悔を伴って語られるのである。特に、母が心を砕いた息子の「自立」と「結婚」を生前にかなえられなかったことが息子にとって心残りとされる。

このような自らの「依存」の自覚については、「清流」などで描かれる、療養所内の人物への恋愛感情をめぐる描写のなかにもみられる。例えば「清流」では、主人公の章三は三朝温泉療養所の谷看護婦に心を引かれ結婚を申し込もうとするが、自らの姿を醜いと感じ希望を打ち砕かれ、思いを告げることなく退所する。物語のなかで、谷に対する好意を明確に自覚するのは、腹痛に苦しむ章三を谷が救うまさにケアの場面だった。しかしその恋愛感情を打ち砕くのもまた、「坐る事も、椅子に腰掛ける事も、ズボン一つ穿く事も出来ない。階段の上下や乗物の乗降も出来ない。便所へも行けない」（二六七ページ）という、一方的にケアを必要とする自分の姿を自覚する場面だった。

## 3　多様なケアをめぐって

ここまで述べてきたような依存とケアをめぐる一方的な関係性が大きく変化するのが妻との生活

である。『羊のうた』[30]は一九七〇年代後半に発表した一連の作品群をまとめた単行本であり、それらの作品では直井の妻をモデルおよび主人公として描いている。

作品内の時空間は一九六〇年代に置かれていると考えられる。これは直井の結婚が六〇年であり、作品が三吉と美穂の二人暮らしの開始から描くということから推測できるほか、実際に作品のなかには時代を特定可能ないくつかの事項が描き込まれている。例えば三吉の「今の池田内閣じゃないが、来年はわが家も、高度経済成長でいくか」（二六ページ）という発言がそれである。「三種の神器」が話題にのぼる場面もみられる。また、「パラリンピック」に療養所時代の知人を応援しにいく美穂の姿も描かれている。特にパラリンピックに関しては、年代を同定する意味でも、傷痍軍人の戦後史と関わりがある障害者スポーツの文脈を連想させるという意味でも興味深い。

本作で目を引くのが、三吉の自らの身体障害へのまなざしである。塾を開いた三吉は自分の「不格好な姿」を常に気にし、対する美穂は「少しもためらいなく、どこへでも出掛けて行く」（一二ページ）様子が描かれる。章三は「あんなおっちゃんみたいな、ちんばになるよ」（六六ページ）などの町の人々の言葉に動揺し、一方で塾の教え子たちの屈託ない様子に癒やされる。特に大きな事件として描かれるのは、「不具者」であるためにアパートの賃貸を断られる場面である。美穂は三吉が傷痍軍人であることや作家であることを話すが、芳しい返事は得られず、結局三吉が自ら取りやめることを選び、実を結ばない。生活を営むなかで感じるこのような「傷跡」への多数の視線と、その反応に対する一喜一憂は、作品のなかで細かく重ねられて描かれていく。三吉は、身体障害がある人間として受けるまなざしのために、新たな痛みを覚える。

作品の特徴についてこのように確認したうえで、そのなかにみられる「ケア」について確認したい。まず、主人公でもある美穂についてみていこう。夫である三吉の主要なケアラーとして描かれる美穂は、三吉の母の念願だった「結婚と独立を両手に花の形で、彼の懐にとび込んで来てくれた」（三四ページ）妻である。三吉は結婚を機に療養所を退所したあと、一時創作を断念して数学と習字の私塾を開くことで生計を立てるが、後年には美穂の勧めもあり作家として活動を再開する。

作品内で描かれるケアは、美穂から三吉への一方向的なものではない。美穂もまた戦争の「傷跡」を抱え、ケアを必要とする状態だった。幼少期から不遇な時代を過ごし「両親の死後は全くの邪魔者として、絶えず居候呼ばわりされ、結局は家出を余儀なくされ」「戦争末期から敗戦後の混乱した世相の荒波の中」（六二ページ）で悪戦苦闘の半生を過ごしたうえ、火災に遭いビルの三階から飛び降りた結果、脊髄骨折になり、現在でも重度の身体障害が残っている。


「わたし、一人にしてはいけないよ。」小声で叫ぶようにして、しがみついて来た。

「分った。もういいよ。僕がつい頼りにならないから、こんな辛い思いもさせるんだ。」

「そんな事いっていないわ。一人にしてはいや、いってるのよ。」

「うん、お互い弱い体で、体だけはいたわり合わなければ、」

「体だけではいやよ。」美穂はまるで駄々っ子のようないい方をする。

「そうか。とにかくこれから気持の上でも、もっと注意をするよ。」


（一四〇ページ）

この会話で顕著に示されるように、三吉と美穂は、心身ともに互いにケアをおこない支え合う関係になることを約束する。また、作品内で三吉は喘息、美穂は腎臓の結石という新たな持病を抱えることになる。美穂は三吉に注射し、三吉は美穂の痛みを和らげるために背中を撫でるというように、病の悪化に伴い、互いの身体をいたわる描写がある。さらに、描かれるのは身体への直接的なケアばかりではない。美穂が親の墓参りをする際、三吉は彼女が抱える幼少期についてのわだかまりに思いを馳せて寄り添い、支える。一方で美穂が一人で上京した際、三吉の師である作家のＳ先生に挨拶にいき、また三吉にも先生に会うように勧め、創作再開を促す。作中では互いの人生と心に抱えた「傷跡」を相互に尊重し、行動する姿が描かれる。ここでは母子の間では描かれなかった双方向のケアがおこなわれているといえる。

ほかにも、『羊のうた』には育児としてのケアが現れる。作中では美穂の妹・千重とその夫との離縁が描かれ、その子ども（三吉にとっては甥）である信一と幸治は、一度は千重の元夫と再婚相手が世話をするが、不自由な生活を強いられていることを見かねて、子どものために働く千重のかわりに美穂たちが引き取ることになる。三吉は最初は戸惑いをみせるものの、父親がわりになるという「責任の重大さを感ずる一方で、初めて父親らしく振舞えられる晴れがましさも味わっていた」（一六五ページ）と育児に前向きな姿勢をみせていく。

子どもたちは「夫婦離婚劇の一幕」が「幼い心の中に尾を曳いて残っている」状態であり、「絶えず盥廻しにされて、今にも誰かが又連れ出しに来るのではないかという不安が心の底に潜んでいる」（二〇九ページ）不安定な状態にある様子が語られる。美穂や三吉とはまた異なる、甥たちが抱える傷に、三吉は「自分達の木蔭に雨露を凌ぎに頼って来たものを、もっと深い愛情を持って庇護してやらねば」（二〇九―二一〇ページ）と真摯に寄り添う決意を固める。ここには育児というもう一つのケアの関係性が成立している。

『羊のうた』では戦争の「傷跡」は、戦争によって受けたものであることは明示されながらも、その事実は後景化している。そしてこれまでの作品では、特定のケアラーとの間でしか語られてこなかった「傷跡」が、不特定多数の視線にとって見えるものとしてさらされる様子が描かれ、そのなかで「見られる」ということの負担を抱えることになった。しかしまたその傷痕は、様々な人のまなざしのなかに置かれながら、妻やその義妹、甥たちや街の人々と緩やかに接続していき、三吉自身がケアラーになる、新たなケアの関係性を生み出すものにもなっている。

以上のように、関係性も抱えた傷も異なる複数のケアの形態を描いている『羊のうた』は、次の文章で締められる。

彼女の脳裡には既にはっきり描かれているに違いない未来の家の姿が、何か光の中に包まれた燦然とした映像として三吉にもまざまざ感じられ、今は他の事など一切考えず、ただ当面の妻の夢の実現の為に、自分の全力を尽してやろう。そう吾と吾が心をひきしめ、ぐいと強くひき起す力を体一ぱいに感じていた。

（二一七―二一八ページ）

三吉の自立と結婚、そして作家の夢を後押しする美穂について語るところから始まる物語が、美穂の夢に寄り添って進もうとする三吉の気持ちで終わっていくのは象徴的である。

ここまで、作品に描かれるケアの関係性が直井の人生の歩みとともに変化する様子を追ってきたが、こうした双方向のケアと子どもたちへのケアを描いた経験は、現実の直井自身の語りにも次第に影響を及ぼしていくといえる。

## 4 戦争の傷跡を語り直す

『羊のうた』の各作品が発表されるのとときを同じくして、戦後三十年を超え、直井の「傷跡」には新たな意味が重ねられる。直井は一九七〇年代後半から、作品を通した自己表現だけでなく、一人の「重度身体障害者」として語ることを求められていく。例えば、直井は八一年には国際障害者年のため、各地で講演の依頼を受けたことを語っている。(31) 本節では最後に、直井自身が語る言葉から「傷跡」の語り直しについて考えたい。

「国際障害者年」とは、障害者の社会への「完全参加と平等」を目指すために国連が定めたものであり、一九八一年の一年間を指す。日本では「国、地方公共団体を始めとして、民間の諸団体から地域の各種のボランティア・グループに至るまで、多くの人々が参加して全国民的規模の運動が展開され(32)」たとされている。「国際障害者年の記録」の記述を参照すると、全世界の障害者の原因の分類の一つに「戦傷」の項目があり、「紛争は絶えず、悲劇は続いている」として、戦争での受傷の重要性が意識されている。しかし、日本国内では、戦傷病者援護事業に対する表彰などはおこなわれているものの、国際障害者年への傷痍軍人の積極的な関与の様子を見いだすことは難しい。

ここには傷痍軍人と障害者をめぐる複雑な関係を想起することもできる。序章でも少しふれたが、かつて戦傷病を由来とする「傷痍軍人」とそのほかの「障害者」は、その待遇について明確に区別されていた。生瀬克己が指摘したような障害者との差別化の動き[33]や、敗戦後に傷痍軍人と一般の困窮者との同一視が問題になったことは、裏を返せば、傷痍軍人がそれらの人々とは区別された、一定の優遇された立場にあったことを示している。この点については、癈兵の特権意識について言及した松田英里[34]や、ハンセン病療養施設での傷痍軍人の特権性を明らかにした西村峰龍の論考[35]がすでに指摘している。また、戦時下の障害者の苦しい経験については、岡田靖雄『もうひとつの戦場』や林雅行『障害者たちの太平洋戦争[36]』などが明らかにしている。

このような相互の距離感については歴史的な整理がさらに必要だが、こと直井に注目するかぎり、これらの事情が大きな影響を与えていた様子はいまのところ見受けられない。また、各地域の記録から、直井が住んでいた兵庫県や近隣の都道府県でも国際障害者年を記念するイベントや講演会が多数おこなわれていた様子がうかがえる。現時点では雑誌への寄稿を除いて、直井がどのような催しに参加したのかは明らかになっておらず、その点については今後も継続して調査していきたい。

直井は国際障害者年から四年後の「兵庫教育」のなかで、次のように述べている。

実際重度の身障者が自立生活を果たすことは並大抵ではありません。一般健康者には想像以上のことです。それだけにはた目には無理無謀に思えても努力して一途な生き方をしている者があれば、どうかその芽を温かく見守り、見捨てず、更にそのよりよき能力を引き出してやってほしいのです。それでこそ本当の生き甲斐も発見し、ひいては将来の自立を果たせるようになれると思うのです。[37]

直井は、かつて母から望まれ、そして妻とともに実現した「自立生活」について、自らの個別の体験をふまえ、しかしより一般化してメッセージを語る。ここには「重度身体障害者」の一人として発言することへの意識がみられる。

また興味深いのは、この時期の直井が傷痍軍人として抱えた「傷跡」、つまり戦争についても、明確な反戦の主張を示すことである。雑誌「厚生サロン」で、「万一にも核を悪用して戦争が一旦勃発したら、それこそ世界は一生救われない子供達と身体障害者達ばかりの地獄の坩堝になってしまう」と述べるとき、直井は「かって兵隊の一人として戦争に狩り出され、一生の身体障害者になったものの立場[38]」から発言していることを明確にしている。作家という一人の芸術家としては、すでにみたように、直井はその「傷痍軍人」という肩書にむしろ悩み、自身の抱えた傷と格闘してきた。その直井が一人の人間として戦争を語るとき、自身の傷跡を引き受け、そうした視点からしか語れないものとして言葉を紡いでいることには注目すべきだろう。

さらに、ここでは障害者と並べて子どもについても言及している。筆者はこの発言から『羊のうた』を思い出さずにはいられない。直井は、不安を抱えた甥と向き合う三吉を描くなかで、戦争という出来事が子どもに与えるだろう影響の大きさに思い至ったのではないだろうか。

ほかにも、雑誌「われら人間」で直井は自らの体験やその際に抱えた「傷跡」について語っている。少し長いが引用する。

当時僕は傷痍軍人の一人としてある程度の恩給を貰っていたのですが、ある時相談所へ行って、その主任から、君達は既に国家の為になすべき事をして来たのだから（略）後は皇恩のかたじけなさを思って、その日々を静かに感謝して送るように云われた事があります。その時僕が一番強く印象づけられた事は、体の障害のために何も出来ない人間として扱われたという気持です。（略）その後戦争に敗れ、恩給も保護も全然なくなったりして、しかも戦争軍人として人々から無視された一時期もあって、それこそ人を呪い、国家を恨んで、自暴自棄になって、恐らく自殺以外には考えられない結果になっていたと思います。が、さいわい僕は作家を志し、無上の恩師に恵まれたりして今日まで生き永らえる事が出来た、それも一つに自分で自分の生き甲斐をかけた仕事を発見出来たからだと思います。(39)

もちろん、作品のなかで直井が戦争についてそれまで全く言及してこなかったわけではないが、傷痍軍人として生きてきた半生で抱えた葛藤が、ここまではっきりと言明されたことはなかったといえる。言語化されてこなかった思いが、時間を経て、まさに過去の傷跡を語ることで現れたのである。このように、時代の要請に応えるかたちをとりながら、語りを何度も繰り返していることは注目に値する。
また、直井はこの文章のなかで「母の愛が自分の生きている原動力になっている事を痛感します」「ただ僕がなんとか生きてさえいればそれで喜んでくれたのです」(四ページ)と述べ、ここでは母親への感情にも変化が起き、依存に対する悔恨だけではない新たな語りが生まれていることがわかる。単に相手に依存するだけではない様々な関係性を構築することによって、直井は自らの「傷跡」について新たな意味を語り出すことができたのではないだろうか。

## おわりに

本章では直井潔の作品や発言を追いながら、傷跡についての語りが変容していく様子を、おもにケアの経験とその表現を通して考察してきた。一方的にケアされる側として、どこか罪悪感にも似た感情を描いてきた作品から、様々な傷を抱える人々との双方向のケアを描く作品までみていくと、直井は長い執筆活動のなかで、自らの傷跡と繰り返し対話し、そこから表現を紡いできたということがわかる。

直井の変化と語り出しは、戦後三十年以上がたった時期の社会自体の変化という外部からの影響もあるだろう。しかし同時にそこにはケアをする/されるといういくつもの関係性を切り結び、そしてそれについて作家として描いてきた直井自身の変化がみえてくるだろう。直井は時代の潮流に意識的な作家でもあった。戦後社会を長く生きるなかで、「傷痍軍人」または「重度身体障害者」としての自分と向き合い、社会の変容とともに、自らの経験に新たな意味を重ねながらそうした自分について語り出すことになったのである。

序章でも述べたが、坪井秀人は「傷」の分有、つまり一人の「傷」を複数の人間によって分かちもつ可能性について指摘している。まさに直井の傷跡は、母や妻をはじめとしたケアを媒介とする関係や、「傷痍軍人」「障害者」という自らが引き受けるいくつかの文脈と重ね合わせられながら、そこから新しい意味が生み出されていった。直井が作品に描いてきた「傷跡」とその語り直しを読んでいくとき、語られた「傷跡」を、それに寄り添うケアとケアをめぐる関係性をも含めた言説として読むことの可能性がみえてくる。

注

(1) 直井潔「中国の思い出二題」「心」一九七三年八月号、心編集委員会

(2) 直井潔「或思い出」(「心」一九六七年二月号、心編集委員会)では、戦争中の記憶を描くにあたり、「僕の数少ない戦争の思い出」(一〇四ページ)だと前置きしている。

(3) 鳥羽耕史は前掲「傷痍軍人　小川未明「汽車奇談」「村へ帰った傷兵」」のなかで、板東の『癈兵はいやだ』について、「志賀直哉に私淑した直井とは対照的な強烈な記録文学」(一八ページ)と言及し、直井の創作態度との比較の視点を提示している。

(4)板東公次『癈兵はいやだ——祖国に叫ぶ傷痍軍人』富士書房、一九五三年、三四〇—三四一ページ
(5)兵士の精神障害については、前掲『日本帝国陸軍と精神障害兵士』、前掲『戦争とトラウマ』などが詳しい。
(6)前掲「傷痍軍人・戦争未亡人・戦災孤児」二〇六ページ
(7)本章で詳細を論じることはできないが、患者運動については長宏の一連の研究が、平和運動については前掲「占領下日本の再軍備反対論と傷痍軍人問題」などが詳しく論じている。
(8)大島渚『忘れられた皇軍』は、一九六三年八月十六日、日本テレビ「ノンフィクション劇場」で放送された。監督・脚本・演出を大島渚が、プロデュースを牛山純一が務めた。以上の情報は、溝口元「「傷痍軍人」考——大島渚監督「忘れられた皇軍」を通して」(「立正大学社会福祉研究所年報」第十八号、立正大学社会福祉研究所、二〇一六年)を参照した。
(9)直井潔「志賀先生と私」「図書」一九九五年一月号、岩波書店
(10)経歴については、日本近代文学館編『日本近代文学大事典』第二巻(講談社、一九七七年。項目執筆者は唐井清六)と唐井清六「直井潔年譜」(愛知淑徳短期大学文芸学会編「淑徳国文」第十一号、愛知淑徳短期大学、一九七一年)、永井善久「戦時下の「暗夜行路」——「大正期の紀念碑的名作」からの超出」(明治大学教養論集刊行会編「明治大学教養論集」第四百九十六号、明治大学教養論集刊行会、二〇一四年)を参照して執筆者が作成した。
(11)直井潔の俳句を通した活動の一端は、直井潔『美しく木の芽の如くつつましく』(神戸新聞総合出版センター、一九九一年)からうかがうことができる。
(12)初出は岡田三郎/高見順/伊藤整「四月の小説 鼎談月評」(「新潮」一九四三年五月号、新潮社)。本章での引用は『文藝時評大系 昭和篇1』第十九巻(ゆまに書房、二〇〇七年、一四四ページ)に

よる。
(13) 瀧井孝作「直井潔氏を推す」「文藝春秋」一九五二年九月号、文藝春秋新社、二二二ページ
(14) 川端康成「無題」、同誌二二四ページ
(15) 志賀直哉「直井潔『淵』序」の初出は直井潔『淵』(中央公論社、一九五二年)だが、本章での引用は『志賀直哉全集』第八巻(岩波書店、一九七四年)による。当該箇所は二六九ページから引用。
(16) 直井に関する先行研究は、唐井清六と大森澄雄の一連の研究によるところが大きい。直井潔に関する研究は少なく、唐井による年譜の整理も一九七八年の作品までになっているほか、個々の作品研究についても、単行本化された『清流』(湯川書房、一九七八年)、『淵』(中央公論社、一九五二年)、『一縷の川』(新潮社、一九七二年)、『羊のうた』(新潮社、一九八〇年)などにふれるものはあるが、いずれも作品の紹介や志賀直哉との比較検討にとどまる傾向にある。
(17) 唐井清六「直井潔——人と文学(二)」、神戸親和女子大学国語国文学会編「親和國文」第十一号、神戸親和女子大学国語国文学会、一九七七年、五二ページ
(18)「編輯後記」「改造」一九四三年四月号、改造社、一七六ページ
(19) 山本健吉「自伝と回想と(「第五回平林たい子文学賞発表」)」「新潮」一九七七年七月号、新潮社、一七三ページ
(20) 前掲「直井潔「淵」序」二六八ページ
(21) 手紙の内容は『志賀直哉全集』別巻(岩波書店、一九七四年)を引用した。全集内の記載によれば、手紙は一九四八年二月一日のものである。当該箇所は七六五—七六六ページから引用。
(22) 直井潔『一縷の川』新潮社、一九七七年、二三六ページ
(23) 上野千鶴子『ケアの社会学——当事者主権の福祉社会へ』太田出版、二〇一一年、五ページ

(24) 佐々木亜紀子／光石亜由美／米村みゆき編『ケアを描く——育児と介護の現代小説』七月社、二〇一九年、八—九ページ
(25) 直井潔「清流」、前掲「改造」一九四三年四月号、一四〇ページ
(26) 直井潔「松葉杖」「文藝」一九四五年八月号、河出書房、七四ページ
(27) 直井潔「霜の朝」「座右宝」一九四六年十一月号、座右宝刊行会、六九ページ
(28) 直井潔「二人三脚」「新潮」一九七八年九月号、新潮社、九六ページ
(29) 直井潔「母の秘密」「新潮」一九七〇年六月号、新潮社、一五〇ページ
(30)『羊のうた』は、前掲「二人三脚」、「虹」(「新潮」一九七八年十月号、新潮社)、「しがらみ」(「新潮」一九七九年六月号、新潮社)、「羊のうた」(「新潮」一九七九年十月号、新潮社) の連作を単行本化したもの。引用は単行本からおこない、ページ数も単行本を参照した。
(31) 直井潔「山茶花」(前掲『美しく木の芽の如くつつましく』) のなかで、直井は「春以来身体障害者年として各地からの依頼講演も受けた」(八七ページ) と回想している。
(32)「国際障害者年の記録」国際障害者年推進本部、一九八二年
(33) 前掲「日中戦争期の障害者観と傷痍軍人の処遇をめぐって」
(34) 前掲『近代日本の戦傷病者と戦争体験』
(35) 西村峰龍「文学が描いた「軍人癩」——「兵士」は如何に「癩者」となるのか」、『社会文学』編集委員会編「社会文学」第四十一号、日本社会文学会、二〇一五年
(36) 岡田靖雄編著『もうひとつの戦場——戦争のなかの精神障害者／市民』(六花出版、二〇一九年)、林雅行『障害者たちの太平洋戦争——狩りたてる・切りすてる・つくりだす』(風媒社、二〇二二年)
(37) 直井潔「わが道」、兵庫県立教育研修所編「兵庫教育」第四百十七号、兵庫県教育委員会、一九八

五年、四九ページ
（38）直井潔「〈国際障害者年に寄せて〉私の血肉になったことば」「厚生サロン――情報回路としての行政問題総合誌」一九八一年八月号、日本厚生協会、九ページ
（39）直井潔「人間の証明」「われら人間」一九七七年九月号、身体障害者自立情報センター、五ページ

# 終章　「傷痍軍人」はどのように語られてきたのか

本書では傷痍軍人表象を、文学作品を中心に、その創作性に注目して取り上げ、それらの表象がどのような言説空間のなかに生まれ、どのような効果を期待されて語られたのか、またどのように読まれたのかを分析した。そしてそれらの分析を重ねることで、傷痍軍人を描く作品の文学史的見取り図を描くとともに、同時代および現代での意義を明らかにしてきた。本書は各論をほぼ年代順に並べることで、時代ごとの特徴と変容をある程度見通せるようになっている。そのためここで各論同士の大まかなつながりについて、簡潔に整理しておきたい。

第1部で扱った近代戦争の初期段階での表象は、傷病とそれに付随する痛みや苦しみを抱える人々をまさに〈発見〉するところから始まった。第1章で扱った山田美妙「負傷兵」の軍夫が負傷兵の苦しみが不可視であることを嘆いたように、同時代状況のなかでは、戦争報道が盛り上がる一方で、見えなくなっている傷病兵の姿を「哀話」や「悲劇」として描き出すこと自体にも大きな意義があった。また、メディア上で「癈兵」が社会問題として認識されていくなかで、多くの癈兵たちの物語が生まれた。自らの境遇を嘆き、憤り、声を上げる兵士たちや、声を奪われた須永やうずくまる信次のように黙しながら葛藤する軍人たちの「傷」をめぐる語りは、ときにプロレタリア文学と親密な関係性をもちながら、戦時下には称揚していた「癈兵」を戦後になると問題視する社会そのものを糾弾する抵抗の語りになっていった。

そのあとにやってくるのが、抵抗の語りが事実上不可能になった時代である。第2部では、戦時下の銃後の人々の娯楽の一つだった文学が、各種メディアと共犯関係を結びながら作品を生み出していく様子をたどった。例えば第4章で扱ったのは「大衆娯楽型陸軍宣伝」の戦略性であり、第5章で扱ったのは各種「強化キャンペーン」だった。『美談集』のモデルになった人物は全体からみれば稀有な成功例といえたが、時代小説の「傷」を抱えたヒーロー像と重ね合わせることによって、「癈兵」のイメージを払拭し、傷痍軍人を「美談」の行為主体へと引き上げようとした。一方で、傷痍軍人を身近に感じさせるようにして描く「物語」も次々に生まれた。ただしその際、それらの物語はいつでも戦争の悲惨の暴露と紙一重であり、常に規範からの逸脱の可能性を内包していた。数は少ないながらも、この時代にも傷痍軍人が抱えた種々の問題は言語化され続けていたのである。

そして、敗戦を迎えた日本での傷痍軍人表象には様々な広がりがみられた。各章で扱うトピックは「兵役忌避」、「気違ひ」と「びつこ」、「ケア」とそれぞれ異なるものの、各章に共通して論じてきたのは、戦争体験が遠い記憶になるなかで生まれる変容や断絶は、決してその傷を抱える本人だけのものではなかったということである。それは同じ傷を抱えた集団の記憶になり、また異なる傷を抱える者との接点や、双方向的な交流を切り結ぶものでもあった。それは第6章では兵営内の多くの兵士たちとの交流だったし、第7章では村人たちとの交流だったし、第8章では「ケア」をめぐるあらゆる関係性のなかに表れていた。また、作品のなかだけではなく、作品がある時代に現れ、そして流通するなかで生まれる時代的な意味（第6章の占領期における兵士たちへのまなざしや、第8章の直井自身の語りの変容）や、テクスト間のつながり（「足を引きずる」という表現の呼応）に関しても明らかになった。

本書でおこなってきた分析は、大まかに以上のようにまとめることができる。これらの文学史的な見取り図を眺めるとき、その特徴として時代による変遷を大きく分けて二つ指摘することができる。

一つは傷痍軍人の傷の描かれ方そのものの変遷である。第1部で扱った時代には、不可視化されていた傷を発見し、その個々の発見を集団の声として獲得していくという展開がみられ、第2部の時代ではそれらの声の集まりが一定の量的な蓄積をもって流布していくことになった。そして第3部で確認したように、敗戦後それらは戦争の記憶を語る声として、様々な集団の記憶と交差することになっていったのである。

もう一つは、傷痍軍人表象が戦争という出来事をどのように語るかという、戦争に対する態度の変遷である。例えば日清戦争後には、負傷兵を通して近代戦争に対する人々の苦しみや戸惑いは描かれるが、戦争そのものに対しては、その先の未来にも再度当然起こりえるものとして認識している様子がうかがえる。

日露戦争後の癈兵小説では、癈兵の姿が作品を厭戦・反戦小説とするための要素としてはたらく一方、一九三〇年代、傷痍軍人という呼称が浸透していくなかでは、むしろその存在は戦争を支える規範を強化するための一種の理想像として提示されていくことになる。もちろんそうしたイメージについては宣伝が必要だったということは、現実にはそれとは逸脱した状況があったといえる。本書ではその点についても分析はおこなってきたが、逸脱の表象が生まれても、当時は結果的に戦争賛美の言説のなかに回収されていった。

そして敗戦後には再度反戦文学の要素として傷痍軍人表象が現れる。日露戦争後には、戦勝に貢献したにもかかわらず顧みられない癈兵たちの苦しみの表現が国家批判、ひいては反戦の主張へとつながっていったのに対し、敗戦後の作品では、傷痍軍人が抱えた傷の表象を通して、多くの人々に傷を残す戦争という行為そのものに反対していくというメッセージ性を帯びることになるのである。

これらの変遷からも明らかなように、傷痍軍人表象とは、実際の社会情勢を記録するだけでなく、不可視化された痛みや、規範や理想像、集団の記憶など、時代によってあらゆる意味を重ねられ使い続けられてきた表象である。そしてこれらの表象は、戦争を描く現代文学のなかでも機能しつづけている。

憲兵隊から離隊して逃亡する守田の物語を描く、帚木蓬生の『逃亡』（新潮社、一九九七年）には次のような描写がある。

駅構内にはいると、人の流れが渦巻く階段下に、白装束の男が二人、動かずにいた。白い帽子と白い病衣を着、右腿から下は茶色い義足をつけた方は、突っ立ったまま頭を垂れている。(略)通行人の大半は、嫌なものを見たように顔をそらして行き過ぎる。

「ここは、困るのです」

近づいて来た駅員が二人に言った。

「規則だから、駅構内からは出るように」

同行の警官は、もう白衣の男の腕を摑んでいる。

注意されるのは初めてではないのだろう。立った男は抗弁もせずに移動し始める。かなり不自由な動きだ。駅員が床に置かれた飯盒の中蓋を手にして、あとに続く。警官が人垣を分けるなかを、足のない傷痍軍人は、両手だけでいざった。

(二五八―二五九ページ)


守田の長く苦しい逃亡の道程には、傷痍軍人が繰り返し姿を現す。ここでこれらの表象は一変した戦後日本の風景を形作るものとしてインパクトをもつとともに、追われる身になった守田自身の、まさに地を這うような苦しい現状と響き合う。

戦後の社会空間に生み出された傷痍軍人たちを描くそれぞれの物語は、作り手(や送り手)、読み手の様々な欲望、戦略性を伴いながら、現在も再生産され、戦争を物語る表象の一つとして、その意味を常に更新しつづけている。

# 初出一覧

序　章　書き下ろし
第1章　書き下ろし
第2章　書き下ろし
第3章　書き下ろし
第4章　「大衆作家たちの「潤色執筆」――『傷痍軍人成功美談集』の成立と「再起奉公」言説をめぐって」（「昭和文学研究」第八十三集、昭和文学会、二〇二一年）を加筆・修正
第5章　「「傷」を描くということ――一九四〇年前後の軍人援護強化キャンペーンと傷痍軍人表象をめぐって」（「名古屋大学人文学フォーラム」第五号、名古屋大学大学院人文学研究科図書・論集委員会、二〇二二年）を加筆・修正
第6章　書き下ろし
第7章　「戦争の経験を引きずる――井伏鱒二「遥拝隊長」と傷痍軍人表象からみる戦後」（「JunCture 超域的日本文化研究」第十一号、名古屋大学大学院人文学研究科附属超域文化社会センター、二〇二〇年）を加筆・修正
第8章　「傷痍軍人の語る「傷跡」――直井潔の作品とケアの様相をめぐって」（坪井秀人編『戦争の傷跡』所収、臨川書店、二〇二二年）を加筆・修正
終　章　書き下ろし

# おわりに

二〇二四年。くしくも日清・日露の開戦から百三十・百二十年という節目の年を迎えている。そして、アジア太平洋戦争の日本の敗戦からも、まもなく八十年が過ぎようとしている。このような節目に際しても、おそらく様々な戦争の傷が〈発見〉され、呼び起こされていくのだろう。初めに述べたように、本書もまたその大きな流れのなかに位置づけられることはほぼ間違いがないだろうし、私自身それを望むものでもある。

そして、いまこの瞬間にもまた「傷痍軍人表象」は生まれ続けている。

ロシアのウクライナへの軍事侵攻とそれ以降繰り返される衝突に関連するものを中心に、各地で断続的に生じる戦闘行為で傷ついた傷病兵、傷痍軍人たちの物語は、日本のメディアに——新聞・雑誌よりはむしろ、ネットニュースやSNS投稿で——しばしば登場するようになっている。それは、戦争の凄惨な実情を伝えることもあれば、スポーツ大会への参加やプロポーズ動画など、ある種の「再起」のストーリーを描くものもある。そしてそれらの物語は、読み手の直感的な動作で保存され、拡散され、さらなるメッセージを付加されながら引用され、遠くへと運ばれていく。

「傷」はときに隠されたものを明るみに出し、ときに誰かの積極的な行為を促し、ときに弱者と強者を反転させる。そしてそれは究極的には、実話であるか否かの審級を問題にしない。大学院生としてこのテーマに取り組み始めたときから、本書の刊行に至るまで、物語が氾濫する現代の激流に圧倒されながらの執筆だった。どのように「傷」や「痛み」が物語になり、またどのように受け取られているのか――。様々な現状を目に焼き付けながら、私はこの問いの前にこれからも立ち続けたい。

本書は、博士論文「日本近代文学における傷痍軍人表象」（名古屋大学、二〇二三年一月）を改稿したものである。多くの先生や仲間たち、そして環境に恵まれなければ、書籍として出版することはできなかったと思う。この場を借りて、お世話になった方々にお礼を申し上げたい。

まずは、私の二人の恩師である。学部時代の指導教員である磯部敦先生は、一人の「文学少女」でしかなかった私に、ゼミや論文指導を通して、文学テクストを実践的に読む研究への道を開いてくださった。修士・博士の指導教員、そして現在の受け入れ教員である日比嘉高先生からは、研究の手法はもちろん、研究者として生きる姿勢そのものについて多くを学ばせてもらっている。また本書執筆のきっかけも、日比先生の一声があってのことである。腰が重いうえに心の折れがちな私に、いつも優しい激励を送ってくださるその懐の深さに何度救われたかと思うと、感謝に堪えない。

名古屋大学人文学研究科では、所属している日本文化学講座を中心に、文学にとどまらず、様々な研究の視点を学ぶことができた。同じ文学ゼミの飯田祐子先生からは、ゼミを通してジェンダー論をはじめ、様々な視野で作品を捉える研究手法を学んだ。また、出無精な私が大学に顔を出すと進捗を気にかけ、いつも優しく朗らかに声をかけてくださったことが忘れられない。齋藤文俊先生、藤木秀朗先生、小川翔太先生、長山智香子先生からは、私の研究テーマに対し、各専門分野の視点から貴重なコメントをいただいた。

博士論文の審査に関わっていただいた中山弘明先生、河西秀哉先生にもお礼を申し上げたい。不足が多い拙い論文にもかかわらず、中山先生は特に戦間期文学研究の視点から、河西先生は歴史学の視点から、多くの重要なご指摘をくださった。それらはすべて、現在の私の研究の大きな原動力になっている。

また、学会や研究会などでお会いする先生方にも大変お世話になった。国際日本文化研究センターの共同研究である「戦後日本の傷跡」に迎え入れてくださった坪井秀人先生、宇野田尚哉先生にお礼を申し上げたい。坪井先生には院生時代から、京都の桂ゼミでも長くお世話になった。研究発表や論文投稿に際しては、特に五味渕典嗣先生、副田賢二先生、川口隆行先生、光石亜由美先生、大橋崇行先生から様々なご指導をいただいた。また、名古屋大学障害教育文化研究会でご一緒した高畑祐人先生、鬼頭孝佳さんには大変お世話になった。心からお礼を申し上げたい。

これまでの研究を通して、多くの尊敬する先輩方や研究仲間にも出会うことができた。名古屋大学では、尹芷汐さん、西村峰龍さん、李承俊さん、藤田祐史さん、安井海洋さん、牧千夏さん、加島正浩さんは先輩として、髙畑早希さん、小島秋良さん、江山さん、久野桜希子さんは後輩として、様々に私を支え、刺激を与えてくださった。また、楊佳嘉さん、游書昱さん、奥村華子さん、梶川瑛里さんは同期として、ともに苦しくも楽しい日々を過ごした。彼らがいなければいまの私はない。

心からの感謝を伝えたい。

さらに、田村美由紀さん、増田斎さん、岩本知恵さんをはじめ、大学の外でも多くの研究者のみなさまと交流をもてたことが、私の心の支えになっている。

ここですべての方々のお名前を挙げることができないのが非常に心苦しいが、私の研究に関わってくださったみなさまに、感謝の気持ちをお伝えしたい。

本書執筆中に、中部大学、南山大学、愛知淑徳大学、名古屋学院大学でそれぞれ非常勤講師を務める機会を得たこと、また、日本近代文学会の運営委員として学会運営に携われたことも貴重な経験だった。文学を伝え、議論する場を開くことの難しさと喜びを、日々嚙みしめている。

本書の刊行にあたり、青弓社の矢野未知生さんに大変お世話になった。出版の計画を立てる際にも、原稿を見ていただく際にもご無理ばかり申し上げたので、大変なご迷惑をおかけしたといったほうが正確かと思う。あらためて、本書の刊行に携わっていただいた青弓社の関係者・担当者のみなさまに感謝を申し上げたい。

なお、本書は、日本学術振興会特別研究員奨励費（DC2、課題番号19J15056）による研究成果である。また、本書の刊行に際しては、二〇二三年度名古屋大学学術図書出版助成金の助成を受けている。

最後に、最愛の母へ。私のような頑固者かつ変わり者との日常は苦労と心配の連続だっただろうが、彼女はいつでも私の最大の理解者としてそこにいてくれた。それがどれだけ私の力になったかを言葉にするのは難しい。母の根気強いサポートがなければ、私はとうてい研究を続けることができなかった。まさに二人三脚の旅路だったと思う。まだ先の長い旅ではあるが、まずは言い尽くせない感謝のかわりに本書を捧げたい。

市川 遥

［著者略歴］
市川 遥（いちかわ はるか）
1992年、三重県生まれ
名古屋大学大学院人文学研究科博士研究員、中部大学・南山大学・愛知淑徳大学・名古屋学院大学非常勤講師
専攻は日本近代文学
共著に『戦後日本の傷跡』（臨川書店）、論文に「大衆作家たちの「潤色執筆」——『傷痍軍人成功美談集』の成立と「再起奉公」言説をめぐって」（「昭和文学研究」第83集）など

# 傷痍軍人《しょういぐんじん》と文学《ぶんがく》の日本近代《にほんきんだい》

発行———2024年9月30日　第1刷
定価———3600円＋税
著者———市川 遥
発行者——矢野未知生
発行所——株式会社青弓社
〒162-0801 東京都新宿区山吹町337
電話 03-3268-0381（代）
https://www.seikyusha.co.jp
印刷所——三松堂
製本所——三松堂

ISBN978-4-7872-9277-3　C0095